Katja Roßkamp
Skandinavische Mutprobe

AF237489

Katja Roßkamp

Skandinavische

Mutprobe

Auswandern in
das unsbekannte
Norwegen

Originalausgabe April 2022
© 2022 Katja Roßkamp
Layout, Satz und Umschlaggestaltung: Buch&media GmbH, München
Gesetzt aus der Helvetica
Herstellung und Verlag: BoD – Books on Demand, Norderstedt
Printed in Germany

ISBN 978-3-7562-0206-5

Inhalt

Vorwort

Ich habe nie Tagebuch geschrieben. Geschweige denn dass ich mir hätte vorstellen können, damit ein ganzes Buch zu füllen. Unser Umzugsprojekt nach Norwegen entpuppte sich aber als reine Fundgrube unvergesslicher Anekdoten und Erzählungen, aufreibender Erlebnisse und Erfahrungen, zahlreicher Konflikte und Missverständnisse, voller Emotionen der Wut und Freude.

Schnell entdeckte ich die Freude, diese schriftlich in einem Buch zusammenzufassen. Diese Vielzahl von Kurzgeschichten entwickelte sich dabei zu einer Sammlung von Einzelgeschichten, die parallel oder auch überlappend in Zeit und Raum angeordnet wurden. In der Summe beschreiben sie eine Wirklichkeit, die sich im Gegensatz zu meinem Traum vom gemeinsamen Familienleben auf Zeit in Norwegen keinesfalls fad und blass darstellte. Denn das, was wir alles erlebt haben, hätten wir uns tatsächlich niemals erträumen können.

Prolog

Die Luft war glasklar und eiskalt. Er stieß mit jedem Atemzug eine kleine weiße Rauchwolke aus. Sein Blick fiel gegen die tief stehende Sonne auf die raue Eisfläche des Sees. Die Farben waren blass und naturbelassen. Aus dem Schatten des Waldes spazierte er hinaus unter die gelockerte Wolkendecke den Weg hinab zum Gewässer. Von hier oben sahen die etwa 300 Meter entfernt stehenden und laufenden Kinder und Erwachsenen aus wie kleine dunkle Ameisen. Sie bewegten sich rege. Trotzdem wirkte das Bild still und friedlich. Gedämpft durch den Schnee klangen einzelne Glockenschläge von dem hinter dem See auf der anderen Straßenseite liegenden hohen Kirchturm herüber. Auch die über 111 Jahre alte Steinkirche stand erhöht über dem See und wirkte durch die kahlen Birken, die sie wie dunkle Baumskelette entlang der Friedhofsmauer einrahmten, wie ein Scherenschnitt ihrer selbst. Die Glocken verklangen und leichter Wind pfiff durch die hohen vertrockneten Gräser am Seeufer. Kleine Eiszapfen und Schneekristalle auf den Wiesen glänzten und funkelten. Er tippte in sein Mobiltelefon und sandte Fotos dieser Idylle gepaart mit einem Zitat an meine Nummer. Vielleicht konnte es diesmal klappen.

Vielleicht konnten alle hier zusammen und jeder für sich Glück finden. Er las den Text nochmals durch:

Die große Herausforderung
des Lebens liegt darin,
die Grenzen in dir selbst
zu überwinden und so weit
zu gehen, wie du dir niemals
hättest träumen lassen.

Paul Gauguin

Er setzte sich in sein Auto und fuhr durch die Winterlandschaft in sein bisheriges Leben zurück.

Februar 2021

Verliebt
in Skandinavien

Wer hatte sie nicht schon einmal gehört? Die Geschichten von Menschen, die ihr Glück in anderen Ländern und Orten der Welt suchten: Auswandern als Verwirklichung des großen Traumes mit großem Erfolg oder mit kläglichem Scheitern und Unglück in Schrift und Bildern, in Romanen oder beliebten Serien? Klassischerweise zog eine vierköpfige Familie in ein anderes Land, in einen anderen Sprachraum, in ein neues Schulsystem, in ein neues Zuhause und in ein neues Berufsumfeld. Dies traf bei uns – wenn überhaupt – nur halb zu. Nicht dass wir nicht auch eine vierköpfige Familie waren und wir uns nicht auf ein Abenteuer in einem anderen Land eingelassen hatten. Aber wir erlebten doch einige entscheidende Unterschiede.

Fernweh und skandinavische Namen

Natürlich zog man nicht in ein Land, in das man sich nicht schon seit langer Zeit verliebt hatte. So war es auch bei mir und meiner Familie. Mit dem Blick einer rosaroten Brille und Schmetterlingen im Bauch war unsere Sehnsucht auch nach stetigen Besuchen und beruflichen Projekten meines Mannes Michael über 15 Jahre hinweg ebenfalls aus Emotionen gewachsen. Wir liebten die landschaftliche Weite, die Naturbelassenheit, die wunderschöne abwechslungsreiche Natur aus Schären, Inseln, weich umspülten

Steinlandschaften in den Küstengebieten des Skagerraks, endlos bewaldete oder schneebedeckte Berglandschaften und das horizontale Farbspiel der kühlen Blautöne in Kombination mit tiefen Grün- und Naturtönen, durchgespickt mit schneeweißen oder strahlend gelben, blauen oder typisch roten Holzhäusern.

Inspiriert von diesen Bildern hatten wir für unsere Kinder in den beiden Schwangerschaften lange nach passenden Namen aus dem skandinavischen Sprachraum gesucht. Für unseren heute 14-jährigen Sohn hatten wir den Namen Sverre gefunden, den wir vor 15 Jahren einem 55-jährigen Geschäftspartner meines Mannes abgeluchst hatten. Dieser Name war in Süddeutschland – soweit wir wissen – einzigartig. Sverre hatte sich aber auch in den Jahren nach seiner Geburt etlichen Verständnisfragen der vor allem älteren Generation in unserem 3000 Einwohner kleinen schwäbischen Wohnort stellen müssen. Seit seinem Kindergartenalter hatte er feststellen müssen, dass er seinen Namen auf mehrmalige Nachfrage sogar in Silben sprechen oder gar buchstabieren musste. Nicht selten hatten zunächst ich und später Sverre die skandinavische Herkunft seines Namens erklärt, damit so manch einer dem kleinen Kind auch glaubte, dass er seinen eigenen Namen richtig aussprechen und später buchstabieren konnte. Bei neuen Bekanntschaften war dies schon stets zur Gewohnheit geworden und nicht zuletzt im Zuge des Homeschoolings und Onlineunterrichts hatte die Mathematikreferendarin der achten Klasse meinen Sohn sogar zu aller Belustigung als »die Sverre« aufgerufen. Unser Sohn war zum Glück schon als kleiner Bub selbstbewusst und gelassen und mit all seinen Mitmenschen außerhalb der Kernfamilie geduldig und verständnisvoll gewesen. Dies hatten wir ihm unter anderem deshalb groß angerechnet, weil wir in der Alltagsgesellschaft von Schule und Beruf erkennen mussten, dass auch in Norwegen dieser Name, vergleichbar mit Franz und Ernst in Deutschland, eher der älteren Generation zugeschrieben wird. So war das herzliche Aufnehmen unseres Sohnes in der Vergangenheit bis hin zur Gegenwart dann doch seiner angenehmen Persönlichkeit geschuldet.

Jeder kann sich denken, dass wir wenige Jahre später bei der Geburt unserer Tochter diese Geschichte nicht hatten wiederholen wollen. Doch war ich bei dem ersten Besuch im Naturkundemuseum der Landeshauptstadt Stuttgart am Löwentor vor der Wand der Fossilien nahezu sprachlos gewesen, als insgesamt drei kleine Mädchen im Alter eines laufenden Meters innerhalb von zehn Minuten von ihren Müttern jeweils mit Ronja angesprochen worden waren. Auch der Fakt, dass die beiden anderen Mütter auf die rechtschreibliche Genauigkeit ihrer individuellen Namensgebungen »Ronia« und »Ronya« hingewiesen hatten, hatte mich nur schwer von meinen Gedanken abgelenkt, dass unsere Tochter ein Schülerinnenleben lang eins der Kinder mit einem notwendigen Zusatz wie einer Zahl oder dem Nachnamen bei der Ansprache über sich ergehen lassen müsste.

Meine Befürchtung war jedoch bis jetzt weder in Deutschland noch in Norwegen eingetroffen. Ronja war und ist ein populärer Name in Schweden, nicht in Norwegen.

Teilzeitfamilienglück

Die gesammelten Erfahrungen der letzten 15 Jahre bei den Aufenthalten in Norwegen waren durchweg positiv. Auch ein längeres Verweilen in Norwegen konnte ich mir schon lange vorstellen, da mein Mann Michael bereits vor der Geburt unseres Großen in der südlichen Küstenstadt Kristiansand mit über 50 000 Einwohnern in der Region Agder gearbeitet hatte. Als Tunnelbauingenieur war er in den Ausbau der neuen Autobahn E18 involviert gewesen. Das Ausbauprojekt der Verbindung von Kristiansand nach Grimstad

Richtung Oslo, ein Zusammenarbeitsprojekt einer deutschen und einer dänischen Baufirma, hatte dabei nicht nur meinem Mann, sondern auch unserem Sohn gefallen. Sverre hatte mehr Zeit seiner ersten beiden Lebensjahre auf diesem riesigen Spielplatz mit Dutzenden vier Mann hohen Kipplastern, gewaltigen Bohrmaschinen, gigantischen Kränen sowie unzähligen Sprengungen mehrerer Tunnel durch massives Felsgestein entlang der Küste als anderswo in Norwegen verbracht und jeder Besuch auf dieser riesigen Baustelle hatte ihn sehr glücklich gemacht.

Mehr als zehn Jahre später hatten wir uns ein Leben zwischen dem Norden und der Mitte Europas perfekt eingerichtet. Wir pendelten zwischen unserem Haus in Deutschland und den im klaren skandinavischen Stil eingerichteten Mietwohnungen in Norwegen. Ersteres war von einer hiesigen und vor allem verlässlichen Baufirma Stein auf Stein nach individueller Planung gebaut worden. Es stand mit einem wunderschönen Garten hangabwärts gerichtet am Rande einer kleinen Gemeinde. Der traumhafte Ausblick über Ort, Tal, Hänge und Obstwiesen war unbezahlbar. Hoch im Norden waren die verschiedenen und geräumigen Wohnungen in Stavanger und bei Ålesund an der Westküste Norwegens, in einer Stadt südlich von Oslo und in der schwedischen Hauptstadt Stockholm unser zweites Zuhause. Sie waren meist vom Vermieter vollmöbliert an Michael vermietet worden und wir fühlten uns an jedem dieser Orte sehr wohl.

Urlaub in der Natur Norwegens

Unsere nun mittlerweile vierköpfige Familie konnte sich in den letzten Jahren regelmäßig sehen, denn Michaels Arbeit ließ alle zehn Tage eine viertägige Abwesenheit Michaels von seiner Baustelle zu. Routiniert flog er wöchentlich mit den zwei bekanntesten

Fluggesellschaften Nordeuropas, mit Cityhoppern oder anderen passenden Flugzeugtypen, und landete in Stuttgart für die gemeinsame Familienzeit. Bahn oder Leihwagen überbrückte gewöhnlich den Weg bis nahezu vor die Haustür zu uns ins Grüne. Dabei sammelten sich so viele Flugmeilen an, dass das Reisen über den Wolken vor allem bei den von und nach Stuttgart nötigen Zwischenlandungen in Amsterdam oder Kopenhagen sehr ansprechend durch die silberne und später goldene Kundenkarte in den ruhigen und sehr angenehm eingerichteten Lounges mit kleinen Aufmerksamkeiten vom Fingerfoodbüfett und mit Getränken versüßt werden konnte. Auch die Stromversorgung der digitalen Geräte war dort an jedem Einzelplatz gewährleistet, was wiederum das Arbeiten in den Wartezeiten ermöglichte. So konnte Michael An- und Abreisetage, wenn der Flug in den späten Abend- oder frühen Morgenstunden stattfand, als fast normale Arbeitstage nutzen.

Glücklicherweise ließ zu jener Zeit auch meine Arbeit das rege Reisen in den vielen Ferienwochen zu. In fast allen Ferien besuchten wir dann wiederum die Baustellen und lernten auch die Umgebung und vor allem den Süden Norwegens im Inland – eher abseits der touristischen Hauptrouten – wie den Eidfjord und die Ebenen des Hardangervidda kennen. Besonders gerne stapften wir ausgiebig auf den unzähligen markierten und digital in der am meisten verbreiteten Wander-App kartierten Wegen. Bei diesen Halbtages- oder Tagestouren folgten wir vor allem dem roten T oder wenigstens den zuverlässig rot markierten Felsen und Bäumen in der Gegend rund um Stavanger. Wanderwege von mehreren hundert Metern Höhenunterschied und Gipfelerlebnisse mit Ausblick über tiefe Täler und Hügelketten bis in die blauen Fjorde oder bis hinunter zur Nordsee gefielen uns am besten. Manchmal badeten wir im kristallklaren Wasser der unzähligen und meist mit eiskaltem Schmelzwasser gefüllten Höhenseen. Das war natürlich noch nichts gegen den eisbadenden Norweger. Aber einsame Naturerlebnisse mit Freiheitsgefühl und die Weitläufigkeit waren ganz nach unserem Geschmack. Hätten Sehschärfe und Sicht einen Blick über mehr als 500 Kilometer gen Westen zugelassen, hätten wir die jungsteinzeitlichen Monumente auf den nördlich vom schottischen Festland liegenden Orkney Islands betrachten können. Stattdessen schweifte unser Blick über die gefühlt unendlichen Weiten Norwegens.

Natürlich gibt es in Norwegen laut den Nordmännern – so der Name der Einheimischen – kein schlechtes Wetter, sondern nur schlechte Kleidung. Die Temperaturen und Wetterbedingungen im Sommer sind gewöhnlich nicht annähernd mit denen während eines südeuropäischen Strandurlaubes zu vergleichen. Das norwegische Freibad zum Beispiel existiert nur als Außenbecken besonderer Hallenbäder mit Blick auf die Weite eines riesigen Fjords zu dessen Fuße. Ansonsten suchen die Norweger die vielen Ministrände entlang der Küste, Fjorde oder an den Rändern der insgesamt über 160000 norwegischen Seen auf.

Wir, die wir die Norweger allerdings kennenlernen und ihre Hartgesottenheit gegenüber natürlichen Außenbedingungen in Ansätzen erleben durften, wussten schon damals ebenfalls die herrlich langen und wärmeren Tage in den Sommermonaten Juni bis August zu schätzen und genossen diese in vollen Zügen. Dabei war einer unserer beliebtesten Anlaufpunkte ein in die Schären gebauter Wasserspielplatz mit hölzernen Schwimminseln und mit in die Felsen gehauenen Sprungbrettern. Wer mochte nicht wie unsere Kinder auf einer 50 Meter langen Seilbahn über einen Teil des durch Felsen und Inseln geschützten Ausläufers des Boknafjords südöstlich von Stavanger fliegen und weich im Wasser landen? Die angrenzenden Sandstrände waren klein, schmal und rar gesät. Zudem wurden sie kaum genutzt und waren anscheinend von kaum jemandem vermisst worden, da die größtenteils natursportlichen Norweger das zeitliche und träge Verweilen bei gemäßigten Außentemperaturen, Wind und Mangel an ebenen Liegeflächen auf ein Minimum reduzierten und sich zum Spielen, Buddeln und Schwimmen motivierten.

Familienfreundliche Ausflugsziele

Norwegen hatte zwar in den letzten Jahren mit etwas über 1,5 die gleiche Geburtenrate wie Deutschland. Jedoch unterschieden sich die Norweger wie auch andere skandinavische Länder von Deutschland durch den Grad ihrer Orientierung an den Jüngsten, den Kindern in der Gesellschaft, und kamen jungen Familien sehr entgegen.

Wer ebenfalls in norwegischen Großstädten oder in Stockholm als Urlauber mit Kindern unterwegs war, konnte die vielen Sehenswürdigkeiten und Angebote für Kinder nur bewundern. Im Mittelpunkt standen dabei immer die kleinen aktiven Erforscher der Welt, stets in Verbindung mit der skandinavischen Maxime »learning by doing« statt »learning by watching and listening«. So saß unser dreijähriger Sohn im Stockholmer Polizeimuseum im originalen *politibil* (Streifenwagen) und betätigte Sprechfunk, Blaulicht und die dem deutschen Martinshorn ähnelnde Sirene, nachdem er imaginär und kleinkindhaft Detektivfälle mit echten Polizeiutensilien löste. Der ohrenbetäubende Kinderlärm und das Gewusel der sich umkleidenden Kinder störte jedenfalls niemanden und die stillere Kriminalszene für Erwachsene befand sich weiter entfernt im dritten Stock. In einer begehbaren Zweizimmerwohnung war dort die Auffindesituation zweier Leichen wie an einem Filmset eines Krimis mit Farbe, Plastiklebensmitteln und Schaufensterpuppen nachgestellt. Eine kurze Einleitung führte in die kriminalistische Ratestunde ein und zusätzliche Hinweise wie labortechnische Ergebnisse waren im angrenzenden sterilen medizinischen Küchenlabor ergänzend gegeben. Trotz des schlechten Wetters hatten wir einen riesigen Rätselspaß für die großen, kleinen und erwachsenen Kinder.

Ebenfalls eindrückliche und handelnde Erfahrungen erlebten wir in der interaktiven Wissensfabrik in Stavanger, in der wir uns als gefilmte Wetterfee präsentierten und neben sehr vielen Erfahrungswelten und Aufgaben in Versuchslaboren die Zentrifugalkraft und das Empfinden von Schwerelosigkeit am eigenen Körper erleben konnten. Auch in diesem Museum hätten wir voller Entdeckerlust mehr als einen Tag verbringen können, sodass die hohen Preise in Relation zur gebotenen Leistung für uns immer lohnenswert erschienen.

Gelebte Kinderfreundlichkeit im Alltag

Die nachdrücklichste Erfahrung der skandinavischen Kinderfreundlichkeit durchlebte Michael schließlich beruflich. Während seiner Tätigkeit für den Ausbau eines Abschnitts des Stockholmer unterirdischen Bahnnetzes empfing er uns, seine kleine Familie, an einem Wochenende am Flughafen für die folgenden drei Wochen, in denen auch die Olympischen Sommerspiele in Großbritannien stattfanden, und zeigte uns seine neue Bleibe. Diese lag trotz guter Bus- und Bahnanbindung zur Innenstadt in verkehrsberuhigter Lage in einer roten Holzbausiedlung. Die rund um einen begrünten Innenhof mit farbenfrohen und Motorik fördernden Spielgeräten gebauten Wohneinheiten waren zweistöckig und in zwei Halbkreisen wie Reihenhäuser angeordnet. Sie waren in eine untere und eine obere Wohneinheit geteilt und mit einem Balkon oder einer Gart019einheit auf der Rückseite und einer an Pippi Langstrumpf erinnernden Veranda auf beiden Etagen der Vorderseite ausgestattet. Eine lange massive Holztreppe führte in den oberen Bereich. Trotz des etwas verschnörkelten Einrichtungsstiles der Vermieterin hatte Michaels obere Wohneinheit mit einem zusätzlichen Kinderzimmer, das mit Kindermöbeln einer großen schwedischen Einrichtungskette durchaus praktisch und für die wenigen Besuche im Jahr sehr nett eingerichtet worden war, für eine kleine Familie mit zwei Kindern ein Flair zum Wohlfühlen. Noch viel mehr freute sich allerdings Sverre, der noch im darauffolgenden Herbst in unserem kleinen Dorf zu Hause in Deutschland eingeschult werden sollte, über zahlreiche Bausteinsysteme wie eine Ritterburg und ein Schiff. Ich freute mich über die ergänzende Babykleidung, Schlafsack, Hängemobile, Kinderstuhl, Wippe, einen rollenden Plüschhund als Lauflernhilfe und über typisches Spielzeug für Ronja. Alles passte für ihr Alter genau. Sie war gerade mal neun Monate alt und zog sich an jedem ungefähr 50 Zentimeter hohen Möbelstück hoch, unternahm erste Stehversuche oder krabbelte wie ein Wirbelwind mit Begeisterung durch die ganze Wohnung. Die umfangreiche Spielausstattung hätten wir niemals in die zwei zugelassenen Koffer voll Reisegepäck bekommen, zumal Ronja mit unter einem Jahr ohne eigenen Sitzplatz auf meinem Schoß in dem sowieso schon sehr eng bestuhlten Flugzeug von Stuttgart über Zürich nach Stockholm saß und ich für sie kein eigenes Gepäck anmelden konnte. Immerhin konnte ich ihre Babyschale kurz vor Betreten des Flugzeuges zur Einlagerung während des Fluges im Gepäckraum neben die Treppe ins Flugzeug stellen. Erstaunlicherweise kam diese im Gegensatz zu manch anderen Gepäckstücken auf den Flügen ihres ersten Lebensjahres verlässlich am Zielort an und wurde mir beim Verlassen der Flugtreppe freundlich und unversehrt zurücküberreicht. Ich hatte mich deshalb vor den Flugreisen routinemäßig mit Sverre und Ronja nicht zuletzt zugunsten meiner und Michaels gemeinsamer, ruhiger Nächte auf die persönliche Einschlafhilfe in Form eines Kuscheltieres im Handgepäck geeinigt, um am Zielort auf viele Freiluftaktivitäten und einzelne Spielsachen zurückzugreifen. Die Auswahlmöglichkeiten aus diesen vielen Spielsachen und das Babyzubehör in Stockholm hatten wir dagegen mehreren kinderfreundlichen Menschen unter den schwedischen Kollegen und Kolleginnen von Michael zu verdanken. Sie erkannten den Bedarf ohne weiteres Zutun. Wie von allein sammelten sich die oben beschriebenen, altersgerechten Kinderhaushaltsergänzungen für unseren Fünfjährigen und unsere noch nicht Einjährige an. Feierlich wurden diese Michael während einer Kaffeepause kurz vor unserer Ankunft überreicht. Ein Laufstall war nicht dabei. Auch Michael hatte ihn nicht besorgt. »Wofür auch?«, hatte er lauthals in den Raum gestellt. Aufgrund von Treppengittern in unserem Neubau in Deutschland hatten wir bisher auch keinen besessen. Unsere Kinder wurden zumindest in diesem Bereich wie wir freiheitsliebend erzogen und der Alltag blieb so auch für uns aktiv und belebt.

Nach dem ersten gemeinsamen Wochenende, das wir mit Ausflügen in den Skansen, einem Zoo und Freiluftpark Stockholms, auf den *Bryggartäppans lekplats* und zum *Kristinebergs slottspark* füllten, waren wir begeistert von den Freizeitmöglichkeiten für Familien mit kleinen Kindern der an Mälaren gelegenen, größten Stadt Skandinaviens.

Für den darauffolgenden Montag nahm ich mir mit den Kindern weitere Ausflüge dieser Art und in die naturschöne Umgebung vor. Michael musste dagegen wieder die nächsten fünf Wochentage mit Meetings auf der Baustelle der Citybanan am Projekt Odenplan und Vasatunnel, auf der neuen Stadtbahn in Stockholm, verbringen. Wir erwarteten ihn nach der Arbeit nicht vor 18 Uhr. Im Gegensatz zu seinen schwedischen Kollegen und Kolleginnen verbrachte Michael bereits vor 8 Uhr und nach 16 Uhr noch wertvolle Zeit im Büro, da er sich nicht wie die anderen leitenden Angestellten der Baustelle an die skandinavischen Öffnungszeiten der Kindergärten und Schulen halten musste. Wichtige Besprechungen fanden daher auch genau in von diesem Bildungssystem bestimmten Zeitraum statt – dann aber zuhauf und nahezu nahtlos ineinander übergehend. Wir lernten schon zu dieser Zeit, dass Kommunikation ein wichtiger Faktor unter Skandinaviern ist.

Meine Ausflugspläne allein mit den Kindern wurden jedoch gleich in der ersten Nacht auf Montag durch hohes Fieber und Halsschmerzen bei mir durchkreuzt. Fiebersaft, Halstabletten und übliche Hausmittel von Homöopathie bis Geheimkraut halfen nichts und wir beschlossen, am dritten Tag den *legevakten* Stockholms (Arztzentrum für nächtliche Notfälle und Besucher ohne eigenen Hausarzt in Schweden) zu besuchen. Zu meinem Erstaunen wurde ich nach Nennung meines Namens und Geburtstages sowie verkürzter Wartezeit aufgrund einer Körpertemperatur von nun über 40 Grad Celsius von einem freundlichen Arzt, Tjorben, mit meinem Vornamen begrüßt und meine kurze, aber dokumentierte Krankenakte im Computer über die letzten beiden Arztbesuche in Schweden an anderen Orten von einer zentralen Datenbank aufgerufen. Schnell kam er zu seiner Diagnose: »Es ist ja nicht deine erste Mandelentzündung. Ansonsten bist du ja gesund und weist auch keine Unverträglichkeit gegenüber Penicillin auf.«

Ja, die verflixten Mandelentzündungen waren in den letzten Jahren mein kleines Gesundheitsmanko gewesen. Im Schnitt lag ich zweimal pro Jahr heftig flach und konnte dank Antibiotika nach zwei oder drei Tagen wieder aufstehen und zumindest meinem Alltag nachgehen. Ja, ich hatte in Deutschland bereits mit meinem HNO-Arzt über die Möglichkeit der Mandelentfernung gesprochen. Nein, ich war noch nicht entschieden. Der Arzt fügte jedoch hinzu: »Es könnte sich auch um das Pfeiffersche Drüsenfieber handeln. Sollte das Penicillin nicht wie immer eine Linderung aller Symptome nach spätestens 48 Stunden hervorrufen, kannst du gerne wiederkommen.«

Nach 48 Stunden und einem weiteren Besuch waren sich unter Vorbehalt der Laborergebnisse alle sicher: Es war das Pfeiffersche Drüsenfieber. Das Fieber blieb konstant hoch bei knapp unter 40 Grad Celsius – trotz Penicillin, Fiebersenkern und Schmerzmitteln. Der Arzt hatte recht. Ich war nicht allergisch gegen dieses Medikament. Allerdings lag ich nun nach dessen zusätzlicher Wirkung komplett flach. Ich hatte hohes Fieber, Schwindel, einen geschwollenen Hals, mein Magen und Darm rebellierten und ich war froh, den Weg zur Toilette und zurück zum Sofa zweimal am Tag geschafft zu haben. Ich konnte kaum einen Fünfjährigen beaufsichtigen, geschweige denn eine Neunmonatige versorgen.

Nach zwei reduzierten Arbeitstagen meines Mannes trug er mir folgenden Vorschlag vor: »Die Damen und Herren im Büro haben heute Nachmittag angeregt, dass ich Ronja doch mit ins Büro bringen kann.«

Mir war mittlerweile alles recht und Ronja war ein sehr umgängliches Baby mit viel Vertrauen in ihren Papa und in eine freundliche Umwelt. »Warum nicht?«, dachte ich. Auf dem Sofa verbrachten Sverre und ich den nächsten Tag bei der Eröffnungsfeier und den Wettkämpfen der Olympischen Spiele sowie deren anschließender Zusammenfassung (so genau habe ich das gar nicht mehr alles zwischen Schlaf und Wachen mitbekommen) sowie ausgiebigem Malen und Spielen. Gegen Abend kamen zu meinem Erstaunen zwei fröhliche Menschen, Groß-Papa und Klein-Ronja, ausgeglichen nach Hause. Kurzerhand berichtete Michael: »Alle haben sich rührend um unsere Ronja gekümmert. Zuerst ich selbst, dann die Kolleginnen. Sie wollten die Kleine auch mal halten. Danach ist sie in mehreren Meetings rumgereicht und von unterschiedlichen – meist weiblichen – Mitarbeiterinnen mit der Flasche und weichem Knäckebrot gefüttert worden. Schließlich hat sie es geliebt, sich in den unteren beiden Ebenen des eigens

für sie leer geräumten Regals unter meinem Schreibtisch hochzu-
ziehen und zu verstecken.«

Ich runzelte die Stirn.

»Morgen nehme ich sie gerne wieder mit ins Büro. Das haben mir
alle angeboten. Ach, und gute Besserung soll ich ausrichten.« Ich
war zu müde, um noch genauer nachzufragen. Sie sah glücklich
aus und Verhungern und Dursten schienen bei der Umsorgung
nicht die erste Gefahr zu sein. Tatsächlich ging unsere Tochter
die folgenden zehn Arbeitstage mit zu Michaels Arbeit, in etliche
Meetings und Besprechungen. Michael vertiefte seine kommuni-
kativen Verbindungen zu seinen Mitarbeitern und Mitarbeiterinnen
durch das Mitbringen eines Babys. Sverre und ich sahen ganze
zwei Wochen lang täglich alle sportlichen Ereignisse in live und
nochmals in Gesamtzusammenfassung rund um die Olympischen
Spiele. Nach fast drei Wochen, einen Tag vor der Abreise nach
Deutschland, nahm mein Fieber ab, die Symptome ließen nach
und wir machten gemeinsam einen Besuch auf die Baustelle und
ins Büro. Alle empfingen uns herzlich, vor allem den kleinen Sverre
und die ihnen ans Herz gewachsene Ronja. Als ich unter Michaels
Schreibtisch den Boden erblickte, kam mir kurz ein komischer
Gedanke. Dort lagen einzelne Spielsachen wie eine Rassel, eine
Ziehente und ein Plüschbuch aus Stoff. Daneben war das Regal
frei geräumt und Michael zeigte mir nicht nur seinen Arbeitsplatz,
sondern auch Ronjas Spielwiese. Diese war allerdings nicht grün,
sondern verkrümelt und verstaubt. Ich sah auf die Arbeitsschuhe
neben der Tür für die Baustellenbesichtigungen und die kleinen
Lehmklumpen auf dem Boden. Ich ahnte es schon. Kurz nach
unserer Rückreise war Ronja sehr unruhig und hatte Bauchweh.
Bis heute ist ungeklärt, ob sie sich angesteckt oder einfach zu
schmutzige Krümel vom Boden in Michaels Büro probiert hatte.

Große Entscheidung

Mehrere Male in den letzten fünf Jahren spielten wir mit dem Gedanken der Familienzusammenführung. Jedoch fühlten sich Sverre und Ronja in der örtlichen Grundschule und dem hochmodernen und in späteren Jahren für mitteleuropäische Verhältnisse mit dem neuesten Medienschnickschnack ausgestatteten Neubau des 8 Kilometer entfernten Gymnasiums trotz der allgemein bekannten, auch in Süddeutschland bildungssystematischen Probleme wie Lehrermangel, Abhängigkeit eines unbeschwerten Schulalltags von den jeweiligen Schulleiter- und Lehrerpersönlichkeiten und vielem mehr pudelwohl. Gleiches galt auch für den Sportverein, die Musikschule und nicht zuletzt den Freundeskreis.

Ich war praktisch die meiste Zeit im Alltag alleinerziehend. Meine Arbeit sah ich als eine willkommene Abwechslung und ich fuhr dafür täglich in das Herz unserer Kreisstadt. Vor allem deshalb, weil ich von herzlichen Kollegen und Kolleginnen sowie von wertschätzenden Vorgesetzten umgeben war, machte mir mein Beruf seit über zehn Jahren sehr viel Spaß. Unsere Nachbarschaft machte uns ebenfalls unsere Entscheidung, unseren Hauptaufenthaltsort möglicherweise zu ändern, nicht leichter. Ganz besonders aber freuten wir uns über den intensiven Familienkontakt. So waren beide Großelternpaare zu ihren Kindern und Enkelkindern aus der Mitte Deutschlands in die umliegenden Gemeinden im Laufe der letzten sechs Jahre gezogen, nahmen begeistert am Hobby ihrer Enkel und unserem Alltag teil und arrangierten mehrmals jährlich mit den Geschwisterfamilien der älteren und mittleren Generationen Familienfeste zu Geburtstagen, Weihnachten, Konfirmationen und Hochzeiten. So hätte es weitergehen können gemäß dem Prinzip: *Never change a running system.* Allerdings änderte sich das Leben für uns genauso wie für fast alle Menschen Anfang 2020: Corona kam.

Zuhause

Zum Glück traf uns kein gefährlicher Krankheitsverlauf nach einer durchaus gefürchteten Ansteckung mit dem Coronavirus. Aber durch die daraus resultierenden gesellschaftlichen Beschränkungen, Lockdowns und Grenzschließungen wurde – wie auch bei allen anderen – unser Leben auf den Kopf gestellt. Wo man nur hinhörte, war das Vereinbaren von vor allem kleineren Kindern (und ich finde auch pubertierenden Heranwachsenden) im Lockdown mit der eigenen Berufstätigkeit ein Kraftakt und physisch, aber auch psychisch aufgrund täglicher Hiobsbotschaften kaum noch zu stemmen. Auch mein Alltag mit Kindern änderte sich rapide. In den schlimmsten Lockdownzeiten gingen natürlich auch meine Kinder – mittlerweile in der dritten und siebten Klasse – nicht mehr zum Sport und nicht mehr in die Schule. Und auch ich arbeitete nur noch in den eigenen vier Wänden und nahm an Meetings aus dem Homeoffice teil. Da meine Kinder und ich alle drei sehr gut harmonierten, war diese Zeit zu Hause weitaus nicht so herausfordernd, wie ich aus dem Bekanntenkreis und dem kollegialen Umfeld immer wieder hörte.

Zugegebenermaßen hatten beide Kinder engagierte Lehrer und Lehrerinnen. Wir schienen die Situation zunächst ganz gut im Griff zu haben. Zu dritt konnten wir unserem gemeinsamen sportlichen Hobby familienintern nachgehen. Es durfte nur kein außerfamiliärer Trainingspartner dazukommen. Eine Trainingseinheit war aber nun bei Weitem nicht mehr so zielführend wie bisher, nichtsdestotrotz hatten wir Freude und einen Ausgleich zum Aufeinanderhocken. Morgens erhielten Ronja und Sverre digitalen Unterricht nach Stundenplan. Und zu unserer Verwunderung hielt unsere Internetleitung auf dem Dorf sogar drei parallel laufende Onlinebesprechungen aus. Dennoch war gerade das digitale Unterrichten für Schüler, Eltern und Lehrer eine Schwierigkeit. Glücklicherweise erhielten unsere Kinder wöchentlich Rückmeldung (auch wenn um eine Woche verspätet) zu ihren schriftlichen Eigenleistungen im betreuten Hausunterricht.

Darüber hinaus waren die Kontaktbeschränkungen immens. Aber wir hielten uns sehr lange an alles, was uns zugetragen wurde. Die Großeltern trafen wir nur paarweise zum Spaziergang oder am Gartenzaun auf ein Gespräch. Weitere soziale Kontakte hielten wir per Smartphone und Videochat aufrecht. Lediglich zugunsten der Psyche unserer Kinder ließ ich nach einiger Zeit wenige konstante Sozialkontakte aufgrund meines vernünftigen (so meine ich) Menschenverstandes zu: Ich erlaubte zeitlich außerhalb der Schulaufgaben und mit Bitte um Abstand den Besuch vom besten Freund meines Sohnes, unserem Nachbarssohn, im Garten und im Baumhaus. Und auch meine Tochter konnte nicht ohne gleichaltrigen Austausch auskommen. Die anderen Mütter unserer Sackgasse und ich riefen die Whatsapp-Gruppe namens »Spielgruppe Akazienweg« ins Leben. So spielten dann mal zwei, mal drei Mädchen gleichen Alters mit Fahrzeugen und ebenfalls Abstand von mindestens einer Fahrradlänge auf der Straße oder auf den Feldern drumherum.

Zeit

Ganz im Gegensatz zu diesem gesellschaftlichen und sehr menschlichen Leid aufgrund dieser unnatürlichen Distanz schien es unseren beiden Haustieren, zwei kleinen Zwergkaninchen, besser zu gehen als je zuvor. Mit abnehmendem zeitlichen Aufwand für Schulweg, Hausaufgaben (neue Vokabeln und fortführende Inhalte wurden von den Lehrern und Lehrerinnen meiner Kinder zunächst gänzlich ausgeblendet) und Sport nahmen sich meine Kinder nun richtig Zeit für ihre geliebten Haustiere. Anders als viele andere hatten wir nicht den Wunsch, uns nun ein neues Haustier wie einen Hund oder eine Katze zuzulegen, denn wir hatten bereits unsere beiden Mümmler. Diese lebten ziemlich geräumig in einem etwa 10 Quadratmeter großen Außengehege schattig unter unserem auf Stelzen stehenden Baumhaus. Beide hatten wir ein Jahr zuvor gekauft und unsere Kinder hatten das Mädchen Goldi und den kastrierten Jungen Asterix genannt. Vor allem Ronja verbrachte so viel Zeit mit den beiden Mümmeltierchen und verwöhnte sie mit gesunden Leckerli wie Möhren, Salatblättern, Gemüse und Apfelschnitzchen, dass sie nach einiger Zeit im Garten unter Ronjas Aufsicht frei laufen gelassen werden konnten. Nur wenige Male bewegten sie sich dabei von unserem großen, nicht eingezäunten Löwenzahnparadies auf die benachbarten Grundstücke und Felder. Dann blieben sie dort neugierig schnüffelnd sitzen und ließen sich leicht durch teils die gesamte Drei-Personen-Familie beschäftigende Jagdspiele wieder einfangen. Kein Problem, solange ich nicht gerade an einem Meeting teilnahm. Zu Hause waren wir ja eh fast immer. Die Zeit schien stillzustehen. Unsere Kinder hatten mehr freie Entwicklungszeit als je zuvor.

Auch außerhalb der Haustierreihen schien sowohl Tierwelt als auch Natur aufzublühen. Durch Homeoffice und fehlende Elterntaxis an den Schulen wurden weniger Abgase in die Umwelt geblasen. Überhaupt gab es viel weniger Verkehr auf den Straßen. Noch viel mehr als je zuvor schien allerdings der Himmel gerade über Orten rund um Stuttgart oder anderen Städten mit Flughäfen in Deutschland blau zu strahlen. Es war schlicht nur das Vogelgezwitscher zu hören, da die Fluggesellschaften das Fliegen nun gänzlich eingestellt hatten.

Michael besuchte uns in dieser Zeit zweimal mit dem Auto und machte sich auf eine 24-stündige Reise von Norwegen nach Deutschland und nach wenigen Tagen wieder zurück. Noch nie war er so flugs und ohne Stau über deutsche Autobahnen gedüst und in leeren Fähren zwischen Skandinavien und Mitteleuropa hin- und hergereist. Aber noch nie zuvor war er länger als zehn Tage von uns getrennt gewesen. Und noch nie zuvor hatte er so viel Aufwand für das Heimreisen aufbringen müssen. Er dachte wie sicher fast alle Menschen: »Irgendwann müssten diese Einschränkungen doch ein Ende haben und das Leben wieder Fahrt aufnehmen. Irgendwann müsste es doch wieder ein bisschen mehr wie vorher werden.«

Zusammen

Und tatsächlich: Nach einer gefühlten Ewigkeit nahmen die Beschränkungen Stück für Stück wieder ab. Familien und Menschen waren weiter als an ihre Belastungsgrenze gekommen. Laut Meinungen aus Elternbeirat und Rückmeldung um uns herum hätte nun mit der Aufnahme von Sport, Schule und Sozialkontakten in Kleingruppen und halbierten Schulklassen endlich alles wieder besser werden sollen. Für uns fingen die Probleme aber nun erst richtig an: Hatte ich alleinerziehend – mehrere Wochen getrennt lebend von Michael – die Kinder und unsere Kleinfamilie zu dritt gut im Griff, musste ich nun wieder täglich zum Arbeitsplatz. Meine beiden eigenen Kinder blieben dagegen ein über den anderen Tag daheim und mussten sich nun allein beaufsichtigen und dem Unterricht mit hoffentlich vollem Engagement folgen. Wie wahrscheinlich in den meisten Familien klingelte mein Smartphone einige Male während der Arbeit, um eines meiner Kinder wegen einer unaufschiebbaren Frage oder Nasenblutens telefonisch aus der Ferne zu bemuttern. Zudem leistete ich Überstunden auch bis in die späten Nachmittage hinein, da sich Arbeitsvorgänge aufgestaut oder sich vervielfältigt hatten. Einige wenige Kollegen und Kolleginnen waren zudem nicht einsatzfähig, da sie aufgrund von Schwangerschaften, Vorerkrankungen, Impfnebenwirkungen oder anderen Gründen krankgeschrieben waren. Oft musste auch jemand seine kranken Kinder in eine Quarantäne begleiten. Zwei bis drei Mal waren auch meine eigenen Kinder in Quarantäne und durften nicht in die Schule zu ihrem halb reduzierten Unterricht. Nichtsdestotrotz lief der Sport aber wieder etwas an. Auch dahin mussten meine Kinder nun zu sehr flexiblen und wöchentlich wechselnden Zeiten gebracht werden. Im Gegensatz zur Zeit vor Corona bedurfte diese gesamte Organisation eines viel höheren Kraftaufwandes, da sich die Stundenpläne meiner Kinder und Wochenpläne im Sport jederzeit ändern konnten. Und das taten sie auch – fast täglich.

Richtig niedergeschlagen waren wir erst, als sich nach fast drei Monaten im ersten Lockdown und im darauffolgenden Herbst und Winter eines glasklar für uns herauskristallisierte: Während nun die meisten in der Gesellschaft und in meiner näheren Umgebung verhalten aufatmeten und sich über eine räumliche Trennung nach einer Corona geschuldeten nervenzermürbenden, erzwungenen Nähe zu Kindern und Ehepartnern freuten, wurde der normale Flugplan nach Oslo nicht wieder aufgenommen. Die Firma meines Mannes hatte vertraglich neu vereinbart, die fast wöchentlichen Reisen ins Ausland für die Angestellten des Projektes zu untersagen, da die Quarantänepflichtzeiten in Deutschland und beim Zurückkehren nach Norwegen zwei Wochen plus Fahrtzeit mit dem Auto betragen hätten. Noch dazu konnten auch wir drei Michael in Norwegen nicht besuchen. Denn auch unsere drohende Quarantäne bei der Wiedereinreise nach Deutschland am Ende der Ferien wurde mir von meinem Arbeitgeber untersagt. Obwohl sich das Leben in Deutschland für die meisten wieder zu normalisieren schien, war Michael ungewollt bereits über drei Monate von uns getrennt. Schließlich konnte er erreichen, dass er gut fünf Wochen im und um den Dezember im Homeoffice in Deutschland verbringen durfte. Da auch die meisten anderen Kollegen eh im Homeoffice waren und nur die zum Betrieb zwingend erforderlichen Mitarbeiter vor Ort sein mussten, war dies kein Problem und für uns ein absoluter Grund zu feiern. Und so genossen wir im bereits zweiten anstehenden Lockdown nun das Leben zu viert zu Hause – alle online mit ihrer Arbeit oder Schule verbunden.

Der große Schrecken befiehl uns aber direkt nach Neujahr. Wir verabschiedeten uns auf unbestimmte Zeit, aber natürlich in der Hoffnung auf ein monatliches Wiedersehen über eine Woche, was ihm die Schweizer Firma und der skandinavische Tunnelbau nun mit Einsicht über das psychische Wohl der Mitarbeiter mit Wohnsitz im Ausland zugesichert hatten. Wir alle hatten jedoch die Rechnung ohne den norwegischen Staat gemacht. Ende Januar 2021 beschloss die umsichtige Regierung nach Auswertung aller Statistiken die Gesundheit der Menschen in Norwegen sowohl in physischer als auch in psychischer Hinsicht zu schützen: Das Maskentragen wurde weiterhin in den Schulen Norwegens nicht eingeführt, sondern lediglich für das Treffen vieler Menschen auf engem Raum von einer zeitlichen Dauer von über einer Viertelstunde empfohlen. Fast alle Aktivitäten durften wieder aufgenommen werden. Ein nicht nachweislich infizierter Mensch wurde gebeten, in seiner Quarantänezeit Abstand zu halten. Er konnte jedoch außerhalb der Stoßzeiten einkaufen gehen, Auto fahren oder sich in der Natur mit anderen mit Abstand treffen oder allein dort aufhalten. Da aber die Infektionszahlen auch in Norwegen stiegen und schnellstmöglich wieder fallen sollten und viele Einreisende Infektionen mit ins Land brachten, wurden nun die Grenzen zur Einreise für alle Nicht-Norweger geschlossen. Eine Einreise von erstgradig verwandten Familienmitgliedern blieb nur nach Nachweis eines Wohnsitzes in Norwegen oder eines norwegischen Verwandten erlaubt. Weder wir noch Michael hatten eine norwegische Staatsbürgerschaft oder einen anderen Grund zur Einreise wie zum Beispiel einen anerkannten Wohnsitz in Norwegen. Diesen hatte er bereits seit mehreren Monaten aufgrund seiner unbefristeten Aufenthaltsgenehmigung und seines Arbeitsvertrages beantragt. Er war ja schließlich in diesem ersten Coronajahr 2020 mehr in Norwegen als mit uns zusammen gewesen. Allerdings hieß es auf mehrmaliges telefonisches Nachfragen auch über die Anwälte der Baustelle bei der verantwortlichen Stelle auf dem norwegischen Amt zunächst: »Solche Anträge werden während der Pandemie nicht bearbeitet. Bitte sieh von weiteren persönlichen Nachfragen ab!« Wir waren entsetzt. Doch nach einigen Wochen bekamen wir schließlich nochmals eine Antwort per Mail, »dass dem Antrag vorerst nicht stattgegeben wird, da deine Kinder sich in Deutschland aufhalten und der Aufenthaltsort der Kinder immer automatisch der offizielle Wohnort eines verheirateten Vaters und Mutter ist«.

Diese Nachricht traf uns wie ein Schlag in die Magengegend und brachte das Fass zum Überlaufen. Wir mussten etwas ändern! Wir mussten zusammenziehen und wenn nicht wegen einer neuen Baustelle für meinen Mann vor Ort, dann in diesem wunderschönen, freien Norwegen.

In den darauffolgenden Monaten wurden wir eindringlich bestärkt in unserer Entscheidung. Die Grenze blieb bis Juni für uns alle unüberwindbar – und eines war uns klar: Diese Trennung wollten wir so nicht noch einmal durchleben. Der Entschluss stand fest: Wir alle ziehen für mindestens ein Jahr nach Norwegen um!

Ein bisschen Organisation

In der Zeit von Januar bis Juni 2021 normalisierte sich langsam das Leben um uns herum. Mal davon abgesehen, dass Kinder in der Schule und Menschen beim Einkaufen weiterhin zum Tragen von Masken angehalten wurden.

Wir allerdings führten nun ein Doppelleben. Während der normale Schulstress mit Klassenarbeiten, Elterngesprächen und vereinzelten Elternabenden an alter Normalität gewann, erreichte uns die Erkenntnis, Schulstoff in allen Klassenstufen verpasst und auch im Sport einiges wieder verlernt zu haben. Natürlich ging dies fast allen so, aber das machte das Leben an Ort und Stelle nicht einfacher und die Aufholjagd mit einzelnen Quarantänephasen und anlasslosen Breitentests, die bis zu dreimal wöchentlich während der Unterrichtszeit stattfanden, nicht entspannter. Erst im späten Frühjahr war ich voll geimpft und musste selbst nicht jeden zweiten Morgen eine halbe Stunde eher als ehemals nötig die Arbeitsstelle betreten, um sie vielleicht anschließend bei einem positiven Testergebnis fürs Homeoffice und eine Abklärung durch einen PCR-Test wieder zu verlassen.

Währenddessen bemühten wir uns ununterbrochen, unseren Entschluss umzusetzen. Meine Arbeit zu verlassen und erst wieder nach einem Jahr zurückzukehren, war für mich zunächst schwer vorstellbar. Zudem wussten wir nicht, wie sich diese Pandemie weiterentwickeln und auf welchen Baustellen in welchem Land Michael nach weiteren drei bis fünf Jahren arbeiten würde.

So entschied ich mich natürlich nicht dafür, meine Arbeit zu kündigen, sondern zunächst für eine beurlaubte Auszeit. Auch wenn das Einreichen und Durchsetzen einer Beurlaubung auf Zeit nur eine Formalie darstellte, musste ich mehrmals meinen Arbeitgeber informieren, kontaktieren, überzeugen und schließlich trotz Mitarbeitermangel (der war und bleibt ja nicht neu) eindringlich bitten und erklären, dass ich noch vor der sommerlichen Hochphase an meine Kollegin übergebe und beurlaubt werde. So gut strukturiert wie in diesem Frühjahr war meine Arbeit noch nie gewesen. Mit Unterstützung meiner Vorgesetzten wurde schließlich nach einigen Wochen Bearbeitungszeit meinem Antrag schriftlich zugestimmt. Das Abmelden der Kinder in den jeweiligen Schulen lief dagegen fast reibungslos. Schulen gab es überall auf der Welt. Welcher (beruflich) erfüllenden Aufgabe wollte aber ich nach den Sommerferien nachgehen? Diese Entscheidung vertagte ich auf später.

Nichts in trockenen Tüchern

Bereits schon Anfang des Jahres stellten wir uns folgende Fragen: Wo würden wir ab den Sommerferien wohnen? Und an welcher Schule würden unsere Kinder dann unterrichtet werden? Überlegungen zur Schulsituation unserer Kinder waren theoretisch nicht neu. Michael hatte seit 2019 seine Baustelle in einer für norwegische Verhältnisse gar nicht so kleinen Stadt mit etwas über 30 000 Einwohnern. Sie lag von der Autobahnauffahrt eine Dreiviertelstunde südlich von Oslo auf der östlichen Seite des Oslofjords. Die Erwägung, unsere Kinder an einer deutschen Schule in Oslo anzumelden, war praktisch nicht umsetzbar, denn das Tempo auf norwegischen Autobahnen ist schon lange auf maximal 90 bis 110 Kilometer pro Stunde beschränkt. Auch wenn laut Navigation die Fahrtzeit zur Schule in Oslo nur 45 Minuten von Michaels damaliger Wohnung beträgt, entspricht dies nicht der tatsächlichen Fahrtzeit direkt vor der ersten Schulstunde. Zwar ist die Stauanfälligkeit auf norwegischen Autobahnen im Allgemeinen immer noch sehr gering, doch trifft dies nicht morgens vor acht auf der E6 Richtung Oslo und schon gar nicht auf der Osloer Stadtautobahn während der Rushhour zu.

Die norwegische Rushhour umfasst, soweit wir das in den letzten Jahren beobachtet haben, übrigens zwei Zeitspannen: eine morgens zwischen halb acht und neun und eine nachmittags zwischen drei und halb fünf. In diesen Zeiträumen brachten oder verabschiedeten die Norweger ihre Kinder in die Schule oder den Kindergarten und holten sie pünktlich nach ihrer Arbeit wieder ab.

Michael lebte nun schon seit zwei Jahren dort und mied mit seinem Auto ebendiese Zeitfenster. Zusätzlich wusste er von seinem Weg zur Arbeit per pedes oder auf dem Rad, dass allein schon die Fahrt zur Autobahn hin eine tägliche Tortur darstellen konnte.

Nicht dass die 30 000 Bewohner so viel Stau hätten verursachen können. Ein Fähranleger für die Querverbindung zur anderen Oslofjordseite hinüber war vor mehreren Jahrzehnten ziemlich zentral gebaut worden. Im Schnitt legt alle 30 Minuten in beide Richtungen eine Fähre in Moss an oder ab. Somit stellt sie durch die Häufigkeit der Abgänge die schnellste Variante für Auto- und Lastwagenverkehr dar, auf die andere Seite des Oslofjords zu kommen. Mautgebühren sind auf den Autobahnen rund um den Oslofjord ebenfalls fällig und der Oslofjordtunnel ist darüber hinaus anfällig für Sperrungen. Daher sind die Fähren entsprechend attraktiv und besonders zur Rushhour auch ausgelastet – mit lähmenden Folgen für den Stadtverkehr und alle, die durch die Stadt zur Autobahn oder sonst wohin wollen oder müssen. »Nach der Fähre ist stets vor der Fähre!«, bringen es viele, die dieses Spektakel täglich durchleben, auf den Punkt. Zudem sind Zugverbindungen nach Oslo auch nicht wirklich eine Alternative. Diese werden regelmäßig und empfindlich nicht nur durch Michaels Baustelle, sondern diverse Signalfehler und andere Betriebseinschränkungen gestört.

Schließlich hakten wir eine deutsche Schule in Oslo ab.

Zu unserem Glück wurde Michael kurz darauf von einem Kollegen auf weitere Schulen aufmerksam gemacht: »Es gibt ja südlich von Oslo in drei halbstündlich auseinanderliegenden Städten auf Englisch unterrichtende Schulen. Du kannst sie im Internet finden. Die Anmeldeverfahren an den drei Schulen, die alle dem International-Baccalaureate-Programm angeschlossen sind, funktionieren jedoch voneinander unabhängig. Die Anmeldegebühr pro Kind wird laut Informationen der Webseite auf das Schulgeld des ersten halben Schuljahres wieder angerechnet. Allerdings wird dieser Prozess nur an der Schule durchgeführt, an der man schließlich auch aufgenommen wird. Eine der Schulen befindet sich in der Nähe der Baustelle. Meine Zwillinge gehen in die dritte Klasse. Sehr zu empfehlen.«

Michael hatte aufmerksam zugehört. »Das klingt wirklich interessant.«

»Die Anmeldezahlen übersteigen manchmal die Aufnahmekapazitäten. Wer zuerst anmeldet, bekommt auch eher einen freien Platz.« Wir hatten zunächst kein Interesse, gleichzeitig zwei Kinder an drei Schulen anzumelden. Dennoch entschieden wir uns für eine Anmeldung an der Schule, die der Baustelle am nächsten lag. Dank der Kommunikationsfreundlichkeit der Norweger erhielten wir über das digitale Rückmeldesystem der Schule eine automatisierte Bestätigung unseres Ansinnens und die Aufforderung, im Falle einer Aufnahme die Schulanmeldegebühr innerhalb weniger Tage auf das genannte Konto zu überweisen. Wir übten uns in Geduld. Nach mehreren Wochen wurden wir zunehmend unruhiger und nahmen Kontakt mit der Schule auf. Mittlerweile war das

Sekretariat aufgrund der Coronabeschränkungen in Norwegen ebenfalls nicht mehr telefonisch, sondern nur noch per Mail zu erreichen. Freundlich wurden wir darauf hingewiesen, den Aufnahmeprozess abzuwarten.

»… Auskünfte über die Chance, gleich zwei Kinder aufnehmen zu können, können nicht gegeben werden. Zudem ist das System so ausgelegt, dass sogar eine unterjährige Aufnahme üblich ist. Eine Aussage kann demnach über das nächste Schuljahr noch nicht getroffen werden.«

»Na toll«, dachten wir. Jetzt hatten wir sogar vor, genau zum Start des nächsten Schuljahres, also Anfang August, bereits in Norwegen zu sein, beendeten dafür die Schuljahre in Deutschland vor deren offiziellem Ende und schienen damit auch noch eine größere Herausforderung zu sein. Dann warteten wir lange, sehr lange auf eine weitere Antwort.

Schließlich beschlossen wir, uns nach Häusern zur Miete umzuschauen. Das sah im Detail so aus, dass Michael und ich uns über die Alles-kannst-du-finden-Suchmaschine der Norweger auf Wohnraumsuche begaben. Ziemlich zügig war uns mangels Angebot von Wohnungen zur Miete mit zwei Kinderzimmern der Weg zur Haussuche vorgegeben. Ich verbrachte Abende und Nächte damit, die Suchmaschine nahezu täglich auf neue Einträge zu durchsuchen. Der Suchradius variierte dabei von Stadtmitte bis zu 15 Kilometer entfernten Außendörfern.

Wobei das Wort Dorf an dieser Stelle noch zu dicht besiedelt klingt und die beobachtete Bebauung zum Teil aus lediglich drei weißen Holzhäusern zwischen Feldern rund um rote Gehöfte besteht. Zusammen mit zwei oder drei weiteren Bauernhöfen in der Nähe und in ähnlicher Struktur ist ihnen ein und derselbe Dorfname gemein.

So hatten wir uns und vor allem unsere Kinder sich die soziale Anbindung nicht vorgestellt. Dennoch wurden wir im Internet immer wieder durch Anzeigen eines einsamen Holzhauses, das laut Prospekt idyllisch am Rand eines ruhigen Wassers mitten in der Natur lag, abgelenkt.

»War das nicht unser Traum, ewig so zu urlauben?«, überkam es mich spontan. Ein Blick in die Detailbeschreibung der Haus-vita und die passende Karte ließ dieses verträumte rosarote Bild allerdings schnell verblassen: kein Anschluss an die Kanalisation, lediglich frisch übermalte uralte Baustrukturen mit schlechter oder gar ohne Isolation und Warmwasseraufbereitung zum Duschen.

Und in den Wintermonaten bei Schnee und Eis gab es keine Chance, die Zivilisation – geschweige denn Schule oder Arbeits-stätte – innerhalb von zwei Stunden oder überhaupt zu erreichen. Unserer Meinung nach liebt der Norweger dieses Hüttenleben, aber eben nur für die Wochenenden und Ferienwochen, die er nicht in den entfernten, warmen und meist auf anderen Konti-nenten liegenden Strand- und Poolurlaubsorten zum Auftanken des Vitamin-D-Speichers in den dunklen Wintermonaten oder in der Herbstferienwoche verbringt. In unserer Vorstellung stattet der Norweger überhaupt sein skandinavisches Familienauto nur deshalb dauerhaft mit einer Dachbox aus, weil er immer wieder für Kurzurlaube zu seiner einsamen Familienhütte im Hinterland, in vielen Fällen noch ohne Strom, fährt. Die Behälter auf dem Dach werden dabei mit warmen Norwegerpullovern, gestrickten Wollsocken und vor allem Essen und Trinken für den gesamten Hüttenurlaub gefüllt.

Dieses warme Gefühl von einsamer Hütte in Freiheit und Unab-hängigkeit, dafür aber voller *hygge* (Wohligkeit) wünschte ich mir bei der Suche unseres neuen Zuhauses auch – aber eben genau-so wie der Norweger auch nur für die Freizeit und nicht für den Alltag! Darüber hinaus fragten wir uns, wie wir nur vor 15 Jahren ein Haus aus der Entfernung hätten finden können, als es noch nicht die Möglichkeit gab, Häuser mit fünf oder sechs Zimmern mit der Hilfe von 30 bis 40 Fotos auf einer Immobilienplattform anzupreisen. Diese stets bearbeiteten Abbildungen verliehen uns fast schon private Einblicke in das norwegische Familienleben. Gefühlt kannte ich nun fast die halbe Stadt. Aber auch die Suche nach Häusern zur Miete war nach wochenlanger Internetrecherche sehr ernüchternd:

Erstens waren viele Häuser – typisches Holzhaus von vor 40 bis 100 Jahren – nicht mit einem offenen Schnitt und geräumiger Zimmeraufteilung zu haben. Meistens waren die Zimmer winzig klein oder auch kombiniert mit riesigen, schlecht geschnittenen Wohnräumen. Zweitens schienen die übrigen Hauseigentümer ihr Objekt vor 30 Jahren das letzte Mal mit Liebe eingerichtet zu haben. Und noch etwas war uns aufgefallen: Neben leer geräumtem Wohnraum, der aber mindestens noch einen Anstrich und am besten noch eine Renovierung verlangte, sahen wir fast ausschließlich nett eingerichtete Mietobjekte, die trotz modernen Mobiliars den Blick auf etliche über Wand und Boden verlaufende Leitungen unschön zuließen. Ich hatte grundsätzlich nichts gegen den Einrichtungsstil meiner Jugendjahre und dessen Charme. Fehlende Modernität und Abnutzung durch die letzten drei Jahrzehnte konnte ich jedoch leider nicht ausblenden. Drittens liegen heute noch innerstädtische Häuser oft in verwinkelten Grundstücken an oder inmitten von scheinbar halb brachliegenden Industriegebieten. In vielen Fällen sind Wohngebiete und Industriegebiete nicht klar voneinander separiert worden. So wurden Grundstücksgrenzen oft nicht durch Bordsteinkanten oder klare Flächenränder optisch von asphaltiertem, städtischem Boden getrennt. Meist wurden in den letzten Jahren neue Asphaltstücke über alte, brüchige und bereits vorhandene gegossen oder als Kiesflächen hier und dort erweitert. Somit ist der Ausblick aus manchem vermeintlich netten Haus dann doch wieder mehr als mitentscheidend. Daher kam bei unserer Suche nun auch Michael vor Ort in Norwegen das erste

Mal aktiv ins Spiel. Hatte er bisher kurzerhand viele Häuser beim Anblick ihres digitalen Exposés wieder ad acta gelegt, legte er mittlerweile seine abendlichen Joggingrunden entlang der wenigen für gut befundenen Exemplare. Leider waren nach etlichen Laufstunden diese auch nicht das Richtige für uns.

Besonders ärgerte uns mittlerweile, dass viel mehr Häuser zum Kauf als zur Miete angeboten wurden. Somit schielten wir mittlerweile mehrmals täglich auf die Anzeigen in der Spalte Hauskauf. Zwar hatten wir nicht vor, unser Haus in Deutschland zu verkaufen, um mit diesem Kapital dann ein anderes in Norwegen zu kaufen. Noch weniger hatten wir eigentlich vor, ein zweites Haus innerhalb von zehn Jahren zu kaufen, doch ließen wir uns in unseren Gedanken einen Moment auf den skandinavischen Immobilienkauf ein. Wir erinnerten uns an das Jahr 2007 zurück. Damals hatten wir mal Erfahrungen zur Suche nach einer Mietwohnung mit einem befreundeten skandinavischen Paar ausgetauscht. Dieses hatte uns in dem Gespräch verständnislos angeschaut und gefragt: »Warum nehmt ihr nicht einfach einen Kredit auf und kauft ein Haus? Alle Skandinavier erwerben Häuser schnell und verkaufen Häuser auch wieder schnell, wenn sie es nicht mehr brauchen.«

Dieser Gedanke war uns damals so etwas von fern. »Darüber muss ich erst mal nachdenken. Bisher hab ich nur das Motto ›ein Haus für ein Leben‹ in Deutschland in Erinnerung.«

Nun, 15 Jahre später, dachten wir wieder über diese skandinavische Idee nach. Diesmal machte sie uns Hoffnung. Solange wir konnten, wollten wir das Haus in Deutschland behalten. Nach Berechnung des vorhandenen Kapitals wollten wir ein Darlehen in Deutschland aufnehmen, dieses wie Miete abbezahlen und später bei Bedarf das ganze Haus wieder verkaufen. Die Wertsteigerung der letzten Jahre, immer noch günstige Zinsen und die steigende Inflation in Deutschland überzeugten uns schließlich. Nur das passende Haus fehlte weiterhin!

Michael sah nun immer wieder Häuser vor Ort in Norwegen mit aufgestellten Verkaufsschildern (*til salgs*) am Straßenrand auf dem Weg zur Arbeit und durchjoggte viele Vororte, um diese auf ihre Wohnstruktur zu durchkämmen. Denn wenn uns ein Prinzip aus unserem Hausbau in Deutschland geleitet hatte, dann war es doch: Lage, Lage, Lage! Auch beim näheren Betrachten der Internetanzeigen begeisterte uns neben der größeren Auswahl die innere Aufmachung. So wurden doch die meisten Häuser innen schneeweiß renoviert oder in einem sehr eleganten skandinavischen, hyggeligen Stil angeboten. Ich staunte über die Stilsicherheit dieser Hausanbieter, die sich eindeutig von der der staatlichen Städteplaner und der vielen Vermieter zu unterscheiden schien. Uns gefielen schließlich nach Sondierung der Anzeigen und Wohngebiete zwei Kaufobjekte. Beide waren innen und rundherum frisch und freundlich mit dem neuesten Mobiliar sowie offenen, modernen Küchen eingerichtet und entstammten passenden Baujahren. Beim Preis knirschten wir noch mit den Zähnen, allerdings stimmten uns das Preis-Leistungs-Verhältnis und der Kapitalwert bei steigenden Immobilienpreisen der letzten Jahre gerade in diesen Lagen zuversichtlich.

Wenn nicht Corona gewesen wäre, hätte man innerhalb weniger Tage einen Besichtigungstermin erhalten (vielleicht auch mit anderen Bietern gleichzeitig). Jedoch dauerte es geschlagene 15 Tage, bis endlich Verabredungen zur Besichtigung der beiden Häuser coronakonform zustande kamen. Bei der Besichtigung war ich live per Smartphone zugeschaltet. Gleich zu Beginn wurden wir von zwei Dingen überrascht: In diesem Haus, genauso wie auch im nächsten, schienen die Verkäufer bereits mit Sack und Pack ausgezogen zu sein. Die Häuser waren zwar restauriert, aber gänzlich leer gefegt. Im Gegensatz zu mir ließ sich Michael durch dieses für ihn uninteressante Detail bezüglich der Einrichtung nicht ablenken. Grundsätzlich war er mehr an Erkenntnissen zur Bausubstanz, an technischen Gegebenheiten wie zum Beispiel Heizung, Isolierung, Schornstein, Dach und Elektrizität, gesetzlichen Vorschriften zu Bebauungsfenstern, Bebauungsstilvorschriften für eine mögliche Doppelgarage und die gesetzliche Zulassung der in den offenen, am Hang gelegenen Kellerräumen liegenden Einliegerwohnung interessiert. Zudem versuchte Michael aus gegebenem Anlass, etwas über die Bodenstruktur unter dem Haus herauszufinden, waren doch kurz zuvor mehrere Häuser in der kleinen Gemeinde Gjerdrum in der Nähe von Oslo bei einem Erdrutsch verschüttet worden. So wusste Michael nur zu gut von seiner eigenen Baustelle, dass dies an der Beschaffenheit des Bodens lag. Mussten ansonsten alle möglichen baulichen Veränderungen wie Tunnel, Straßen und Häuser in das harte vorherrschende Gestein Norwegens gesprengt werden, existierte anscheinend noch eine weitere, gänzlich andere Bodenstruktur an vielen küstennahen oder niedrig gelegenen Gebieten in Norwegen: Fließton. Dieser beschäftigte auch die Baustelle und wurde nach entsprechenden Erkundungen nun an mehreren Orten fast über die ganze Stadt verteilt festgestellt.

Michael stellte nun auf Bitte des vor Ort überfragten, aber sehr fein herausgeputzten und eloquenten Immobilienmaklers nochmals Fragen per Mail. Nach zusätzlicher Wartezeit wurden uns in ein und derselben Mail eher weniger als mehr informative Antworten auf unsere Fragen geboten und nichtsdestotrotz das Bieterverfahren nahegelegt. Wir mussten feststellen, dass berufliche Seriosität weit über einen ersten äußerlichen Eindruck hinausreicht. Beim Aufrufen der Website zur Verkaufsvita des Hauses erkannten wir, dass das Haus einmal nach 90 Jahren für zwei Millionen norwegische Kronen verkauft worden war. Dann war die fast 100-jährige Hütte mit einem Einsatz von 1,9 Millionen Kronen von zwei norwegischen Geschäftsmännern gekauft und anschließend nicht bewohnt, aber restauriert worden. Nun sollte das in einen Schwan verwandelte hässliche Entlein für ein gewünschtes Erstgebot über 6,5 Millionen Kronen an eine neue Familie wie uns gebracht werden. Ein Angebot noch am gleichen Abend abzugeben, lehnten wir dankend ab.

Nach der Besichtigung zweier weiterer leerer Häuser, die im gleichen Einrichtungsstil digital präsentiert worden waren, erkannten wir die Taktik auch anderer Immobilienmakler vollends. Diese waren anscheinend nicht nur für die recht hübsche Präsentation des Exposés verantwortlich, sondern auch für das Gelingen der dargestellten Fotos. Neben einem professionellen Fotografen mussten auch Möbelpacker einer etwas hochwertigeren norwegischen Möbelfirma und eines Dekorateurs involviert gewesen sein, die jedes Haus eigens für seine Hochglanzbilder im Verkaufsprospekt einrichteten und wieder leer räumten. Natürlicherweise empfanden wir das Rundumpaket eines Immobilienmaklers eher als Mogelpackung und nicht als fundierte Informationsquelle über das zu verkaufende Objekt. Wie gesagt: Auf den ersten Blick fast unwiderstehlich!

Anmeldestress

Es vergingen wieder mehrere Tage und der Immobilienmarkt schien nichts Neues zu bieten. Mittlerweile war Norwegen in Frost und Eis gelegt und nicht nur die Natur, sondern auch die Norweger verharrten in ihrer Winterstarre. Die zweite Coronawelle rollte weiterhin durch die europäischen Staaten und alle Norweger schienen weder ihr Land noch ihr Haus für einen Umzug verlassen zu wollen. Wenigstens hatte die internationale Schule mit uns per Mail Kontakt aufgenommen. Gespannt öffneten wir die uns bereits bei der Anmeldung zugewiesenen Schulkontos unserer Kinder mit den sicheren Passwörtern und lasen eine enttäuschende, informelle Mitteilung: »… Nach Bearbeitung der Anmeldewünsche müssen wir dir leider mitteilen, dass unsere Schule voll belegt ist. Aufgrund der langen Wartelisten ist kein freier Schulplatz in diesem und im nächsten Schuljahr zu erwarten …«

Die doch sehr unpersönlich und allgemein gehaltene Absage fühlte sich wie ein Faustschlag ins Gesicht an. Sofort versuchten wir die anderen beiden Schulen zu den angeschlagenen Öffnungszeiten des Sekretariats zu erreichen. Zusätzlich war die nächsten Tage Schneefall und Sturm vorhergesagt. Michael erwog kurz, die aufgrund von Eis und Schnee mittlerweile fast zweistündige Fahrt mit Winterreifen und Spikes während der Mittagspause zur persönlichen Vorstellung auf sich zu nehmen. Nach einem kurzen Blick auf die Homepages der beiden Schulen war dies jedoch nicht mehr nötig. Ebenfalls wie alle öffentlichen Stellen in Norwegen waren auch die Schulen nun wegen Corona zu geschlossenen Gebäuden ohne Publikumsverkehr mutiert. Ausnahmen gab es nur, wenn man zum schulischen Personal oder zur Schülerschaft gehörte. Aufgrund des telefonischen Andrangs war auch dieser Kommunikationsweg offensichtlich nicht mehr offen.

Schließlich entschieden wir uns, die Anmeldeverfahren nun gleichzeitig an beiden Schulen zu starten und auf mindestens eine baldige positive Antwort zu hoffen. Zusätzlich schickten wir noch persönliche Worte und eine ausführliche, aber nicht zu lange Begründung per Mail an das Sekretariat und die jeweiligen Schulleitungen, um die Dringlichkeit der Informationsrückmeldung über eine mögliche Aufnahme freundlichst zu betonen. Erstaunlicherweise meldete sich danach ziemlich zügig eine der beiden Schulen. Zu unserer Erleichterung gaben sie uns nicht nur Rückmeldung über die Bearbeitungsschritte unserer Anmeldung, sondern auch weitere Informationen: »… zur Bearbeitung benötigen wir noch etwas mehr Zeit. Aber die Chancen für eine Aufnahme von deinem Sohn bewerten wir sehr positiv …«

»Ja und was ist mit Ronja?«, fragte ich Michael enttäuscht.

»Abwarten!«, mahnte mich Michael. Wir übten uns weiterhin in Geduld und schauten immer wieder im Internet nach. Auch für diese Schule hatten unsere Kinder nun schon jederzeit einsehbare Schülerkonten mit entsprechenden Passwörtern zugewiesen bekommen. Allerdings erschien eine Antwort auf Ronjas Schulkonto bezüglich ihrer Anmeldung erst einige Tage später: »..., sodass die möglichen Klassenstufen vier oder fünf für deine Tochter bereits voll und mit Wartelisten versehen sind. Eine Anmeldung stellen wir dir daher nicht in Aussicht ...«

Uns blieb beim Lesen fast das Herz fast stehen. Die Kinder auf unterschiedliche internationale Schulen in voneinander entfernten Städten zu schicken, schloss sich bereits durch die Schulwege aus. Ein Kind in eine internationale Schule mit uns bisher unbekanntem System und das andere in ein völlig anderes Schulsystem einer staatlichen Schule mit Norwegisch als ausschließlicher Unterrichtssprache einzugliedern, lag außerhalb unserer bisherigen Vorstellung.

Nachdem wir nochmals über eine freundliche Rückfrage per Mail Kontakt aufgenommen hatten und die Familienzugehörigkeit beider Geschwister nochmals betont hatten, kam wieder eine kurze informelle Mail: »... Geschwisterkinder haben Vorrang bei der Anmeldung. Sobald dein Sohn Sverre aufgenommen ist, ist die Anmeldung deiner Tochter Ronja traditionell sehr wahrscheinlich ... deine Anmeldung ist in Bearbeitung ...«

So langsam hatten wir den Eindruck, zwar immer zügig eine Rückmeldung über einen Bearbeitungsstatus einer Anfrage, aber keine annähernd genauen Aussagen über den Ausgang eines Verfahrens oder einer Anfrage zu erhalten. Aber das war uns an diesem Tag egal: Die Wahrscheinlichkeit war groß und somit mussten wir unseren Umkreis für die Haussuche in die bisher nicht fokussierte Stadt, 35 Kilometer südlich von der Baustelle meines Mannes Michael, verlegen. Immerhin verband die E6 als geradlinige Nord-Süd-Verbindung bei atemberaubenden 100 Stundenkilometern beide Orte innerhalb einer knappen halben Stunde. Ein bisschen Hoffnung keimte wieder auf:

Vielleicht gäbe es ja da noch ein bisher unentdecktes Haus zum Kauf.

Klein und gar nicht so fein

Während das weitere Schuljahr mehr schlecht als recht zwischen Homeschooling und geteiltem Präsenzunterricht seinen Lauf nahm und Michael weiterhin auf eine Ausreise zu uns in Verbindung mit einer garantierten Wiedereinreise nach Norwegen hoffte, hatte sich nun auch unsere nächste Verwandtschaft (Großeltern und Bruder mit Schwägerin) mit dem Gedanken angefreundet, uns im nächsten Schuljahr im hohen Norden als ganze Familie und nicht wie gewohnt im wenige Kilometer entfernten bisherigen Zuhause besuchen zu können. Sowohl meine Eltern als auch mein verwitweter Schwiegervater waren in regelmäßigen Abständen bei uns auf dem Sofa zwischen Enkeln und mir platziert worden und auf stetig hohe Interessenbekundung über die aktuellen Anmeldungen an den Schulen und die besichtigten Häuser informiert worden. Auch hier kamen uns die beschrifteten und bebilderten Präsentationen zu Hilfe und wurden für alle gut sichtbar auf dem Fernseher mit Internetanschluss vor- und zurückgespult.

Während die Opas grundsätzlich offen, neugierig, aber dann technisch- und kapitalkritische Äußerungen einschmissen, beschäftigten meine Mutter und ich uns darüber hinaus, aber zeitlich raumgreifend, mit den Einrichtungsmöglichkeiten der jeweiligen Häuser. Die Kinder interessierten sich meistens nur für die allgemeine Hausgröße und ihre Zimmer sowie einen Außenplatz für unsere Kaninchen. Mit jedem neuen Versuch wurden wir allerdings ein wenig desillusionierter und waren schließlich schon ein wenig verzweifelt. Während Michael immer gemäß dem Prinzip meines Schwiegervaters (*Wie es kommt, ist es gut.*) an die gute Wendung im Leben glaubte, breitete sich in mir so langsam Panik aus. Tatkräftig und vorausschauend hatten wir immerhin mittlerweile mit unserer Bank Kontakt aufgenommen. Ein neuer Kredit war möglich. Als Sicherheit sollte unser Haus in Deutschland dienen. Wir sollten nur die Höhe des benötigten Kredites mitteilen. Ich dachte: »Würden wir ja, wenn wir es wüssten. Wir brauchen endlich ein Haus!«

Nachdem Michael an einem Sonntag Ende Januar ein weiteres Haus in der neu anvisierten Umgebung der vielleicht zukünftigen Schule eher aus Verzweiflung als aus wirklicher Hingabe besichtigte, beendete er seinen telefonischen Bericht mit resignierter Stimme. Nach dem Auflegen hatte ich gerade mit meinen Kindern die 25 Hausangebote im Internet nochmals durchgeschaut, da klingelte es an unserer Haustür. Mit freundlichem Gesichtsausdruck und sichtlich entspannter Freizeitkleidung stand mein Schwager vor der Haustür. Er kam hin und wieder vorbei, um seinem Patensohn, der noch in jenem Jahr vor dem Umzug konfirmiert werden sollte, samt Nichte und Schwägerin einen Besuch abzustatten. Wir alle in der Familie hofften, dass die gesetzlichen Coronabeschränkungen eine festliche Familienfeier zulassen würden.

Normalerweise setzten wir uns kurz zu einer Tasse Tee zusammen und tauschten die neuesten Erlebnisse aus. Diesmal aber baten wir ihm keinen Platz an, sondern standen an einer Seite des langen, schweren Echtholzesstisches, auf dem der Laptop meines Sohnes gerade die Suchseite für Häuser anzeigte. Bisher hatten wir unseren Schwager und seine Familie nicht bei der Hausauswahl zurate gezogen. Dies lag schlicht und einfach daran, dass sich unsere Wohn- und Einrichtungsstile meiner Meinung nach sehr voneinander unterschieden. Wir hatten unseren Neubau vor acht Jahren mit offener, heller Hochglanzküche eingerichtet und die massive, geradlinige Esstischgruppe mit schwarzen Hochglanzmöbeln und einer dunklen Ledersitzgruppe kombiniert. Zudem waren graue und weiß abgetönte Farben von Fliesen und Wänden mit Holztreppe und Parkettböden modern zusammengestellt. Deckenspots, Balkonverglasung und erste Smarthome-Ergänzungen gehörten selbstverständlich dazu. Lediglich der angebaute Carport aus Holz sorgte außen vor dem Haus dafür, dass wir uns von den ebenfalls weißen Neubauten mit den schwarzen Dachpfannen und den dunkelgrauen Garagendächern von der zeitlich nach uns errichteten Nachbarschaft unterschieden. Sie hatten wie wir eine in Grautönen gepflasterte Einfahrt und einen modernen Vorgarten mit Gräsern und ausgewählten Solitärpflanzen und lagen noch weiter am Ende der Sackgasse.

Im Gegensatz dazu waren beide, Schwager und Schwägerin, nahezu genau ein Jahrzehnt älter als wir. Sie hatten Ende der 90er-Jahre an einem schwäbischen Dorfrand erst ein Haus aus den 20er-Jahren des letzten Jahrhunderts mit ockerfarbenen Holzfensterrahmen kernsaniert und mit einer aus Kiefern- und Rattanmöbeln fast bis heute bestehenden Ausstattung in warmen Gelb- und Orangetönen stimmig eingerichtet. Als Leiter einer bekannten Entwicklungsabteilung in der Maschinenbaubranche Württembergs liebte mein Schwager gerade diesen Kontrast zwischen Innovation und Design im täglichen Berufsleben gegenüber seinem Zuhause als Ruhepol. Zu seiner Tätigkeit zählten ebenfalls halbjährliche Reisen in die hochmoderne, blinkende, nahezu kitschige Technologiewelt Chinas.

Zum mentalen Ausgleich und als körperliche, fast schon sportliche Betätigung kauften beide schließlich nach dem Tod des Nachbarehepaares auch deren an ihr Grundstück grenzendes Haus, das ebenfalls aus einem sehr alten und verwinkelten Steinbau mit angebauten Unterständen und Garage bestand. Dieses Mammutprojekt beschäftigte meinen Schwager in Eigenausbau mit lediglich hier und da zusätzlicher Hilfe von professionellen Handwerkerfirmen der Region mehr als ein Jahrzehnt. Nur so ist auch sein Kleidungsstil zu erklären. Ging er morgens mit feinem anthrazitfarbenem Anzug, stets weißem Hemd und Krawatte ins Büro, so kannten wir ihn in seiner Freizeit fast ausschließlich in verwaschener, staubiger Jeans mit grauer Fleecejacke und teils leuchtend gelber Arbeitsjacke. Dazu trug er Arbeitsschuhe oder Wanderschuhe und schien grundsätzlich gerade die heimische Baustelle fluchtartig verlassen zu haben.

Letztendlich wurde das fertiggestellte Nachbarhaus das neue Zuhause der mittlerweile über 80 Jahre alten Eltern meiner Schwägerin. Sie lebten im ersten und zweiten Stock. In die Erdgeschosswohnung zogen nach langer Abwägung die Eltern meines Mannes und meines Schwagers. Auch sie fühlten sich nach anfänglicher Skepsis und trotz nicht heilbarer Erkrankung meiner Schwiegermutter, die leider mit Mitte 70 viel zu früh zur Jahreswende starb, sehr wohl in ihren neuen vier Wänden. Sie hatten neben dem nun verkauften Elternhaus in der Mitte Deutschlands noch das Elternhaus meines Schwiegervaters an der Nordsee. Auch hier hatte mein Schwager dafür gesorgt, dass das mittlerweile knapp 100 Jahre alte Stein auf Stein gebaute und verklinkerte Haus nach mehrmaligem Ausbau auch eine individuelle Fußbodenheizung für das Hochparterre bekam und den immer wieder auftretenden Orkanstärken des Windes in seiner Bausubstanz standhielt. Man konnte also sagen, mein Schwager hatte sich bei der Einschätzung und dem Ausbau vorhandener, älterer Gebäudesubstanzen in der Vergangenheit durchaus bewährt.

Wir waren zudem so verzweifelt, dass mir die Stildiskrepanzen in seiner Kleidung gänzlich schnuppe waren, und starrten nun alle gebannt an diesem Sonntagvormittag – mein Schwager wie gerade von der Baustelle gestiftet – auf die wechselnden Anzeigen. Ich bat ihn eindringlich um seine Meinung und fragte ihn, ob er denn nicht mit meiner Schwägerin auch schon mal auf diesem Portal nach Häusern gesucht hätte. Sehr zurückhaltend erzählte er von einem kleinen, süßen Holzhaus:

»Das Haus liegt schön an einem See, nahe der Natur, aber eben auch direkt in einem Wohngebiet nahe der Schule. Zur E6 für Michael sind es nur zwei Minuten zur Autobahn, zur CIS nur zwei Minuten zu Fuß und mit dem Fahrrad in die City knappe zehn Minuten.«

»Wie alt ist es denn?«, fragte ich reflexartig nach.

»Das Haus ist knapp 20 Jahre alt und muss innen hergerichtet werden. Die Bausubstanz ist meiner Meinung nach aber genauso wie die elektrische Fußbodenheizung, die Lüftungsanlage und der noch nicht benutzte Schornstein für einen einzubauenden Kamin sehr solide.« Das hörte sich ganz gut an. Er erzählte weiter: »Garten, Hof und Doppelgarage liegen samt Haus in einer kleinen Sackgasse. Es ist aber schon einige Wochen her, dass ich mit Hanna das Haus auf der Plattform entdeckt habe. Preislich ist es etwas günstiger als all die anderen hochglanzinserierten Immobilien, aber dafür ohne Maklerprovision von Privat zu kaufen. Es wirkt innen halt nicht so modern, darum haben wir erst mal nichts gesagt.«

Ich schien zu träumen. Wieso hatte ich das Haus nicht gesehen? »Lass mich mal schauen.« Ich blätterte per Mausklick durch die Anzeigen und entdeckte ein solides, rotes Holzhaus mit einer großen Holzterrasse im Anschluss an die zwei weißen Flügelterrassentüren aus weiß lackiertem Holz mit typisch in zwei mal drei Felder eingeteilten skandinavischen Fenstern, mit einem schlichten Rasengarten rund ums Haus, mit einer weder verputzten noch wie skandinavisch gewöhnlich von Holz umkleideten, sehr tiefen, rechteckigen Doppelgarage und mit einem kiesbeschichteten Hof, der dreimal so groß wie die Garage gleich mehreren Autos Platz zum Parken bot und etwas verloren wirkte. Beim Durchklicken der Innenraumfotos blieb mir dann fast das Herz stehen. Hier war definitiv kein maklerarrangierter Fotograf am Werk gewesen. Überhaupt ließen die kräftige, von Raum zu Raum unterschiedliche und kontrastreiche Farbwahl der Wände, und die aus Eichenlatten vertäfelten Holzdecken sowie die Ungenauigkeit der musterreichen italienischen Fliesen in allen Fluren und der Küche kombiniert mit der nicht ganz an die Wand abschließenden massiven Eichenküche mit bayerischer Sitzecke nicht den Einsatz professioneller Handwerker und Designer bis ins letzte Detail vermuten. Dafür sprach auch die optisch nicht fertig verkleidete Garage und das fehlende Eingangspodest vor der Haustür. Stattdessen war eine kleine Treppe, die eigentlich den Namen nicht verdiente, aus mehreren übereinandergelegten Gehwegplatten hergestellt worden. Dieses Haus hatte ich bereits gesehen und schockartig aufgrund des Innendesigns immer wieder zügig verworfen.

Ich hörte, wie im Gedankennebel wieder die Worte meines Schwagers zu meinen Ohren durchdrangen: »… Das bedarf alles nur einer oberflächigen Bearbeitung. Wände sind zur Not schnell versetzt oder abgerissen und die anderen schnell weiß überstrichen. Die Steinfliesen und Küche sind doch bezugsbereit und ihr könnt sie ja lassen. Ist zwar musterreich, aber doch ganz ansprechend in den warmen Tönen …«

Mir fiel es wie Schuppen von den Augen. Wir hatten uns die ganze Zeit von diesem bunten, aber letztlich oberflächigen Durcheinander abschrecken lassen. Wir hatten zu viel Wert auf Küche und Bäder gelegt, doch letztlich kann man ja an all dem etwas machen. Ja, es war ein wunderschönes, kleines und gut geschnittenes Haus in der perfekten Umgebung und mit ausbaufähiger Außenanlage, aber eben mit schrecklichen Farben und exzentrischer Fliesenwahl im Innenbereich. Bäder und Küche waren alt, aber auch »nur« alt, funktionierten jedoch bestens. Dieses Haus hatte Potenzial. Für schönere Wände und Decken könnten ja dann Handwerker, neue Tapeten und weiße Farbe sorgen. Insgeheim plante ich aber auch, zu gegebener Zeit über die Küche und Fliesenböden mit Michael zu beraten.

5 nach 12

Jetzt war aber nur eines wichtig: Gab es einen angegebenen Besichtigungstermin oder war gar schon das Wort *solgt* (verkauft) in die Anzeigendetails integriert? Nach kurzem Durchklicken der Anzeige, die zudem mit mehreren angehängten PDF-Dateien mit gescanntem Bebauungsplan, mit den eingescannten Originalen der Bauzeichnungen des Hauses und der Garage sowie mit den technischen Informationskatalogen zu Heizungs- und Lüftungssystem die Aussagen meines Schwagers auf den ersten Blick bestärkte, las ich voller Schreck den Besichtigungstermin: »Besichtigung findet heute, Sonntag, 13 Uhr–14 Uhr statt.«

»Das ist in etwas über einer Stunde«, rechnete mein Schwager. Es war im wahrsten Sinne des Wortes 5 nach 12. Ich versuchte direkt, Michael auf dem Telefon zu erreichen. Am Vormittag war er ja noch in dieser Stadt gewesen und müsste mittlerweile wieder fast im Büro angekommen sein. Der Verbindungsaufbau schlug fehl. Trotz der zuverlässigen Flächendeckung der Netzbetreiber im dichter bevölkerten Teil Norwegens und unseres Zuhauses in Süddeutschland sowie der heutzutage hervorragenden Verbindung zweier Mobiltelefone innerhalb ganz Europas gab es genau zwei Ursachen, die unsere Gespräche zuverlässig verhinderten: Eine war der Tunnel zwischen jetzigem Wohnort und Besichtigungsstätte. Die andere war die Tiefgarage unter dem Büro meines Mannes in der City. So weit, wie unsere Aufenthaltsorte auseinander lagen, so weit lagen auch unsere unterschiedlichen Temperamente wie zwei gegensätzliche Pole auseinander. Sehr viele Male in der letzten Zeit hatte ich Michael überraschend belebt angerufen und ihm von dem angeblich einzig möglichen neuen Haus erzählt, das er sich so schnell wie möglich anschauen sollte. Mein Mann Michael vertrat dabei den kühlen Kopf mit nordischer Gelassenheit und überlegter Ruhe. Hatte er ja in den letzten knapp zwei Monaten bereits gefühlte 100 Häuser im Internet auf mein Anraten genauer angeschaut, aber schnell verworfen, bei mindestens 20 Häusern Kontakt mit dem Makler zur weiteren Abklärung aufgenommen, zehn Häuser von außen beim Joggen oder Wandern angeschaut, und fünf mit Maklertermin besichtigt und beinahe bei drei Häusern auf das Haus verbindlich geboten. Zum Schluss hatte trotz überwiegender Pro-Argumente jedes Mal unser gemeinsames Bauchgefühl gegen einen endgültigen Entschluss gesprochen.

Insgeheim dachte Michael mittlerweile: »Alles, nur kein weiterer überstürzter Zeitaufwand für diese Sucherei darf hier aufgebracht werden. Da muss schon ein ganz besonderes Haus in den Weiten des Internets aufploppen.«

Im Gegensatz zu ihm konnte mir die Organisation unseres neuen Lebens nicht schnell genug gehen. Ich ahnte im Detail der Renovierung, Einrichtung, des Möbelkaufens, Umziehens, Anmeldens auf dem Amt unter Coronabedingungen, bei Außenanlagenverschönerung, bei der Garagenrenovierung und so weiter noch manche Tücke. Daher agierte ich typbedingt grundsätzlich drängend mit in mancher Hinsicht sehr südlichem, aufbrausendem Temperament. Zur Einigung trafen wir uns bei vielen Entscheidungen deshalb – eindeutig nervenaufreibender für Michael als für mich – in der Mitte. Heute allerdings war keine Zeit, um sich über Umwege vernehmlich abzustimmen, heute eilte eine Entscheidung zur Besichtigung und zu sofort folgenden Taten.

Ich versuchte nochmals einen Verbindungsaufbau. Michael nahm schließlich ab. In aller sämtliche Fakten einschließender Kürze schilderte ich ergriffen unsere gewonnenen Erkenntnisse vom Esstisch. Dabei betonte ich vor allem die tragende Rolle meines Schwagers, der nicht nur die Empfehlung, sondern auch den Überblick über den zukünftigen Renovierungsaufwand gegeben hatte. Zu unserer aller Überraschung sprang auch Michael sofort auf unseren Express auf. Zum ersten Mal kam eine prickelnde Spannung auf und anscheinend sprach nicht nur mein Bauchgefühl für dieses alles andere als bezugsfertige, aber sehr typisch norwegisch ansprechende, solide Haus. Natürlich konnte man auch bei einer recht günstigen Kaufsumme mit dem von unserem Schwager versprochenen und relativ überschaubaren Zusatzaufwand zur Modernisierung und Renovierung keinen hochmodernen Traumpalast daraus machen. Unsere Erfahrung mit unserem ersten Haus und dem Vergleich zu anderen Bauherren in unserem Freundeskreis zeigte uns aber, dass ein überschaubarer Endpreis in Verbindung mit einem selbst gewählten und für sehr wohnlich empfundenen geplanten Objekt Gold wert war. Keiner hatte sich je über Baupfusch, unerwartete Zusatzzahlungen, die den ursprünglich geplanten Zahlungsaufwand um ein Vielfaches überstiegen, oder andere Überraschungen beim Bau gefreut. Im Gegensatz: Solche Experimente führten generell ins Unglück und ließen jede Häuslebauerfamilie auch in einem noch so schönen Schloss verzweifeln. Dieses rote Häuschen, wenn es hielt, was es versprach, konnte unser norwegisches Traumhaus werden.

Zehn Minuten später fuhr Michael wieder auf der E6 Richtung Süden. Dabei versuchte er mehrmals, zum Besitzer der angegebenen Nummer und hoffentlich des Hauses in gleicher Person Kontakt aufzunehmen. Seine Mühe war vergeblich.

Währenddessen rasten Gedanken durch meinen Kopf: »Was, wenn die Telefonnummer der Immobilienseite neben dem Besichtigungstermin einen Zahlendreher hatte? Zur Not könnte man an einer Besichtigung ja vielleicht auch ohne vorherige Anmeldung teilnehmen, wenn sie ja eh stattfand. Was, wenn der Besichtigungstermin aber mangels Anfragen heute doch nicht stattfinden würde? Oder eine spontane Besichtigung aufgrund der Coronalage nicht erwünscht wäre? Dann könnten wir in einer, zwei oder drei Wochen einen neuen abmachen.«

Zwar gab es in Norwegen nicht annähernd so viele Beschränkungen für Treffen in privaten Bereichen wie in Deutschland, dennoch appellierte auch der norwegische Staat an seine Gesellschaft, verantwortungsvoll und nicht *smitte* (Ansteckung) fördernd im öffentlichen und privaten Bereich zu agieren. Dieser Bitte folgt der gemeine Norweger ebenfalls bisher sehr verantwortungsbewusst und bereitwillig.

»Was, wenn bei der Besichtigung viele Konkurrenten auftreten würden: Hätte Michael eine Chance, das Haus für sich und seine aus Deutschland stammende Familie zu ersteigern?«

Ich kannte bereits Michaels unausgesprochene Antwort auf all meine Fragen: »Mal doch nicht immer alles so schwarz und mach dir vor allem nicht immer so viele Gedanken!«

Michael hatte in all den gemeinsamen Jahren in jeder noch nicht durchlaufenden Verzweigung unseres Lebens ein positives Plus an Möglichkeiten gesehen. Ich dagegen konnte die Häufung an Unsicherheiten, auf die wir zugerollt waren, kaum aushalten. Meiner Meinung nach schwirrten auch diesmal eindeutig zu viele Konjunktive durch unser zukünftiges Leben.

Trotz der Eile und Zeitknappheit kam uns das Warten über dem Computer und dem Telefon lauernd wie eine Ewigkeit vor. Wie immer, wenn mir ein Haus gefiel, wollte ich sofort mit der imaginären Einrichtung beginnen. Aber auch nach dem zwanzigsten

Durchlauf der Bilder musste ich mich sehr bemühen, hier ein Potenzial für die Inneneinrichtung zu erkennen. Hatte ich bei den Hochglanzbildern der vorherigen ausgewählten Häuser sofort mit der Einrichtung per Internetrecherche beginnen können, fiel sie mir hier sehr schwer. Außerdem unterschied sich die Etagenaufteilung zu unserem ersten Haus: Hier hatten wir Hanglage. Die drei Stockwerke mit Terrassenzimmern im halboffenen Keller hatten wir perfekt ausgenutzt und hatten einen traumhaften Blick durch drei riesige Fenster im ersten Stock auf den Garten und in Richtung Südwesten. Die Zimmer waren hell und lichtdurchflutet. Allerdings schien im Sommer die Sonne gar nicht unterzugehen zu wollen, sodass die Hitze unermüdlich aufs Haus prallte.

Das Haus in Norwegen hatte andere Vorteile: Einmal direkt aus dem Wohnzimmer durch die geöffneten Flügeltüren auf die geräumige Terrasse und in den ebenen, grünen Garten zu treten, stellte ich mir sehr angenehm vor. Die nach Süden gerichtete Lage ließ in Verbindung mit den nordischen Breitengraden nicht annähernd eine so große Hitze im Sommer wie in Süddeutschland vermuten. Dieses zweistöckige Haus strahlte definitiv etwas Besonderes aus. Mit etwas Fantasie müsste doch eine schöne Inneneinrichtung zu erschaffen sein. Hier konnten wir unser Zuhause für das nächste Jahr nach unseren Vorstellungen einrichten.

Erst gesehen

Als wir um 13.30 Uhr gerade die fünfte Tasse schwarzen Tee tranken und mehr als unruhig vor Anspannung auf ein Lebenszeichen aus Norwegen warteten, klingelte mein Smartphone. Ich wischte aufgeregt von links nach rechts über das Display und das Gerät baute eine Verbindung via FaceTime-Video auf. Am anderen Ende flüsterte Michael ebenfalls sichtlich aufgeregt mit leicht verunsichertem bis grinsendem Gesichtsausdruck in die Kamera. Im Hintergrund waren eine himmelblaue Wandtapete und ein Stück von einem mit Eichenholz umrahmten Fenster mit zur Wand farblich abgestimmten kurzen Vorhängen an den Seiten sowie darunter die Armlehne des weinroten Kunstledersofas zu sehen. Meine sonst so charismatisch wirkende bessere Hälfte in dunklem Wintermantel und leicht grau melierten Haaren wollte trotz seiner stechend blauen Augen nicht recht ins Bild passen und wirkte beinahe wie eine Fotomontage.

Prompt leitete er das folgende Telefongespräch mit dem Hinweis ein: »Schau einmal nicht auf die Farben, Schatz. Ich gehe jetzt mal mit dir durch das Haus. Sieh dir dabei mal die Zimmer an.« Still ging ich mit ihm durchs Haus. Im Hintergrund hörte ich Stimmen anderer Menschen. Schnell stellte sich heraus, dass die Zimmer gut geschnitten waren. Lediglich die Kinderzimmer waren kleiner als in Deutschland. Dagegen waren die Bäder zwar nicht neu, hatten aber große Fenster und boten noch neben den Sanitäreinrichtungen viel Platz für Doppelwaschbecken, Schränke, Sitzgelegenheiten und große Duschen oder Badewannen. Ebenfalls war das Schlafzimmer mit Balkon sehr geräumig.

»Der große, 3 Meter breite Schlafzimmerschrank passt hier nicht rein. Aber es gibt zwei angrenzende Stauräume, fast begehbare Kleiderschränke.« Er öffnete eine Tür und zog den Kopf ein. Regale an den Wänden boten sich zur Kleiderablage an. »Hier ist auch eine Kleiderstange eingebaut«, ergänzte mein Mann Michael.

»Nicht schlecht«, flüsterte ich angetan.

Zusätzlich zur 45 Quadratmeter umfassenden Garage gab es im Haus zwar keinen Keller, aber eine schmale Waschküche mit eigenem Ausgang in den Garten, eine Kammer mit 8 Quadratmeter Bodenfläche unter der Treppe mit riesigem Schuhregal und eine Kammer von 3,5 Quadratmetern im ersten Stock. Michael sprach von einer nicht tragenden Wand zwischen Küche und Ess- beziehungsweise Wohnzimmer und vom Setzen einer Wand im hinteren Wohnzimmerbereich. Die würde zwar einen Rundlauf durchs Haus verhindern, aber dank der bereits vorhandenen drei Fenster und einer Glastür zum Flur konnte man daraus einen zusätzlichen freundlichen und lichtdurchfluteten Raum machen. Darin sah er das Arbeits- und Gästezimmer. Das hörte sich alles bereits nach konkreter Planung an.

Auf meine Nachfrage, ob denn gar keine andere Familie Interesse an diesem Haus hätte und zur Besichtigung gekommen wäre, bekam ich eine zwiespältige Antwort: »Das Haus gehört einem Norweger, der mit seiner Familie nun in ein größeres Haus zieht. Er ist seit Kurzem Rentner und hat letztens seinen Oldtimerhandel vollends geschlossen. Er überlässt seinem Konkurrenten in der Stadt nur ungern das Feld. Und genau dieser ist heute mit Familie auch bei der Besichtigung erschienen und sehr interessiert am Haus und vor allem auch an dem praktischen Hof. Er fände es nicht schlecht, wenn wir mitbieten würden.«

Angesichts dieser Informationen fuhren meine Gedanken nicht nur aus Aufregung Achterbahn. Obwohl Michael nicht aus Norwegen stammte (er sprach schon seit einiger Zeit perfektes Norwegisch – zumindest die Hochsprache), nur hin und wieder auch die nuschelnden Dialekte einiger Nordmänner einzig auf Nachfrage verstand und wir nicht zur Besichtigung angemeldet waren (weil uns die schreckliche Einrichtung bisher so gar nicht gefallen und davon abgehalten hatte), hatten wir nicht nur an der Besichtigung teilnehmen dürfen, sondern waren sogar im Rennen. Schlecht war nur, dass dieses Rennen gegen mindestens einen bekannten Konkurrenten des Verkäufers stattfand und beide sich mit Feilschen und Bieten als Gebrauchtwagenverkäufer von Oldtimern wahrscheinlich sehr gut auskannten. Überhaupt schien jeder Norweger so einen Hauskauf bereits mehr als einmal im Leben miterlebt zu haben und wusste, wie dies wahrscheinlich auch mit Cleverness funktionierte. Und nicht zuletzt stellte ich mir die Frage, ob wir wirklich schon bereit waren – sowohl finanzierungstechnisch als auch mental –, noch einmal eine Immobilie mit Finanzierungskonzept in Norwegen für uns zu kaufen.

Michael schritt mir bereits gedanklich einen Schritt voraus: »Gefällt dir das Haus?«

Ich horchte noch einmal in mich hinein: »Trotz der scheußlichen Farben und Einrichtung bisher mehr als alle anderen. Ja, das kann ich mir vorstellen.«

»Mir auch!« Dann verabschiedete er sich am Telefon. Auf ihn wartete noch eine Vorbereitung auf Meetings am darauffolgenden Montag. Auch sein Bruder wirkte zufrieden und fuhr wieder nach Hause. Er wollte auch noch ein bisschen an seinen eigenen Hausprojekten weiterzimmern.

Unsere Kinder saßen dagegen mit mir auf dem Sofa und schauten die bunten Bilder nochmals an. Ronja fand die Farben sogar sehr belebend, während Sverre als Bedingung setzte, das lange Zimmer im ersten Stock nur mit neuem Anstrich und ausreichend Platz für seinen Computer zu nehmen. Alle zusammen waren wir ruhig, nüchtern und zuversichtlich.

Michael fasste schließlich zielführend zusammen: »Die Frage ist nur: Bleibt es während des Bieterverfahrens bei einem annehmbaren Preis und bekommen wir am Ende den Zuschlag oder nicht?«

Das Einzige, vor dem wir richtig Respekt hatten, war das sogenannte notarische Bieterverfahren beim norwegischen Hauskauf. In der letzten Vergangenheit wechselten Häuser auf dem norwegischen Markt folgendermaßen ihre Eigentümer: Zum einen war auf einer Internetseite, auf der man sich mit einem kleinen Beitrag kostenpflichtig anmelden konnte, auf einer Karte ersichtlich, für wie viel norwegische Kronen Häuser und die dazugehörigen Grundstücke letztmalig verkauft wurden. Auf einer detaillierteren Ansicht war zusätzlich die chronologische Verkaufsvita mit Preis,

Verkäufer- und Käufernamen sowie Verkaufsjahr hinterlegt. Damit war schon mal das wirkliche Preisniveau bekannt. Zum anderen wurden Häuser mit einem Bieterverfahren beim Notar rechtlich und sicher für beide Seiten verkauft. Stand ein Haus zum Verkauf und der Verkäufer nannte nach Besichtigung den Namen des zuständigen Notars, konnte bis zu einer zeitlichen Deadline ein Angebot beim Notar per Mail oder Textnachricht abgegeben werden. Auktionen per Smartphone hatten wir sonst nur sehr selten bei digitalen Kleinanzeigen mitgemacht. Dabei ging es aber meistens nur um Beträge im zwei- bis kleinen dreistelligen Eurobetrag und nicht um sechsstellige Summen. Die Deckung des gebotenen Preises wurde dabei kurz vom Notar durch einen Anruf bei der angegebenen zuständigen Bank des bietenden Käufers kontrolliert. Daraufhin nannte der Notar den anderen Interessenten und Mitbietenden den genannten Preis. Diese hatten dann bis zum gesetzten Ablauf des Angebotes Zeit, höher zu bieten. Der Verkäufer wurde zudem über den Preis informiert und konnte jederzeit während der Versteigerung einem Verkauf zustimmen oder sogar den ganzen Verkauf zurücknehmen. Einerseits resultierte daraus möglicherweise eine hohe Preissteigerung, andererseits auch eine zeitliche Stresssituation für die anderen willigen Hauskäufer. So weit waren wir aber noch lange nicht. Respekt und ein grummelndes Magengefühl waren aber jetzt schon vorhanden. Und das nicht zu knapp.

Nach unseren bisherigen löchrigen Informationen folgte auf die Versteigerung ein gemeinsames Unterzeichnen von Käufer und Verkäufer gewöhnlich innerhalb der nächsten zwei bis vier Wochen beim Notar. Bei diesem legte man bis dahin auch in Norwegen alle schriftlichen Dokumente und Nachweise über Zahlungssolvenz vor. Und bis dahin, wussten wir, mussten wir gegebenenfalls einer neuen, Darlehen gebenden Bank zur Festlegung der Zinsen und notariellen Überschreibung der Grundschuld die gewünschte Summe nennen. Aber wir bekundeten auf jeden Fall Interesse bei dem zuständigen Notar und waren damit im Rennen.

Abschließend äußerte sich Michael das erste Mal sehr nachdenklich: »Da kommen noch viele Arbeitsschritte auf uns zu.« Wie gut, dass wir zu der Zeit nicht wussten, wie recht er damit doch behalten sollte.

Dann geboten

Um einen freien Kopf zu bekommen, ging Michael am frühen Montagabend mit Stirnlampe, bespikten sowie wasserdichten Laufschuhen und Smartwatch eine seiner beliebten Strecken in den Wäldern joggen. Wir hatten zuvor telefoniert und uns vorgenommen, dem guten Bauchgefühl noch eine Nacht zu geben und vielleicht ab Mitte der Woche ein Gebot abzugeben. Besonders wichtig war Michael, für das unbekannte Prozedere des Bietens und Überbietens per SMS gut erreichbar zu sein. Seine Besprechungstermine am Dienstagmorgen waren dafür jedenfalls nicht die richtige Gelegenheit. Nassgeschwitzt und mit einem kleinen Eiszapfen an der Nasenspitze legte er anschließend alles ab und nahm eine heiße Dusche. Als er eine halbe Stunde später um 20.25 Uhr sein Telefon mit leuchtendem Display in die Hand nahm, traf ihn fast der Schlag. Er las auf Norwegisch:

> *Es gibt ein Gebot auf das Haus über 5 Millionen norwegische Kronen. Wie vom Bieter angegeben, haben Sie bis 21.15 Uhr die Möglichkeit, dieses zu überbieten.*

Das Gebot der Konkurrenz lief in weniger als einer Stunde ab. Immerhin war es unter der gewünschten, auf der Webseite angegebenen Preisvorstellung des Verkäufers. Zusätzlich entdeckte Michael zeitgleich noch eine eingegangene E-Mail des Notars mit der Aufforderung, beim Bieterprozess zu bedenken, dass die geforderten Sicherheiten bei der Kaufunterschrift zu belegen sind. Was natürlich einleuchtend und uns auch bekannt war, verursachte dennoch in Sekundenschnelle ein immenses Druckgefühl. Nach kurzer Absprache mussten wir reagieren.

Hallo und danke für die Info. Die Dokumente der Bank sind noch nicht vollständig, aber ich möchte gerne ein höheres Gebot über 5,1 Millionen Kronen abgeben. Wie gehe ich nun vor?
Hilsen, Michael.

Für die Gebotsabgabe erhielt Michael sogleich weitere Informationen. Darin wurde er auf die auszufüllenden Dokumente auf der Internetseite der Annonce aufmerksam gemacht. Zusätzlich musste er noch seinen Personalausweis einscannen und beides dann innerhalb der nächsten 15 Minuten dem Notariat zuschicken.

Michael rannte förmlich zu seinem Computer. Natürlich hatte er zu Hause keinen Drucker, geschweige denn einen Scanner. Sogar der Gang zum sechs Minuten entfernten Büro, um diese Dokumente auszudrucken und ausgefüllt einzuscannen schien ihm nur knapp auszugehen. Erleichtert griff er auf eine Datei zurück, die seinen von mir eingescannten Reisepass nach dessen Verlängerung im letzten Sommer zeigte. Darüber hinaus fand er das verlangte Dokument im Anhang der Annonce, welches er schließlich auch noch auf dem PC ausfüllen konnte. Er setzte seine digitale Unterschrift unter das

Dokument und auf Rat des Notars die Ablaufzeit unseres Gebotes auf den kommenden Nachmittag, Dienstag, 2. Februar um 16 Uhr, und hoffte das Beste. Um 21.10 Uhr kam die Bestätigung.

Ihr Gebot ist gesetzt unter der Voraussetzung der Finanzierungsbestätigung. Außerhalb Norwegens muss diese schriftlich und kann nicht telefonisch erfolgen.

»Ach was?!«, dachte Michael. Einerseits waren wir erleichtert, dass niemand innerhalb der letzten fünf Minuten des Gebotes um 21.10 Uhr versucht hatte, den für uns zuständigen einfachen Bankangestellten zu erreichen. Andererseits hofften wir schwer, dass eine einfache E-Mail unserer Bank reichen würde, uns die Solvenz mehrerer Jahreseinkommen durch ein Darlehen zu bescheinigen. Uns blieb nichts anderes übrig, als die verlangte Mail weiterzuleiten.

In der Nacht schliefen wir beide unruhig. Einige Male hatte Michael nachts und am nächsten Morgen ungläubig auf sein Smartphone geschaut, ob nicht doch wieder eine Nachricht vom Notar mit Bitte um schnelle Reaktion eingetroffen war. Doch es blieb bis zum nächsten Nachmittag erstaunlich ruhig. Wir gingen unseren täglichen Aufgaben nach – die Kinder in der Schule und Michael bei mehreren Besprechungen im Büro. Doch pünktlich um 15 Uhr, Michael war gerade aus einer Besprechung wieder allein in sein Büro getreten, erschien das nächste Gebot. Dieses lag im Verhältnis zum Hauspreis nur einen Bruchteil – umgerechnet weniger als 1000 Euro – über unserem. Dafür war die Deadline aber auf 15.30 Uhr gesetzt. Wiederum schickten wir das bereits gestern Nacht pro forma vorausgefüllte Dokument mit einer neuen Summe – ebenfalls mit einem kleinen Schritt nach oben versehen – zurück. Es folgte ein weiterer Schlagabtausch, wobei die Schritte und Zeitabstände nicht größer wurden. Die in diesen Minischritten steigende Investition in die Immobilie machte uns weniger Sorgen als der zermürbende zeitliche Aufwand.

»Dass uns jetzt nur kein formaler Fehler unterläuft«, sagte Michael, sichtlich genervt von der Daueranspannung, zu mir am Telefon. Er suchte lieber einmal mehr telefonischen Rat beim Notar als zu wenig. Dieser gab uns den erfahrenen Tipp, doch noch einmal mit einem etwas größeren Schritt als bisher unsere Kaufabsichten zu bestätigen. Gesagt, getan. Die Kaufsumme steigerte sich nochmals um knapp 10 000 Euro. Michael setzte das Gebot auf eine kurze Dauer von zehn Minuten. Dann passierte erst mal nichts. Nach etwas über einer halben Stunde erhielten wir um 16.15 Uhr die erlösende Nachricht.

Gesetzt wird der 4.2.2021 zur gegenseitigen Unterzeichnung des Kaufvertrages beim Notar um 20 Uhr. Ebendann folgt die Festlegung des Übergabetermins (Schlüsselübergabe und Bezahlung des Hauses) – üblicherweise innerhalb der nächsten 4 Wochen.

Der Verkäufer hatte unserem letzten Gebot zugestimmt. Die Konkurrenz war ausgestiegen. Wir waren zufrieden, aber hundemüde. Lediglich der gesetzte Übergabetermin dieser abschließenden SMS vom Notar rüttelte uns nochmals auf. Hoffentlich erhielten wir die Auszahlung des Darlehens trotz Corona innerhalb der nächsten zwei Wochen, sonst würden wir das Haus nicht pünktlich vor dem zu erwartenden 1. März 2021 bezahlen können. Das Thema konnten wir aber erst am nächsten Morgen angehen. Endlich freuten wir uns alle über einen ruhigen und erholsamen Abend und die übermorgige Unterzeichnung des Kaufvertrages. Wir hatten das Haus ersteigert, ich ungesehen, zu einem guten Preis trotz Gegenbieter. Der anschließende Prozess war angeblich nur noch eine Formalie.

Und fast gekauft

Schon Anfang des Jahres hatten wir vorausschauend mit unserem Finanzberater Kontakt aufgenommen, um die Angebote unterschiedlicher Banken für die Finanzierung eines Häuserkaufes in Norwegen für uns vergleichen zu lassen. Dabei ging es zunächst um die Entscheidung, bei welcher Bank wir das Darlehen beantragten und somit zugunsten welcher deutschen oder norwegischen Bank eine Grundschuld für das neue Haus grundbuchrechtlich eingetragen werden sollte. Mit unserem Finanzberater hatten wir bereits beim Bau des ersten Hauses gute Erfahrungen gemacht, die vor allem auf ständiger Erreichbarkeit, sorgfältiger Vorbereitung der Unterlagen und Übergabe an die Bank und kurzen vorausdenkenden Reaktionen beruhten. Wichtig war uns in diesem Zusammenhang, Hilfe zu bekommen, damit unsere Unterlagen die richtige Form und rechtlich korrekte Wortlaute beinhalteten. Seine gut bezahlte Dienstleistung schien uns das Geld wert zu sein und sollte uns bis zur Auszahlung des Kredits begleiten. Unsere Aufgabe lag schlussendlich darin, Mails und geforderte Unterlagen der Banken an den Finanzfachmann weiterzuleiten.

Vor Jahresende hatten wir zudem versucht, meinen Personalausweis und meinen Reisepass zu verlängern, da beide Ende des Jahres abliefen. Leider hatten jedoch seit Mitte November die Bürgerbüros geschlossen. Erst im Januar wurden Einzeltermine online vergeben und unter sehr eingeschränktem Publikumsverkehr im ehemaligen Großraumbüro an einem einzigen besetzten Schreibtisch bearbeitet. Endlich hatte auch ich einen der raren Termine für die zweite Februarwoche ergattert. Wenige Tage davor wurde dieser allerdings kurzfristig aufgrund von Krankheitsfällen im Rathaus und Stadtamt gestrichen. Ich sollte einfach wieder einen neuen Online-Termin vereinbaren. Beim Öffnen der Seite für die Terminvergabe stellte ich mit Entsetzen fest, dass erst im kommenden April Termine auf dem Passamt zu bekommen waren. In mir stieg Panik auf. Sowohl für den Kauf des Hauses als auch für die Aufnahme des Kredits brauchten sowohl ich als auch Michael gültige Pässe. Nach mehreren vergeblichen Anrufversuchen zu den angegebenen Telefonsprechzeiten für dringliche Termine erhielt ich schlussendlich einen neuen Termin in der ersten Februarwoche. Dabei sollte nicht nur ein Pass neu beantragt, sondern auch gleich ein vorläufiger Lichtbildausweis ausgestellt werden können. Ich war beruhigt. Jetzt fehlten nur noch die neuen Passbilder.

Da alle Geschäfte außerhalb des täglichen Bedarfs seit Wochen und noch bis auf Weiteres geschlossen hatten, versuchten wir, das erforderliche biometrische Passbild mit vollem familiären Einsatz bei einem leicht bedeckten Himmel unter dem Terrassenvordach im Garten zu machen. Wir hatten das Foto nun bereits sowohl an einem sonnigen als auch an einem regnerischen Tag gemacht. Jedoch stimmten jedes Mal die Lichtverhältnisse nicht zu hundert Prozent, was wir enttäuscht nach Übertragung der Fotos von Ronjas Tablet auf den Computer trotz vielfältiger Fotobearbeitung feststellen mussten. An einem grauen Samstagnachmittag bot uns nun endlich die Wetterlage ein neutrales Licht. Ronja hielt mit vollem Einsatz ihr vor Jahren von meiner Mutter selbst gebasteltes Römerschild, um mich perfekt von vorne ohne Schatteneinfälle zu erhellen. An der Hauswand hatten wir nach mehrmaligem Durchprobieren von Hintergründen wie hellem Feinputz, einer weißen Wolldecke und einer leicht strukturierten Tapete eine eierschalenfarbene Bluse mit hohem Polyesteranteil aus der hintersten Ecke des Schrankes aufgehängt. Diese wirkte wie eine neutrale Grundstruktur und war nicht bildbeherrschend. Nachdem Sverre das finale Foto geschossen hatte, saßen wir zu dritt am Computer und versuchten, das Bild im richtigen Format mit dem richtigen Fotopapier und den richtigen Tinteneinstellungen auszudrucken.

Als ich kurz darauf beim Passamt saß und die Fotos übergab, bot ich gleich drei Varianten der Weichzeichnung meines Gesichtes an. Auf die Frage, ob ich diese Bilder in Eigenregie produziert hätte, antwortete ich mit einem kurzen Kopfnicken und war sehr froh, dass die sehr solide wirkende Bürgeramtsangestellte trocken und mit gleichgültigem Tonfall fortsetzte: »Ihre Fotos sind in Ordnung. Sie sind akzeptabel.« Versteckt hinter meinem ebenfalls nichtssagenden Gesichtsausdruck machte sich große Erleichterung breit. Die Zeiten, in denen man noch unzufrieden über sein Passbild war, weil es die nächsten zehn Jahre den Personalausweis oder den Reisepass bei jeder amtlichen Kontrolle oder Beglaubigung schmücken würde, waren vorbei. Hauptsache, der Pass konnte überhaupt mit diesem biometrischen Meisterstück ausgestellt werden. Wenn diese Mitarbeiterin wüsste, wie viele Fotoversuche, vergebliche ausgedruckte Bearbeitungsversuche, zerrissene Fotopapiere und Tinte diese Bilder gekostet hatten, hätte sie vielleicht auch ein bisschen schmunzeln müssen. Nächstes Mal wollte ich für die Pässe meiner Kinder unbedingt wieder ein Fotostudio eines Fotografen aufsuchen.

Nun lagen ab der Ersteigerung noch voraussichtlich vier Wochen zwischen uns und unserem neuen Haus. Nachdem wir bereits mithilfe der Vermögensberatung die für uns passenden Kreditbedingungen bei einer neuen Bank zu realistischen Rückzahlungsbedingungen und Darlehenszinsen vereinbart hatten, setzte Michael sich umgehend am Tag nach Erhalt des notarisch beglaubigten Kaufvertrages mit unserem Finanzberater in Verbindung. Auf Drängen des norwegischen Notars hatten wir ihm eine vorläufige Mail zugesandt, die unsere Kaufkraft zunächst vorvertraglich durch unsere neue Bank bestätigte. Praktisch waren wir aber noch weit davon entfernt, das Darlehen ausgezahlt zu bekommen. Allein die Unterzeichnung des Kaufvertrages hatte bis Ende der ersten Woche vonseiten des Verkäufers auf sich warten lassen, da dieser wegen gesundheitlichen Problemen erst zwei Tage nach der zeitlich gesetzten Unterschriftengabe im Notariat erscheinen konnte. Immerhin wurden nun der Übergabetermin und der daran geknüpfte Zahlungseingang tatsächlich auf den 1. März festgesetzt. Zwischen Kaufvertrag und diesem lagen demnach nur noch drei Wochen. Uns saß die Zeit im Nacken und sowohl Michael als auch ich dachten: »Eine von vier Wochen ist rum!«

In der zweiten Woche konnte mit den Kaufverträgen der Vertrag des Darlehens im Detail erstellt werden. Nachdem wir noch formlos per digitalem Postweg der Antragstellung eines Darlehens durch unseren Finanzberater zugestimmt hatten, konnte dieser endlich mit seiner eigentlichen Arbeit beginnen: An einem sonnigen Nachmittag Mitte der zweiten Woche lagen die umfangreichen Vertragsunterlagen für das Darlehen der Bank im 45 Minuten entfernten Büro im schwäbischen Hinterland auf vier Tischen in zweifacher Ausfertigung und penibel geordnet zur verständnisvollen Durchsicht für mich bereit.

Freundlich, aber betont fachlich erklärte er: »Ich weise Sie darauf hin, dass Ihr Mann in Norwegen handschriftlich unterzeichnen und das Original per Postweg nach Deutschland geschickt werden muss. Ich schätze, dass mit diesem Prozess eine Auszahlung – ohne mögliche Verzögerungen aufgrund der Postwege und Corona eingerechnet – nicht bis Anfang März zu erreichen sein wird.«

Spätestens an dieser Stelle hatte auch ich meine rosarote Brille abgesetzt. Nun musste selbst ich pragmatisch und mit kühlem Verstand funktionieren. Panik half hier nicht weiter. Stattdessen machte ich mir knapp folgende Notizen:

- *Darlehensantrag unterschreiben, hier reicht noch ein Scan*

- *Haus in Deutschland für die Grundschuld durch einen von der Bank geschickten Gutachter schätzen lassen*

- *Darlehensverträge unterschreiben (Originale an Bank)*

- *Vollmacht von Michael an mich, die Grundschuld notarisch in seiner Abwesenheit ändern zu dürfen; Dafür bedarf es aber eines Termins in der Osloer Botschaft für die Beglaubigung dieser Vollmacht*

- *Terminvereinbarung beim Notar in Deutschland: Änderung der Grundschuld*

Mit dieser knappen, aber inhaltlich sehr umfangreichen To-Do-Liste fuhr ich anschließend wieder nach Hause. Der Nachmittag war fast rum und die Terminvereinbarung beim Notar und der Osloer Botschaft gestaltete sich so schwierig, wie zu befürchten war. Die Sekretärinnen am Telefon begrüßten uns mit der Gegenfrage, ob denn unser Ansinnen trotz Corona und Winterferienzeit so wichtig sei, dass es keinen Aufschub erlauben würde. Wir erhielten aufgrund der Faschingsfeiertage Termine für Ende der dritten Woche, ab dem 18. Februar. Auch die von der Bank angekündigte Schätzung unseres Hauses ließ auf sich warten. Erst am Ende der zweiten Woche wurde uns eine kurzfristige Terminvereinbarung ab dem 20. Februar angekündigt. Uns grauste: »Woche zwei von vier ist auch schon rum.«

Zu Beginn der Faschingswoche warteten wir nun gespannt auf die anstehenden Termine. Michael hatte das vorgeschriebene Formular Anfang der Woche persönlich bei der Osloer Botschaft in der

Oscars gate, zwei Straßenecken vom königlichen norwegischen Schloss entfernt, beglaubigen lassen. Dass die Berufsgruppe der Botschafter aufgrund ihrer diplomatischen Tätigkeiten durchaus angesehen und wohl umsorgt in fremden Ländern lebte und arbeitete, war weitläufig bekannt. Die Position in einem von Öl verwöhnten und politisch sicheren nordeuropäischen Land wie Norwegen innezuhaben, gehörte sicher zu einer der angenehmsten in der norwegischen Hauptstadt. Sie feierte jedenfalls keinen Fasching.

Michael rief mich im Anschluss direkt an: »Es hat geklappt. Ich frage mich aber schon, ob der Botschafter in Person nicht ein wenig überqualifiziert sei, um unsere innerfamiliäre Vollmacht notariell zu bezeugen.«

»Kann uns ja egal sein. Hauptsache, wir haben unsere beglaubigte Vollmacht«, erwiderte ich gleichgültig.

Anschließend brachte Michael das beglaubigte Formular zur Post und schickte es für 45 Euro auf dem schnellsten Weg an unsere Postadresse. Endlich nahm nun die Abarbeitung der To-Do-Liste Fahrt auf. Nachdem ich das gesamte Haus und den Garten aufgeräumt sowie bereits selbst mit meinem Smartphone fotografiert und diese Fotos zur Bank geschickt hatte, um die Schätzung zu beschleunigen, traf am Donnerstag eine junge Dame ein, um unser Haus zu besichtigen und anschließend zu schätzen.

Sie wirkte sehr kurz angebunden, bewegte sich rasch von Zimmer zu Zimmer, durch Vorgarten, Carport und unteren Garten. Ich ging neben ihr her und nahm flüchtiges Fotografieren und immer wieder erneutes Ankreuzen durch Anklicken in einer App auf ihrem Smartphone wahr. Als sie einen abschließenden Kommentar machte, waren wir bereits wieder an ihrem schicken Firmenwagen mit silbernem Stern angekommen: »Sie haben ja eigentlich alle Fotos per Mail geschickt. Aber ich muss mir zur Wertschätzung selbst ein Bild vor Ort machen. Ich trage dann meine Fotos mit Notizen in eine App ein.«

»Wie lange dauert denn eine Schätzung insgesamt?«, fragte ich neugierig.

»Innerhalb der nächsten Tage, vielleicht noch vor dem kommenden Wochenende, schreibe ich den Bericht für die Bank.« Sie hatte noch eine abschließende Frage: »Wann ist denn Ihre Hausversteigerung?«

Ich bemühte mich angestrengt um freundliche Fassung und klärte die junge Dame auf: »Wir benötigen die Wertschätzung für den Kauf einer Immobilie im Ausland. Dieses Haus ist und bleibt unser Haus.«

Mehr als ein »Ach so, ich dachte« und einen verwunderten Gesichtsausdruck konnte ich der gekonnt geschminkten Gutachterin für den Moment nicht mehr entlocken. Im Augenwinkel war mir das genug und ich hoffte sehr, dass sie ihren Bericht schnell und formal richtig an die Bank senden würde. Dank der firmeninternen Analyse-App machte mir die Richtigkeit ihrer Schätzung am wenigsten Sorge. Allerdings waren beinahe drei von vier Wochen rum.

Wie der Finanzberater versprochen hatte, schickte uns die Bank zu Anfang der letzten Woche vor der Hausübergabe den Vertrag am Montag, den 22. Februar, zu. Den Termin beim Notar mussten wir allerdings auf die Mitte der Woche verschieben, denn die Hausschätzung war noch nicht bei der Bank eingegangen. Auch wir sahen nun endgültig unsere finanziellen Felle zeitlich davonschwimmen. Die Frage war ja niemals gewesen, ob wir das Haus bezahlen können, sondern: ab wann. Und die Bezahlung am nächsten Wochenende rutschte bald außer Reichweite. Nachdem ich in einer Nachtschicht den fast 50 Blatt umfassenden Darlehensvertrag gelesen, akribisch eingescannt und Michael diesen wiederum nach Durchsicht unterschrieben hatte, schickte er mir den Vertrag im Original auf schnellstem Weg wieder zu einem zweistelligen Betrag an unsere Heimatadresse.

Die Post wurde mir per UPS am nächsten Tag persönlich in die Hände übergeben und ich schickte sie auf Anraten per Einschreiben an die Bank weiter. Ebenfalls hatten wir mithilfe unseres Finanzberaters den gesetzlich möglichen Rücktritt innerhalb der ersten 14 Tage nach Unterschrift des Darlehensvertrages verneint. Nach Erhalt der Unterlagen stand der Auszahlung – so die Meinung des Sachbearbeiters – nun nur noch die abschließende Prüfung der Vollständigkeit der Unterlagen im Wege. Mit gemischten Gefühlen ging ich Mitte der vierten Woche zum Notar. Eine bis auf den letzten Punkt abgearbeitete To-Do-Liste lag hinter uns. Was für ein Bürokratiemarathon.

Warteschleife

Die Beglaubigung der Grundschuldbestellungsurkunde, die wir nun im Original von der neuen Darlehen gebenden Bank erhalten hatten, war der letzte Punkt auf unserer To-Do-Liste. Beim Notar wurde im gleichen Zuge die Grundschuld von der ehemaligen Bank eben auf die neue Bank mithilfe meiner Unterschrift in meiner Anwesenheit sowie Michaels in der Osloer Botschaft authentifizierter Vollmacht überschrieben. Relativ unkompliziert hatte die erste Bank an die zweite Bank nach einem auffordernden Anruf eine Abtretungserklärung der Grundschuld geschickt. Eine zusätzliche Grundschuld wurde schließlich noch dazu getragen. Im Anschluss schickte das Notariat die neue Grundbuchbestellungsurkunde zur abschließenden Legitimierung an das Grundbuchamt. Letztendlich versandte dieses die Abschriften dieser Eintragung an die Bank und an uns. Es war vollbracht! Unsere To-Do-Liste war abgearbeitet. Ein riesiger Brocken fiel uns von den Schultern. Nun hieß es dennoch warten auf die Überweisung der Bank. Aber am Ende der vierten Woche war klar: Wir konnten den Übergabetermin nicht einhalten.

Ein peinliches Telefonat mit dem Notar in Norwegen folgte. Glücklicherweise hatte auch der Verkäufer Probleme beim Notar geäußert, das Ausräumen von Haus und Hof bis Anfang März zu schaffen. Beide einigten sich auf den 28. März als neuen Termin.

Schlüssel zum Glück

Michael verbrachte die nächsten dreieinhalb Wochen vor einem Gericht in Stavanger. Da er als Vertreter seiner Firma drei Wochen täglich zu Gerichtsterminen geladen war, konnte er sich nicht an die ausgesprochene Homeofficeempfehlung des norwegischen Staates halten. Stattdessen war er unter der Woche im Gerichtssaal und anschließend im Hotel sehr stark gefordert. Nach jeweils sechs- bis achtstündigen Gerichtsverhandlungen traf sich ein dreiköpfiges Anwaltsteam noch stundenlang in Besprechungsräumen mit ihm, um den nächsten Gerichtstag vorzubereiten. Dementsprechend waren sowohl seine Erreichbarkeit als auch sein Sinn für weitere Unwägbarkeiten rund um die Hausfinanzierung sehr eingeschränkt. Wir warteten aber immer noch auf die Auszahlung des Kredits. Ein Schreiben von der Bank Mitte März kam deshalb auch nicht ganz unerwartet: »Die Auszahlung der Darlehenssumme verlangt noch die abschließende Prüfung der Antragsunterlagen. Selbstverständlich ist die gesetzliche Wartefrist bis zum Ablauf der 14-tägigen Widerrufsfrist abzuwarten. Sobald die Bank auch die Originale der Grundbucheintragung von uns erhalten hat und nicht nur eine Abschrift, ist die Auszahlung auf das angegebene Konto unverzüglich veranlasst ...«

Ich wusste nicht, ob ich lachen oder weinen sollte. Nicht nur die Formulierung »unverzügliche Auszahlung« klang skurril und fiel uns sofort ins Auge. Auch zweifelten wir nun an unserem Finanzberater. So hatte er uns nicht nur mit der Unterschrift unter die Rücktrittserklärung zur Widerrufsfrist schlichtweg falsch beraten, sondern uns auch nicht über den letzten zu erledigenden postalischen Weg der Originale der Beurkundung der Grundschuld informiert. Uns war bei diesem Marathon als offensichtliche Laien durchgegangen, dass die Bank das letzte entscheidende Formular nur als Abschrift erhalten hatte.

»Woher hätten wir es auch wissen sollen?«, beklagte ich mich bei Michael während eines unserer allabendlichen Telefonate. Wir hatten unser Bestes gegeben. Übrigens waren nach ihren eigenen Aussagen ebenso unser Finanzberater als auch unsere Bank von ihrer Leistung in diesen erschwerenden Coronazeiten überzeugt. Nach Übersendung der geforderten Originale erreichte unser deutsches Konto das Darlehen endlich am 22. März. Der Transfer in Norwegische Kronen auf das norwegische Konto dauerte nur 24 Stunden und nach Onlineüberweisung erreichte am nächsten Tag die gesamte Kaufsumme den Notar, noch nicht jedoch den Verkäufer. Dieser wollte Michael den Schlüssel allerdings erst nach Bestätigung des Geldeinganges übergeben. Er fürchtete, das Geld wohl niemals auf seinem Konto zu erhalten. Doch auch in Norwegen musste erst die Eintragung auf dem hiesigen Grundbuchamt erfolgen, um mögliche Altlasten des Grundstücks auszuschließen. Der Schlüssel wurde am 28. März an uns übergeben. Haus und Garage waren picobello ausgeräumt. Lediglich die Farben an den Wänden leuchteten unerschrocken. Der Eintrag auf dem Grundbuchamt war auch für den Verkäufer noch vor Ende März abgeschlossen. Alle waren unendlich erleichtert.

Ein rotes Holzhaus

Beflügelt von der gelungenen Hausübergabe stürzten wir uns nun mit Begeisterung in die Aufgaben der nächsten drei Monate. Dabei bedienten wir gleich zwei Schauplätze zur selben Zeit. Michael bereitete alles für unseren Einzug vor Ort in Norwegen vor. Wir unterstützten aus der Ferne bei der Inneneinrichtung. Währenddessen begannen wir mit dem Ausräumen unseres Hauses in Deutschland.

Nebenbei gingen wir unseren täglichen Aufgaben nach. Ich kümmerte mich beruflich um die anstehende Übergabe. Darüber hinaus überwachte ich weiterhin das Homeschooling meiner eigenen beiden Schulkinder bis tief in den Juni hinein. Beide machten ihre Aufgaben meiner Meinung nach prima und bekamen ebendiese Rückmeldung auch aus der Schule. Im Gegensatz zum Schuljahr unserer Tochter konnte ich das Erreichen des Unterrichtsstoffes der 8. Klasse meines Sohnes in seinen zwölf unterschiedlichen Unterrichtsfächern seiner G8-Laufbahn nicht einschätzen. Ich konnte nur erahnen, welche Defizite die Coronaschuljahre ab Mittelstufenalter bei Kindern hinterlassen und wie diese sich psychisch, physisch wie auch wissenstechnisch in den nächsten Schuljahren bemerkbar machen würden.

Momentan war ich aber über jede stressminimierende Rückmeldung aus den Schulen dankbar. Meine eigentliche, zeitraubende Herzensaufgabe bestand jedoch darin, den Umzug nach Norwegen, der in der ersten Juliwoche stattfinden sollte, und die bevorstehende Konfirmation unseres Sohnes vorzubereiten. Und ja, auch das gesamte Mobiliar für unser neues Haus musste ausgesucht und irgendwie ins Haus beordert werden. Ehrlich gesagt: Wäre der verheißungsvolle Blick in die Zukunft nicht so schön gewesen, wären wir sicher unter den Aufgabenfluten zusammengebrochen.

Hausrenovierung

Bereits am Tag der Schlüsselübergabe traf sich Michael mit dem Handwerker seines Vertrauens im neuen Haus. Natürlich hatte Michael mehrere Angebote während der letzten Wochen zur Haussanierung bei zwei erreichbaren Rund-ums-Haus-Alleskönnern eingeholt. Preislich wie auch in der Ausführung boten sich uns im Kleinstgedruckten der Kostenvoranschläge allerdings sehr große Unterschiede.

Mittlerweile hatten wir uns entschieden, eine Wand zwischen Küche und Esszimmer zu entfernen und eine weitere im Erdgeschoss einzuziehen. Dabei sollten Küchenmöbel, terrakottafarbene Fliesen im Untergeschoss an Böden und Wänden und schließlich beide Bäder komplett neu gemacht werden – inklusive neuer Badfliesen. Natürlich sollte das Haus abschließend eine helle Ausstrahlung an allen Wänden, Türen, Fensterrahmen, Fußleisten und Decken bekommen.

Nach gründlicher Besprechung der Angebote entschieden wir uns gegen die preisliche Luxusvariante, aber auch gegen das solide Arbeitsangebot der beiden Handwerker. Grund war ein drittes Angebot eines Michael wohlbekannten Norwegers. Seine Serviceleistungen waren ihm bereits in den vergangenen Jahren bei anderen Gelegenheiten durch Zuverlässigkeit und hinreichende Sorgfalt sowie durch ein annehmbares Preis-Leistungs-Verhältnis aufgefallen. Nach kurzer telefonischer Absprache war dieser im Gegensatz zu den anderen beiden Handwerkern auch bereit, sich das bunte Objekt bereits direkt nach der Schlüsselübergabe anzuschauen und erste Details vor Ort zu besprechen. Zudem bestand sein Arbeitsteam aus mehreren Allroundern, die von Abriss bis Holz- und Malerarbeiten alles beherrschten. Wir waren mit diesem Angebot sehr zufrieden, denn wir brauchten dringend eine verlässliche Hand vor Ort, die den Innenausbau überwachte und Gewerke vernetzte. Insbesondere deshalb, weil Michael endlich seine Heimreise vonseiten seiner Firma zur Konfirmation am 8. Mai antreten durfte und mit Blick auf anstehende Quarantänezeit bereits am 6. April für fünf Wochen heimreisen wollte.

Digitale Konfirmation

Währenddessen hatten wir in Deutschland mit ganz anderen Dingen zu kämpfen. Auch wenn die Kinder den Stress und das Auf und Ab im Baufortschritt nur aus zweiter Reihe begutachteten, spürten sie einerseits einen Hauch von Abschiedsschwermut. Natürlich freuten sie sich auch andererseits auf alles Neue: ein neues Haus, Wandern in den Bergen, Schwimmen und Wassersport in Seen und am Meer, endlich wieder ein Leben mit ihrem Papa, Sport und Schule mit neuen Freunden.

Auch sie machten eine Achterbahn der Gefühle durch: »Ich möchte mich so gerne von allen mit einer großen Party verabschieden«, hörte ich Ronja und auch Sverre mehrmals sagen. Mit der Zeit kristallisierte sich allerdings genau das Gegenteil einer lauten, beschwingten oder einfach nur gemeinsamen Party heraus – hatten doch die meisten Bekannten wie auch wir ungeimpfte Kinder (ganz zu schweigen davon, dass auch viele Erwachsene bis zu unserer Abreise nach wie vor nicht oder nicht vollständig geimpft waren), sodass ein Wiedersehen in großer Runde mit vielen Haushalten durch die Kontaktbeschränkungen im privaten Bereich unterbunden wurde. So verabredeten wir uns alle getrennt und zeitlich versetzt das letzte Mal mit unseren besten Freunden, gingen das letzte Mal in die Musikschule, in die Schule, in den Sport und zu den Nachbarn. Meine Kinder und ich verabschiedeten uns einzeln gefühlt von mehr als 250 Personen.

Besonders traurig war jedoch, dass auch die Konfirmation unseres Sohnes zwar live in der Kirche mit Eltern und Geschwistern und ganz viel Abstand, aber eben ohne Feier mit Paten, Großeltern und weiterer Verwandtschaft und nicht im Restaurant stattfinden konnte. Zu unserem Glück war eine demokratische Abstimmung durch die Eltern der Konfirmanden an einem digitalen Elternabend zugunsten des ursprünglichen Konfirmationstermins Anfang Mai ausgefallen. Viele wollten nicht durch eine Verschiebung des Termins in Ungewissheit über den Umfang der Festlichkeit schmoren, sondern die Festlichkeit lieber im kleinsten Kreis genießen. Wir waren darüber sehr froh, wären wir ja bei einer Verschiebung in den Juli oder gar August schon in Norwegen gewesen. Dennoch kam für uns eine Feier im kleinsten Familienkreis nicht infrage.

Ich entschloss mich mit Zustimmung aller Beteiligten zu einem Schichtsystem für den Empfang von verwandtschaftlichem Besuch an diesem Tag. Zu der Zeit konnten gesetzlich zwei Haushalte zusammenkommen. Deshalb planten wir einen stündlichen Wechsel und Empfang bei Kaffee und Kuchen und kleinen Snacks im Garten, wo jederzeit ausreichend Abstand gewährleistet war. Ein gemeinsames Festessen sollte zusätzlich von 12 bis 13 Uhr digital über Teams stattfinden. Dafür füllten wir 120 kleine Einmachgläser mit Vorsuppe, verschiedensten Salaten, kleinen Braten mit Soße pro Haushalt und Nachtischen, legten Wein und Brause sowie Brot dazu und tüteten Käsetorte und Trauben ein und sortierten alles hübsch in geschmückte Körbe. Diese verteilten wir anschließend im süddeutschen Raum am Samstag vor dem Festtag.

Nicht alle konnten alters- und quarantänebedingt am Sonntag zu uns kommen. Wir hatten aber alle zumindest kurz an der Haustür gesehen. Den teuren dunkelblauen Anzug mit Hemd, Schuhen und Krawatte, Einstecktuch und Blümchen am Revers konnte dann ja wenigstens jeder einmal am Tag über den Videochat sehen. Seit dieser Leistung schaue ich sehr entspannt in die Zukunft und auf die Konfirmation von Ronja in fünf Jahren. Nichts wird entspannter, als einfach nur ein Kirchenfest mit anschließender Feier in einem Restaurant und schließlich lediglich bei Kaffee und Kuchen im eigenen Garten zu verbringen. Alles in allem hatte Sverre trotz der Umstände eine sehr schöne, intensive Feier mit vielen persönlichen Gesprächen. Somit hatten wir die gesamte Verwandtschaft im Laufe zweier Tage gesehen und uns bereits von den meisten vorsichtshalber und tatsächlich zum letzten Mal vor der Abreise in den hohen Norden verabschiedet.

Aufgehobene Einreisebeschränkung

Ein Ende des Gesetzes zur Einreisebeschränkung war während der Konfirmation noch nicht in Sicht. Michael war zwar problemlos zu uns aus Norwegen ausgereist, aber seine Rückkehr dorthin zurück stand lange in den Sternen. Ebenso erging es den vielen schwedischen Staatsbürgern im Grenzgebiet zu Norwegen. Obwohl sie unbefristete Arbeitsstellen in Norwegen hatten, konnten sie seit Monaten ihren Beruf nicht ausführen, da sie in Schweden wohnten.

Zwei Tage nach der Konfirmation musste Michael bereits wieder mit seinem in Norwegen zugelassenen Auto Richtung Norden starten, um unaufschiebbare Termine auf der Baustelle wahrzunehmen. Nach vier Wochen Homeoffice und ein paar Urlaubstagen daheim hoffte er nun auf eine problemlose Einreise nach Norwegen trotz allgemeiner Grenzschließung. Erst in den letzten Tagen war sein Status von Person mit deutscher Staatsbürgerschaft und unbefristeter Arbeits- und Aufenthaltserlaubnis auf das nächste Level geändert worden: eine Person mit Wohnsitz in Norwegen trotz anderer Staatsangehörigkeit.

Die erlösende Nachricht kam dabei gerade mal drei Tage vor der Abreise. Auf der staatlichen Internetseite, die Michael über seinen Sozialrang in Norwegen informierte, galt er trotz des monatelangen Aufenthaltes, mittlerweile Eigenheimbesitzes, jahrelangen Steuerzahlens und – gesetzlich wohl am meisten von Bedeutung – der Aufnahme der eigenen Kinder auf einer norwegischen Schule in Norwegen immer noch nicht als Mensch mit ständigem Wohnsitz in Norwegen. Er war demnach bis dato wegen der Grenzschließungen seit Januar immer noch nicht einreisewürdig gewesen. Nun endlich war auf der offiziellen Internetseite, auf die auch Bürgerämter, Polizei und Grenzpolizei und jeder Bürger unter Eingabe seiner Personennummer mit einem einfachen Mausklick in Sekundenschnelle Zugriff erhielten, als *bostedsadresse* (Wohnsitz) eine norwegische Adresse eingetragen.

Auch für uns, seine Familienmitglieder ersten Grades, bedeutete das nun freie Fahrt nach Norwegen. 24 Stunden Auto- und Fährfahrt später kam Michael an der norwegischen Grenze an. Nach einem negativen Schnelltest vor der Einreise und einem Negativtest an der Grenze durfte sich Michael in seine als Quarantänestätte angegebene alte Wohnung begeben und diese, nach weiteren Tests, fünf Tage später mit Beendigung der häuslichen Quarantäne wieder verlassen. Gut, dass dieser Aufwand, um seine Familie zu sehen – Corona hin oder her –, bald ein Ende haben würde.

Helle Räume

In den ersten Wochen war die Renovierung des Hauses mit Michael, ohne Michael und wieder mit Michael zunächst wie am Schnürchen gelaufen. Täglich verwandelten zwei fleißige Handwerker das bunte Durcheinander Stück für Stück in ein helles, zwar noch leeres, aber weitaus freundlicheres Zuhause. Hin und wieder gab es Fragen an Michael und per Nachricht oder Videochat an mich. Michael und ich waren uns aber immer schnell einig gewesen. Zumindest solange es um die Renovierung und nicht um die verschiedenen Einrichtungsmöglichkeiten ging, die er von mir im Detail und in sehr ausschmückender Darstellung über sich ergehen lassen musste.

Wir freuten uns auf die ein- bis zweimal pro Woche geschickten fotografischen Updates der Handwerker zur Dokumentation des Baufortschrittes. Insbesondere bei der Klärung der Farbauswahl schienen die Handwerker sich immer wieder neu bei den Fensterrahmen, Türen, Decken und Wänden vergewissern so wollen, ob wir bei unserer schlichten Weißnote bleiben würden. Wir waren kurz verwundert, zögerten aber nicht, die Fußleisten im gleichen Ton wie die Fensterrahmen zu verlangen. Anscheinend gab es zwischen dem Weiß der Holzrahmen, -decken und -leisten auf der einen Seite und dem Weiß der Wand einen erwähnenswerten Unterschied.

Die Handwerker nahmen schließlich auch Ronjas und Sverres Wünsche, einzelne Wände und einen Schrank in ihrem Zimmer farbig und nicht weiß gestalten zu wollen, nach mehrfacher Rückversicherung über die genaue Farbnuance an.

Ich sagte zu Michael: »Das Thema Farbe gehen unsere Handwerker aber auch außerordentlich genau an.«

»Stimmt, ich habe mich auch schon gefragt, was daran so schwierig ist, die richtige Farbe zu finden«, sagte Michael und sah das anscheinend genauso wie ich.

»Die Norweger kommunizieren vielleicht lieber einmal zu viel als einmal zu wenig«, mutmaßte ich. Das kannten wir ja schon zur Genüge.

Nach einigen Wochen war unser Haus innerlich verwandelt. Zwei Mann hatten ganze Arbeit geleistet: Alle Zimmer hatten die gewünschte Wand- und Deckenfarbe, ebenfalls waren alle Türen und Fensterrahmen fertig gestrichen. Die alte Küche war demontiert und sogar für umgerechnet einige hundert Euro verkauft und abgeholt worden. Der Holzfußboden im Obergeschoss war komplett geschliffen und gestrichen. Alle Fliesen waren im Flur entfernt, alle Schlafräume im Obergeschoss und das Wohnzimmer waren komplett fertig zum Einrichten. Küche und Bäder waren entkernt. Während ich freudig begann, mich zum endgültig letzten Mal mit der tatsächlichen Einrichtung eines neuen Hauses zu beschäftigen (ich hatte mehrmals den Warenkorb der bekannten schwedischen Einrichtungsfirma vergeblich gefüllt, da sich erst Häuser und zuletzt zwei Wände nochmals änderten), kam so langsam ein mulmiges Gefühl beim Gedanken an den Einzugstermin auf. Natürlich war schon unglaublich viel geschafft worden. Auch konnte man sich in der bisher geschafften Wohnlandschaft mit Möbeln sicher wohlfühlen, allerdings brauchten wir definitiv Küche und Bad.

Wegwerfen, hierbleiben oder Kiste

Michael und ich haben nicht nur gegensätzliche Temperamente, sondern waren in der Vergangenheit auch recht unterschiedlich mit unserem Hab und Gut umgegangen. Während ich sowohl aus meiner Studentenbude wie auch aus unseren gemeinsamen, aber hauptsächlich von mir genutzten kleinen Appartements und Mietwohnungen während des Referendariats und der Schwangerschaft mit ein paar gut sortierten Kisten ausgezogen war, befanden sich im Keller unseres Hauses mindestens noch mehr als zehn Kisten mit alten Ordnern und schwäbischem Kruscht meines Mannes, von dem er sich bei seinen Auszügen aus seinen Wohnungen einfach nicht hatte trennen können.

Einmal hatten unbedingt sechs Kisten von Kristiansand nach Deutschland gebracht werden müssen. Nicht dass dies das Leichteste gewesen wäre. Alle sechs stehen – mehr als ein Jahrzehnt später – immer noch ungeöffnet in einem großen Kellerraum voller geliebter Habseligkeiten und warten bis heute auf ein Revival oder den Weg auf den Schrottplatz. Dieser Trend hatte sich, soweit ich mich erinnere, nicht nur im Großen, sondern auch in allem Kleinem fortgesetzt. Auf der Spurensuche nach den Ursachen fielen mir in der Vergangenheit vor allem zwei Erlebnisse ein:

Kurz nach Michaels 40. Geburtstag hatten uns in unserem damals sieben Jahre alten Neubau meine Schwiegereltern besucht. Da sie noch eine weite Fahrt zu einem Klassentreffen in Norddeutschland vor sich hatten und das Mittagessen zwar gekocht, aber in Fülle und Ruhe nicht so knapp vor der Abfahrt gegessen werden konnte, hatte meine Schwiegermutter unsere moderne Küche durchsucht. Ziemlich verzweifelt hatte sie uns schließlich gefragt: »Wo ist denn mein schicker und vor allem praktischer Essenswarmhalter? Er ist orange-braun, aus Plastik mit integriertem Warmwasserspeicher. Michael, für dich habe ich ihn so gerne mit ins Auto genommen, wenn du mal nach der Schule schnell zu einer Sportveranstaltung musstest. Erinnerst du dich?«

Michael hatte daraufhin leicht seine Schultern gehoben und mir einen Hilfe suchenden Blick zugeworfen.

»Du musst so ungefähr acht Jahre alt gewesen sein. Was hast du gerne Spaghetti Bolognese daraus gegessen! Du hast ihn dann doch elf Jahre später mit zum Studium nach Karlsruhe genommen.« Da ihre letzte Erinnerung an einen möglichen Fundort mittlerweile 25 Jahre und um die zehn Umzüge zurückgelegen hatte, war er einfach nicht mehr auffindbar gewesen. Ob er in einer Kiste oder bereits im Plastikjenseits zu finden war, hatte sich nicht genau rekonstruieren lassen. Wahrscheinlicher war aber, dass ich das Ungetüm in den Händen gehalten und ihn aufgrund seiner wenigen praktischen Einsätze aus unserem Haus (und sogar aus dem Keller) verbannt hatte: »Ich glaube, er hat den Weg nicht in unser jetziges Haus gefunden. Oder ich habe das alte Stück weggeschmissen, weil es niemand mehr benutzt hat.«

Ich hatte bei der Bekundung dieser Rekonstruktion grenzenlose Entrüstung und Unverständnis geerntet: »Das kann doch nicht wahr sein! Das gute 80er-Jahre-Schmuckstück. Das war doch noch wie neu. Ich hätte es heute gut gebrauchen können.« Ich hatte fast alle Geschenke meiner Schwiegereltern stets wertgeschätzt. Dieses gehörte wohl nicht dazu.

Gleichfalls verwundert war ich über eine Geschichte, die bereits ein knappes Jahrzehnt nach der Geburt unseres Sohnes begonnen hatte. Damals waren wir mit einer Autoladung voll zu dritt im Kombi von Ulm nach Kristiansand umgezogen. Hochschwanger und mit viel Hilfe meiner Eltern hatte ich kurz vor der Geburt den gut sortierten Hausstand in wenige Kisten verpackt, die für ein bis zwei Jahre im Keller von Michaels Bruder aufbewahrt wurden. Da Michael nach Sverres Geburt nochmals kurz zur Baustelle hatte reisen müssen und erst wieder zwei Tage vor dem Umzug zurückgekommen war, hatten sich meine Schwiegereltern angeboten, für einen Tag vorbeizukommen, die Wohnung besenrein zu verlassen und für uns zwei Säcke zur Mülldeponie zu bringen. Zwei Jahre später – im Elternhaus meines Schwiegervaters war gerade durch den Tod seiner Schwester eine Wohnung neu renoviert worden – hatte mich eine große Überraschung überfallen: Sämtliches olles Küchenbesteck aus meiner ersten Studentenwohnung war nicht mit den Müllsäcken aussortiert, sondern als Übergangsbesteck von meinen Schwiegereltern in die Ferienwohnung im 900 Kilometer entfernten Ostfriesland einsortiert worden. Bis heute liegen tatsächlich noch einzelne Schöpflöffel von mir in dieser ansonsten modern renovierten Wohnung. Ich hatte hier die Rechnung definitiv ohne eine der wichtigsten schwäbischen Eigenschaften gemacht!

Trotz meiner anscheinend sehr ausgeprägten Wegwerfkultur hatten sich aber in den letzten Jahren mit Spielzeug, Büchern, Erinnerungsstücken meiner Kinder, Wintersportausrüstung, Gartengeräten, Werkzeug und vielem mehr Berge voller Habseligkeiten angesammelt, die im Keller, im Raum unter dem Carport und auf dem gesamten Dachboden verteilt aufbewahrt wurden.

Wochenlang spielte ich nun das Spiel: »Wegwerfen, hierbleiben oder Umzugskiste?« Ich war sehr dankbar, dass ich die Zugehörigkeit zu den Haufen während Michaels langer Abwesenheiten allein bestimmen durfte. In den vier Wochen vor der Konfirmation und der Woche vor der Abreise brachte Michael Autoladungen voll zur Entsorgung. Nicht zuletzt um Diskussionen über »vielleicht doch noch bleiben« mit Michael zu vermeiden, hatte ich bereits materialorientiert vorsortiert. Letztendlich waren wir uns aber einig: Wir waren froh um jeden Zentner Altlast, der das Haus verließ. Ich bildete mir ein, dass es doch auch etwas Befreiendes für Michael sein müsste.

Am Ende wussten wir, wie viel wir rausgeschafft hatten. Zwei Handvoll Kisten standen fast fertig gepackt in der untersten Etage im Flur unter der Treppe bereit zum Mitnehmen. Allerdings war das Haus alles andere als leer geräumt. Alle Zimmer und auch die Schränke waren vielleicht zur Hälfte noch gut gefüllt. Ganz zu schweigen vom Dachboden, Keller im Haus, Keller unterm Carport und Carportanbau. Immer wieder beschlich uns die Fragestellung, ob die Coronapandemie nach dem nächsten Sommer, dem nächsten Impfen verschwunden sein würde: Würden wir dann wieder getrennt, aber mit Wochenendbesuchen wie vor der Pandemie leben? Wann kämen wir wieder in unser Haus zurück? Sollte es so lange möbliert vermietet werden oder sollte es leer stehen?

Das Haus entschied für uns. In dieses Haus konnte so niemand einziehen. Ich war erleichtert. Keine weitere Räumung, keine fremden Menschen in unserem Haus, nur die Tür abschließen und wiederkommen, wann immer es nötig sein würde.

Das große Bestellen: Fünf Zimmer

So sehr uns das Reduzieren von alten Habseligkeiten aus unserem bisherigen Leben die Seele erleichterte, so sehr fehlte uns jedoch noch die gesamte Einrichtung für das neue Haus. Uns war schon vor den Grenzschließungen bewusst, dass sich ein Umzug mit Möbeln über 2500 Kilometer inklusive Seeweg per Spedition nicht lohnen konnte. Momentan durfte keine Spedition mit unseren Möbeln über die Grenze nach Dänemark reisen, geschweige denn nach Norwegen (auch wenn die Schweden jeden und alles bisher durchwinkten). Das Verschiffen der Möbel und Kisten im Container oder Lkw war teuer, dauerte länger als ein bis zwei Monate und nicht immer kamen die Gegenstände gut erhalten am Zielort an. So die Erwartungen. Wir versuchten uns auch daran, ein Angebot zu bekommen – doch zeigte sich, dass nicht eine Firma an so einer Aufgabe interessiert war …

Auch das Leihen eines Umzugswagens war schwierig, da dieser ja wieder nach Deutschland hätte zurückgebracht werden müssen. So blieb Michael nur noch die Möglichkeit, einen Anhänger in Norwegen zu leihen und eine Woche nach überstandenem Umzug wieder abzugeben. Das bedeutete allerdings auch, dass sich unser Umzug auf Fahrräder, Fitnessgeräte, circa ein Dutzend Kisten und höchstens noch entweder Trockner oder Waschmaschine beschränkte und alle Möbel auslieβ. Neue Möbel mussten her, und zwar mit Lieferung vor Ort!

Angesichts der Lieferzeiten für Möbel im Allgemeinen und der fehlenden gemeinsamen Besichtigungsmöglichkeiten im Besonderen entschloss ich mich für das groβe Onlineshoppen. Während Michael der Umstieg von psychisch aufreibendem Loslassen von Eigentum zum massenweisen Kauf von neuem Inventar sichtlich schwerfiel, klickte ich mich durch die herrliche Welt der Internetwarenhäuser. Schnell war mir klar, dass alle Schlafzimmer und Flure in hellen Farben durch das verbreitetste skandinavische Möbelhaus eingerichtet werden sollten. Vor allem war ich durch die Lieferzuverlässigkeit innerhalb zweier Wochen nach Bestelleingang bis an die Haustür beeindruckt. Nachdem mehr als 100 Einzelprodukte im Einkaufswagen lagen, setzte Michael ein verzweifeltes Veto: »Das geht mir zu schnell. Bist du sicher, dass wir das alles brauchen? Was, wenn das alles nicht ins Haus passt?«

Ich zeigte ihm meine Skizzen, erklärte ihm ausgiebig mein Einrichtungskonzept und überzeugte ihn aber schlieβlich allein durch die Tatsache, dass wir nun mal für jeden von uns und für das Gästezimmer Bett, Matratze, Schrank, Schreibtisch und Lampen bräuchten. Michael gab sichtlich entnervt nach, lobte aber die gebundene Kostenübersicht und musste zugeben, dass die annehmbaren Preise nicht zu schlagen waren.

Wer wusste schon, wie lange wir im neuen Haus permanent wohnen würden? »Hörst du mir überhaupt noch zu?«, fragte ich zudem mehr als einmal in langen, Abend raubenden Erklärungen zu unserem neuen Einrichtungsstil. Michael hatte mir zum wiederholten Male durch Gesichtsausdruck, Tonfall oder schlichtweg fehlende Gesprächsresonanz zu verstehen gegeben, dass ihn das

Thema Einrichtung so langsam an den Rande des Verstandes brachte.

Drei kleine Probleme waren auch meiner Meinung nach nicht durch die schwedische Möbelhauskette zu beheben: »Ich finde, wir sollten das Sofa in einem anderen Möbelgeschäft kaufen.«

»Das hab ich mir auch schon überlegt«, stimmte Michael mit ein.

»Stühle und Tische kann ich auch keine auf der Internetseite finden, die mir gefallen«, setzte ich meine Gedanken hörbar fort. »Lass uns auch mal für die Küche noch woanders schauen. Küchenaufbauer sind überall teuer. Lieber eine hochwertige aus einem örtlichen Küchenstudio.« Wir waren uns einig. Michael hatte neue Aufgaben vor der Brust.

Unterdessen hatte ich die Bestellung der Möbel für die fünf Zimmer verbindlich aufgegeben. Hinter mir lagen mehrere Wochen der Planung rund um unglaublich viele Einzelartikel, die in zwei getrennten Lieferungen mit jeweils über 50 Paketen an unsere neue Adresse geliefert werden sollten. Und tatsächlich: An zwei aufeinanderfolgenden Samstagen Ende Mai und Anfang Juni brachten zwei Mitarbeiter einer Spedition alle Möbel und hievten sie innerhalb kürzester Zeit von der absenkbaren Laderampe in unsere bis dahin leere Doppelgarage. Das Deponieren außerhalb des Hauses erklärte mir Michael mit den noch verbleibenden Bodenarbeiten im Haus. Für mich blieb die Frage, wer das alles mal ins Haus schleppen sollte. Im Anschluss an den zweiten Liefertermin fuhr Michael flugs in zwei nahe gelegene Möbelhäuser seiner Wahl. Er hatte kurz erwähnt, sich heute nach Tisch, Stühlen und Sofa umzuschauen.

Keine Stunde später klingelte mein Telefon und mein Mann präsentierte mir stolz eine graue Sofalandschaft und einen geschmackvollen Esstisch aus massiver Eiche mit passenden schwarzen Stühlen: »Abmessungen, Sitzkomfort als auch Sitzhöhe sind perfekt«, grinste er in die Kamera. »Gut, oder? Ging ganz schnell.«

Ich konnte ihm angesichts der Bilder nur zustimmen. Zähneknirschend fügte ich an: »Bei den Preisen geht die Auswahl natürlich zeitlich schneller, als fast ein ganzes Haus günstig einzurichten.« Ich musste aber trotz der Preise zugeben: Die gezeigten Möbel gefielen mir sehr.

»Drei Wochen Lieferfrist für den Tisch mit Stühlen«, fügte er selbstzufrieden hinzu. Das Sofa hingegen war ein Ausstellungsstück und Michael musste es noch am gleichen Tag ins Haus befördern. Endlich hatten wir alle Möbel bis auf die ...

... Küche

Wer nicht in einen selbst geplanten Neubau zieht und Wände und Böden für neue Leitungen nicht aufreißen möchte, dem ist in der Küche die Platzierung von Spüle und Spülmaschine vorgegeben. Zusätzlich musste unsere Dunstabzugshaube an einer bestimmten Stelle an ein Lüftungssystem des Hauses angeschlossen werden. Mein großer Wunsch war dagegen eine Kücheninsel. Zusätzlich hatte uns die massive Eicheküche mit Einbauschränken über der gesamten Arbeitsfläche und über Eck in L-Format abgeschreckt. Daran sollte unsere neue Küche nicht erinnern. Zwei Besuche von Michael beim Küchenstudio in der Nähe des Hauses machten uns jedoch sehr schnell klar: Auch norwegische Küchenfachverkäufer zeichnen sehr teure Küchen meist nach Wunsch des Käufers mit tollen Ergänzungsideen und ausgewählten Materialien. Unsere Küche sollte mit geradlinigen Elementen, glatten Oberflächen und ohne Griffe modern und natürlich fabelhaft wirken. Nach mehreren Aufforderungen von Michael, uns doch bitte einen Kostenvoranschlag zu nennen, wirkte die gezeichnete

Küche nicht nur schön, sondern war vor allem eines: hochpreisig. Im Gegensatz zu unserer ersten Küche sollte diese nicht nahezu fünf Prozent des Hauspreises ausmachen. Auch die Lieferfristen von bis zu acht oder sogar zwölf Wochen passten uns gar nicht mehr in den Plan. Eine neue Strategie musste her.

Wir dachten nochmals Anfang Juni für unsere Küche über den gleichen Lieferanten nach, dem wir bereits die restlichen 90 Prozent des Hausinventars verdanken: Die Bestellung und Lieferung hatten einwandfrei geklappt und das Preis-Leistungs-Verhältnis gefiel uns eindeutig besser. Allerdings hatten wir in der Vergangenheit einige Horrorerzählungen über die Qualität, Liefer- und Aufbaupreise von Küchen bei ebendiesen überall verbreiteten Möbelhäusern gehört.

»Einen Versuch wäre es ja wert«, lenkte Michael ein. Ich legte wieder mit der Planung los. Ziemlich geschickt konnte ich mittlerweile mit dem 3D-Zeichenprogramm des Möbellieferanten meines Vertrauens umgehen. Kurzerhand konnten wir einen Beratungstermin per Videokonferenz mit dem schwedischen Möbelhaus vor Ort in Oslo ausmachen. Prompt bat uns das automatische Mailsystem der Küchenabteilung, bereits eine Skizze mit unseren Maßen und der Wunscheinrichtung im Internet zu speichern.

Zugegebenermaßen waren wir ja schon aus unserer Berufs- und Reiseerfahrung der Vergangenheit in Norwegen daran gewöhnt, dass eine Kommunikation in Englisch selbst an der Supermarktkasse wie auch eben im Onlineverkaufsgespräch für unsere neue Küche absolut kein Problem darstellte. Dennoch war ich beeindruckt, dass die freundliche Verkäuferin fließend zwischen Norwegisch und nahezu eloquentem Englisch hin und her wechselte. Die uns immer wieder begegnende Reaktion auf die Bitte, ein Gespräch in Englisch zu führen, weil wir aus Deutschland kämen und meine Norwegischkenntnisse für ein sinnvolles Verkaufsgespräch noch nicht ausreichten, war bei allen Gesprächspartnern in der

Vergangenheit wie auch diesmal fast die gleiche und wirkte nahezu wie eine obligatorische Phrase: »... Sorry for my fragmentary German. I only had a few semesters of German at school. Guten Tag. Ich wünsche Ihnen einen angenehmen Einkauf ... Unfortunately, my English is not very good either. Excuse me, please. What can I do for you?«

Anschließend folgten in diesem Fall am Computer drei Videokonferenzen, die während der Beratungsgespräche die digitale Zeichnung während der laufenden Unterhaltung zeigten. Dabei wechselte die Verkäuferin spielerisch zwischen der 2D- und 3D-Darstellung, zwischen Zeichnung und farbiger Veranschaulichung. Der Preis veränderte sich in einem kleinen Kästchen oben rechts bei jedem Item, das noch ergänzt oder verändert wurde. Innerhalb einer Woche hatten alle Verkaufsgespräche stattgefunden. Zu jedem waren wir per Mail und Weiterleitungslink zielführend eingeladen und per Mausklick unkompliziert in ein Verkaufsgespräch geleitet worden. Schließlich wurde Michael trotz der coronabedingten Schließung der Verkaufshäuser im Gebiet Oslo in eine verwaiste Küchenabteilung der riesigen, leeren Hallen eingelassen, um die ausgewählten Fronten und Arbeitsplatten nochmals anzuschauen und für gut zu befinden. Am Ende der ersten Woche entschieden wir uns, die 100 Prozent nach unseren Wünschen kreierte Küche mit matten schwarzen Fronten und Holzarbeitsplatte zu kaufen. Einem Eins-zu-Eins-Vergleich unserer Markenküche mit hoch glänzenden Fronten und grauer Arbeitsplatte in Deutschland gingen wir dann doch lieber aus dem Weg. Lieber wollten wir ein bisschen Abwechslung zu den hellen Wänden ins Spiel bringen. Schlussendlich entsprach die neue Küche preislich einem Drittel des Angebots der Küche aus dem Küchenstudio.

Wir waren höchst zufrieden. Innerhalb von 14 Tagen wurden die Küchenelemente verpackt und in etlichen zusätzlichen Paketen geliefert. Währenddessen hatte ein Fliesenleger die untere Etage und Bäder komplett gefliest. Das Steingut hatte Michael auf Anraten seiner rechten Handwerkerhand gerade noch rechtzeitig in einer Nacht-und-Nebel-Aktion an einer Tankstelle um 23 Uhr an der offenen Heckklappe eines Handwerkerwagens an der Autobahnabfahrt zwischen Baustelle und neuem Haus angeschaut.

Auf meine kritische Frage im Halbschlaf, aus dem ich wach geklingelt wurde: »Wo kann man denn jetzt noch Fliesen besichtigen? Und überhaupt: Bist du denn eigentlich verrückt, die Fliesen im Dunkeln zu besichtigen, wo doch die Schattierung der einfarbig, aber gewellten Oberfläche entscheidend ist?«, antwortete er: »Entscheidend ist, wenn du mal bitte endlich die Fotos öffnen würdest, die ich dir vor zehn Minuten zugeschickt habe. Die Fliese sieht gut aus. Morgen kommt dann spontan der Fliesenleger vorbei.«

Tatsächlich boten mir die Fotos einen taghellen Blick auf die Fliesen. Größe, Farbe, Schattierung, Preis passten alle in unsere Vorstellung. Die Fliesen waren gekauft – nachts um 23.30 Uhr auf einem Parkplatz am Rande der E6. Was für ein verrückter Deal!

Die Tücke saß jedoch einige Tage nach der Lieferung der Küche im Detail. Michael verbrachte jede nur freie Minute nach der Arbeit und an dem verbleibenden Wochenende vor der Abreise zum großen Umzug mit dem Aufbau der Unterschränke, damit die beiden fleißigen Handwerker als Mädchen für alles die Arbeitsplatte pünktlich vor unserer Ankunft zuschneiden und auflegen konnten. Schließlich beschloss er, die Kücheninsel erst nach unserer Ankunft aufzubauen. Dennoch standen wir vor einem Problem: Es waren fünf Fronten zu wenig geliefert worden. Alle waren in ganz Südostnorwegen ausverkauft. Die Grenze zu Schweden war geschlossen. So blieb mir nichts anderes übrig, als die fehlenden Teile in Deutschland zu kaufen. Der nächste Verkaufsort mit allen fehlenden Produktgrößen war das Lager im fast 100 Kilometer entfernten Ulm.

Ich beschloss also, am letzten Wochenende vor dem Umzug meinen Kindern die Geburtsstadt von Sverre zu zeigen. Insbesondere wollte ich ihnen das Münster Unserer Lieben Frau in Ulm im 1377 errichteten gotischen Baustil der Neugotik mit seinem 161,53 Meter hohen Turm, dem größten Kirchturm der Welt, in Erinnerung rufen. Auch wenn wir diesen bereits vor wenigen Jahren mit meinen Eltern bestiegen und im Souvenirladen für Ronja eine Miniaturausgabe für ihre Puppenstube gekauft hatten, konnte eine Auffrischung nicht schaden. Beide konnten sich schließlich laut eigener Aussage nicht mehr ganz an unseren Besuch dort erinnern, nur an das leckere Eis damals am Ufer der Donau.

Leider waren Turm und Souvenirladen aus Infektionsgründen diesmal geschlossen. Das kam meiner begrenzten Zeit umso mehr entgegen, als dass wir stattdessen 1,5 Stunden in einer langen Schlange in der Hitze vor dem Lager der skandinavischen Take-away-Möbelwelt mit Abstand, Maske und viel Geduld warten mussten. Statt All-inclusive-Urlaub zu machen, schien ganz Deutschland nun sein Zuhause aufhübschen zu wollen. Aufregen half hier nicht, waren wir ja irgendwie auch, wenn auch anders, ein paar dieser verrückten Individuen.

Aufregende Fahrt ins Glück

Michaels Fähre von Trelleborg nach Rostock war gebucht auf Samstag, den 26. Juni, um 22.30 Uhr. Eine Woche nahm er sich Zeit, um mit uns die restlichen Vorbereitungen des Umzugs zu tätigen. Aufgrund der Grenzkontrolle ausschließlich vonseiten der Norweger war keine Verzögerung Richtung Süden beim Grenzübertritt zu erwarten. Glücklicherweise umging die Fähre den Grenzübertritt nach Dänemark. Letztes Jahr in den Pfingst- und Sommerferien hatten die dänischen Beamten trotz angespannter Coronalage immer sehr freundlich auf eine rastlose Durchfahrt bis zur Heimatgrenze (Deutschland beziehungsweise Richtung Norwegen) bestanden und uns durch die obligatorische Passkontrolle durchgewunken. Dieses Jahr war die dänische Grenze mit ebenfalls langen Wartezeiten laut Gesetz für uns geschlossen. Vor einigen Wochen war einer Kollegin die Durchreise Dänemarks mit Ziel Norwegen aufgrund der Grenzschließungen und ihrer deutschen Staatsbürgerschaft trotz norwegischen Arbeitsvertrages verwehrt worden. Sie musste sich bis auf Weiteres ins Homeoffice zurück nach Hause begeben.

Die Abfahrtszeit der Fähre in Richtung Süden in den Nachmittagstunden kam Michael entgegen, musste er ja noch den Anhänger für den Umzug in Drammen abholen. Um nicht zu sehr in Zeitnot zu geraten, hatte er einen Termin um 12.30 Uhr mit dem Anhängerverleiher vereinbart. Leider hatte er keinen anderen Anbieter als diesen auf der anderen Seite des Oslofjords ausfindig machen können, der einen Anhänger für mehrere Grenz-überschreitungen und eine Leihfrist über mehr als eine Woche zu einem annehmbaren Preis verlieh. Er wollte auch nicht einen Anhänger im Osloer Nordwesten abholen. Zwar gab es da ein größeres Angebot, doch waren die Preise teurer und der Weg einmal komplett durch die Innenstadt und Randgebiete Oslos an einem Samstag zeitraubend. Überhaupt sah er der gesamten Reise mit einem eher mulmigen Gefühl entgegen. Erstens war die 24-stündige Reise bei Tempo 80 zwischen Lkws vor allem auf dicht befahrenen deutschen Autobahnen keine entspann-te Reise. Sein einziger Trost war die Wahl eines Sonntags als Hauptreisetag. Zweitens waren die Wettervorhersagen für die nächsten zwei Tage stürmisch aufgrund drohender Hitzegewitter und örtlicher Unwetter. Gerade der leere Anhänger auf dem Hin-weg war nicht förderlich. Angenehmes Reisen sah anders aus. Immerhin hatte sein Wagen eine Anhängerkupplung. Dennoch musste er bei der Übergabe des Anhängers feststellen, dass der Stecker des Kabels vom Anhänger nicht zu der Buchse am Auto passte. Zum Glück ließ sich in einem nahe gelegenen Geschäft noch ein passender Adapter von 7-poligem Stecker auf 13-po-lige Buchse auftreiben.

Michael war der Letzte, der mit einem nicht straßenverkehrssi-cheren Fahrzeug durch Norwegen fahren wollte, hatte er doch in den vergangenen 14 Jahren genau einmal ein saftiges Bußgeld von umgerechnet knapp 400 Euro erhalten, als er nachts über eine einsame, geradlinige Fjordlandstraße bei klaren, hellen Licht-verhältnissen und trockenem, windstillem Wetter mit 18 km/h zu viel in der 60er-Zone geblitzt worden war. Der Bußgeldbescheid landete damals pünktlich zum Sommerferienstart in unserem Briefkasten. Auch wenn das Verfolgen von Strafsachen über die Grenzen gegen Urlauber auch damals bekanntlich schwierig war, stand in Michaels Fall als Deutscher mit norwegischer Bürgernummer (natürlich auch aus Gewissens- und Erziehungsgründen) nur Bezahlen und nicht Ignorieren zur Debatte.

Mittlerweile war es 13.30 Uhr. Sein Navi zeigte sieben Stunden bis Trelleborg. »Es sind doch immer sechs Stunden bis Trelleborg gewesen«, versuchte er sich zu beruhigen. Allerdings zeigte die Route eine rot markierte Linie quer durch den Oslofjord, genau dort, wo in 134 Metern Tiefe der viertlängste Unterseetunnel Norwegens entlangführt. In den Verkehrsinformationen war schwarz auf weiß eine Verkehrsstörung zu lesen. Dort stand, dass aufgrund eines Unfalles die direkte Verbindung durch den fast 7,3 Kilometer langen Tunnel zwischen der östlichen und westlichen Seite des Oslofjords gesperrt war. Jetzt musste er noch durch die City und Tunnelsysteme von Oslo zurückfahren. Wenn er das mit Anhänger geschafft hatte, war er eindeutig für geradlinige Autobahnen warm gefahren. Die Frage war nur: Wäre dann die Fähre noch zu erreichen?

33 Stunden später hatte sich die Frage erledigt. Michael war gut am Haus in Deutschland angekommen. Sichtlich erschöpft und mit eingeschlafenen Extremitäten versuchte er, zügig durch den Gewitterregen zur Haustür zu gelangen. Eine anstrengende Reise lag hinter ihm. War er noch in Trelleborg ohne Verzögerung auf der sehr windigen Svinesundbrücke gerade rechtzeitig zum Verladen an der Fähre angekommen, hatte ihn nach einer ruhigen Nacht in der engen Kabine bereits um 4.50 Uhr das erste Mal ein Feuer- und Sinkalarm ähnliches Dauerklingeln – über 110 Dezibel laut – geweckt. Lediglich der Tonfall der freundlichen Stimme in dreierlei Sprachen auf der anschließenden, leisen und undeutlichen Ansage hatte Panik oder gar einen Ansturm erstmalig Reisender auf die Rettungsboote verhindert. Michael dagegen war hundemüde ins Bett gefallen und dann im Tiefschlaf schwerhörig gewesen, war nochmals in die Traumwelt eingesunken und hätte beinahe verschlafen, wenn nicht um 5.30 Uhr beim dritten

Weckrufintervall nicht auch noch das automatische Einschalten der Kabinendeckenleuchter in Kaltweiß jede Nachtruhe schlagartig beendete hätte. Die anschließende Fahrt über Autobahnen unbegrenzter Pferdestärken war zum Glück auch für alle anderen ohne Anhänger hinter der gut motorisierten Zugmaschine durch aneinander gereihte Baustellen begrenzt gewesen. Zudem waren die Autobahnen dank des sonntäglichen Fahrverbotes für Lastkraftwagen nicht überfüllt gewesen.

Auch wenn vor der Haustür Wasser hinten aus dem Anhänger rauslief und die leichte Deckplane sich im Wind ein wenig auf und ab wölbte, waren wir überglücklich. Alle waren zusammen, wenn auch müde, gesund und munter. Noch eine Woche bis zum Umzug nach Norwegen.

Einladen, verabschieden und los

Eine Woche später, am 4. Juli, hatten wir alles im Anhänger verstaut. Auch die beiden Kaninchen von Sverre und Ronja zogen mit nach Norwegen. Für die Fahrt hatten wir uns überlegt, dass die beiden im Kofferraum mit Kameraüberwachung und Livestreaming auf den mit Kabel verbundenen Laptop eine überwachte Fahrt gut überstehen würden.

»Muss das sein?«, fragte Michael mit Blick in das überfüllte Auto.

»Zumindest sind dann die Kinder beruhigter und wir somit entspannter«, beschwichtigte ich ihn.

Ein neuer Innenraumkaninchenstall füllte den Kofferraum voll aus. Den hatten wir bis dato gar nicht besessen, da unsere beiden Kaninchen bisher immer unter freiem Himmel im Sommer wie im Winter in einem großen, eingezäunten Außengehege mit Doppelstockholzstall und guter Isolierung gelebt hatten. Der bisherige und auch zukünftige Stall aus Holz befand sich nun mit den Umzugskisten, einem Ofen, unseren Fahrrädern, Hometrainern, Trockner, einer Dunstabzugshaube und einigem Restgedöns im Anhänger. Michael hatte für die Einreise an der Grenze nicht nur vier Pässe für uns, sondern auch zwei Pässe für unsere Nagetiere an Bord. Auf vier DIN-A4-großen Seiten mit Stempel und Unterschrift hatte eine Kleintierveterinärin im Nachbarort die Gesundheit unserer Nager bei einem nötigen, 60 Euro teuren, aber nur zehn Minuten dauernden Besuch in ihrer Praxis dokumentiert. Des Weiteren hatte Michael noch ein zweiseitiges PDF-Dokument mit allen Einzelauflistungen über Neu- und Gebrauchtwaren unseres Umzugs für den norwegischen Zoll ausgedruckt.

Um 5 Uhr machten wir auf der Straße im Beisein von meinen Eltern und Michaels Bruder ein letztes Foto vor unserem deutschen Zuhause. Die Rollläden waren runtergezogen, alle hatten Tränen in den Augen und die Kinder waren jetzt schon um das Wohl der Kaninchen auf der langen Reise besorgt. Der Computer wurde samt Übertragung hochgefahren. Winkend und warnblinkend rollten wir unsere Straße entlang. Was wir jetzt nicht hatten, brauchten wir hoffentlich auch in den nächsten Monaten nicht mehr.

Mein Sohn witzelte: »Alles, was wir jetzt vergessen haben, bestellen wir bei Amazon.«

Michael antwortete prompt und unsensibel: »Amazon gibt es nicht in Norwegen. Die Lieferung würde circa vier Wochen oder länger dauern und die Zollgebühren wären nicht bezahlbar.«

Wir bogen um die erste Kurve, mein Sohn grübelte vor sich hin. Michael und ich waren müde und hofften auf eine zeitlich begrenzte Fahrt trotz vieler geplanter Pausen für die Kaninchen und trotz des vollen Anhängers. Uns war bewusst, dass, selbst wenn wir schneller hätten fahren wollen, das Auto sehr träge gewesen wäre und kaum mehr als langsame Beschleunigungen auf maximal 90 Stundenkilometer geschafft hätte. Zum Glück fuhren wir nicht in die Alpen. Vor uns lag nur das Mittelgebirge und danach die leicht abschüssige Annäherung zur Meereshöhe. Lediglich Ronja hatte ausgelassen gute Laune. Sie freute sich auf das Land der Freiheit, der vielen Wanderungen, des Wassers und dass die Kaninchen mitkamen. Schon jetzt konnte sie ihre Langohren ununterbrochen beäugen.

Sechs auf großer Reise

Vor uns lag eine 850 Kilometer lange Fahrt bis Rostock. Die geplante Abfahrtszeit zum Auslaufen war um 22.30 Uhr aus dem Hafen Richtung Trelleborg. Die Tickets befanden sich nach Onlinebuchung auf Michaels Smartphone. Vorsichtshalber hatten wir noch eine Druckvariante im Auto. Papier war schließlich nicht vergänglich im Gegensatz zu manch einem überlasteten Smartphone. Sicher war sicher. Auch wenn der Check-in bereits um 21.00 Uhr am Kai in Rostock beginnen sollte, waren wir sehr früh unterwegs.

Um die Autofahrten so angenehm wie möglich zu gestalten, liebten die Kinder es, ihre eigenen Kissen dabei zu haben. Sverre hatte ein luftiges Federkopfkissen, das er im unruhigen Schlaf immer wieder neu unter seinen Kopf knautschte. Ronja liebte ihr Schaumkissen, das ihren Kopf immer ideal stützte, während es nie an Form verlor. Eingekuschelt in Kissen und Oberbetten schliefen sie trotz der Aufregung bereits 50 Kilometer nach der Abfahrt auf der nahezu leeren Autobahn gegen kurz vor sechs ein. Mir ging es nicht anders. Auch ich hatte mein mit Latex gefülltes Lieblingskissen zwischen Arm und Kopf gequetscht und wachte erst wieder auf, als Michael gegen 10 Uhr die Autobahn für eine erste Rast verließ.

Die Kinder diskutierten gerade miteinander, ob die Kaninchen schon etwas gegessen, getrunken oder an Ausscheidungen hinterlassen hatten. Ohne Kaninchen im Kofferraum waren wir in der

Vergangenheit so lange gefahren, bis eines der Kinder oder wir den ersten Toilettengang nicht mehr aufschieben konnten. Doch jetzt fanden die Kinder die eingerollte Sitzposition der Kaninchen im hintersten rechten Eck ihres vorübergehenden Käfigs so unnatürlich, dass sie sich große Sorgen um die Gesundheit der beiden tierischen Familienmitglieder machten. Natürlich lag auch Michael und mir das Wohl der Kaninchen sehr am Herzen. Wussten wir doch, dass der Einstieg in das neue Schuljahr in Norwegen nur dann auch für die Kinder fröhlich beginnen konnte, wenn es ihren geliebten Kuschelhasen gut ging.

Nachdem wir an einem Grünstreifen neben dem Rastplatz ausgestiegen waren, stellte Ronja geschickt das tragbare Auslaufgehege auf einen saftig grünen Fleck und trug nacheinander die beiden Mümmelmänner zum Fressen und für den Auslauf in den eingezäunten Bereich. Sverre füllte etwas stilles Wasser in den Kaninchentrog und stellte ihn dazu. Gleichzeitig öffnete Michael den Hänger und nahm aus dem umfangreichen Angebot aus mehreren Tüten Streu, Heu, Stroh, Gemüse, Fertigfutter sowie einen Apfel heraus, schnitt ihn auf, damit er saftig duftete, und legte ihn zwischen die Kaninchen. Zwei Kinder und zwei Erwachsene standen nun um das Gitter und warteten gespannt auf die Essensaufnahme oder -ausscheidung. Beides wäre für uns das praktische Zeichen gewesen, dass mit den beiden Tieren alles in Ordnung war. Die Kaninchen bewegten sich ausgiebig kreuz und quer durch das hohe Gras. Schnüffelten hier und dort, als suchten sie den besten Platz oder ihr altes Zuhause.

Ronja überlegte: »Vielleicht sind sie ja durch die zitternden und schaukelnden Fahrbewegungen des Autos so durcheinander oder aufgeregt, dass sie nichts mehr essen oder trinken könnten?« Wir wussten es auch nicht.

Nach einer knappen halben Stunde gaben wir auf. Wir packten alle Sachen zusammen und trotz größter Unsicherheit und

Bedenken überredete Michael die Kinder weiterzufahren. In den nächsten elf Stunden wechselte der Fahrtrhythmus zwischen zweistündigen, kilometerfressenden Fahrten (wobei wir nur 80 Kilometer pro Stunde fuhren, aber das wenigstens auf freien Autobahnen Richtung Leipzig, Berlin und schließlich Rostock) und halbstündigen Pausen für Tier und Mensch. Unsere Vespervorbereitungen kamen bei den Kindern, Michael und mir prima an. Die Auswahl zwischen Käse-Wurst-Picknick, Kuchen, Obst und Rohkost kam uns trotz der endlos erscheinenden Reise wie ein kleines Schlaraffenland vor. Mittlerweile waren wir ein eingespieltes Team im Auf- und Abbau für den Kaninchenauslauf. Diese bewegten sich weiterhin prächtig. Alles andere schien für sie allerdings heute nicht infrage zu kommen.

Als wir um 21 Uhr den Hafen von Rostock erreichten, das Eincheckhäuschen auf der mittleren Fahrspur von dreien – für Pkw mit Anhänger – passiert, unseren Außenkabinenschlüssel bekommen, auf Fahrlinie Nummer 6 hinter, vor und mit den anderen insgesamt über 150 Autos und Lastwagen kurz gewartet, die Rampe zum Schiffsbauch in der langen Roll-On-Schlange erklommen sowie Deck 1 und 3 wie in einer Spirale von unten nach oben durchfahren hatten, kamen wir direkt neben Ausgang 4 auf Deck 5 zum Stehen und stiegen gleichzeitig mit all den anderen Menschen aus unseren eng neben- und hintereinander geparkten Fahrzeugen aus. Sie alle machten sich nun auf den Weg zu den 134 Kabinen und Sitzplätzen für die rund 400 Passagiere auf Deck 6 und 7. Über endlos lange Treppen waren die Reisezimmer zu erreichen, um die 81 Seemeilen weite Überfahrt nach Schweden mit etwas Schlaf für eine wache Weiterfahrt zu überstehen.

Wir schlossen uns dieser Wanderung treppaufwärts allerdings mit etwas Verspätung an. Zuerst mussten die Kinder besorgt nachschauen, ob die Kaninchen mittlerweile ihre Verdauung durch Essen und Trinken in Schwung gebracht hatten. Mit Schrecken war keine Nagestelle an Möhre, Apfel oder Salatblatt zu erkennen. Auch nach vorsichtigem Durchwühlen von Stroh und Streuecke war keine einzige braune ausgeschiedene Kugel zu finden. So sauber war der Stall in den vergangenen zwei Jahren noch nie gewesen. Nun machte auch ich mir Gedanken, wie die Kaninchen die Nacht bei uns unbekannten Temperaturen im geschlossenen Fahrzeugdeck überstehen würden. Uns blieb nichts anderes übrig. Wir mussten das Deck verlassen, die Tür wurde hinter uns verriegelt und wir fielen trotz der Angst um die kleinen Nager müde in die Stockklappbetten unserer knapp 8,5 Quadratmeter kleinen Überseeschuhschachtel. Wenigstens würde uns der Kapitän auf der Überfahrt wellenberuhigt durch die Kadetrinne in der Ostsee schiffen.

Mit grummelndem Magen dachte ich an eine Überfahrt zwischen Hirtshals an der Nordspitze von Dänemark und Kristiansand, einer Stadt im Südwesten Norwegens, zurück. Vor 14 Jahren waren wir damals beim Umzug mit dem zehn Tage alten Sverre nach kurzem Schippern durch die Schärengärten, die direkt vor den Küsten durch die vielen kleinen Inseln die See beruhigen, in die offene Nordsee und den wütenden Skagerrak gestochen. Hatten wir uns vor der Abfahrt noch bei leichtem Nieselregen und Nebel in Dänemark Anfang September 2007 so sehr auf das für 19 Uhr bestellte Dinner für zwei Personen zum Aufpreis von knapp 50 Euro zur Feier unserer kleinen Neufamilie im Erlebnisrestaurant gefreut, hatten wir nach knapp einer Stunde Fahrt gemerkt, dass die Gäste um uns herum immer leiser geworden waren. Das Geschirr, die Gläser und das Besteck, auf extra rutschfesten, aber ansehnlich designten Tischen kunstvoll angeordnet, hatten immer lauter geklappert und geklirrt. Nach einer weiteren halben Stunde hatte der Raum einer gespenstigen Stille mit teils rhythmisch knarrenden und berstenden Geräuschen geglichen. Mittlerweile hatte das Bord- und Restaurantpersonal alle beweglichen und zerbrechlichen Gegenstände verräumt und sich nun wankend den Weg zu den einzelnen Tischen gebahnt. Nicht aber um Essen oder Getränke auf- oder abzufahren, sondern um dezente weiße, mit Aluminiumbeschichtung ausgefüllte Tüten an die Tische zu bringen und zum Teil auch zu entsorgen. Michael und ich hatten wie ein Schluck Wasser schlaff und mit bleichen Gesichtern in unseren Bänken gehangen. Uns war hundeübel gewesen und jedes Anheben des Kopfes hatte Schwindel und ein drohendes Spuckgefühl verursacht. Der Kapitän hatte kurz darauf eine Durchsage getätigt: »... dass wir leider nicht die geplante Route fahren können, um nicht in das Zentrum des Unwetters zu geraten. Unsere Überfahrt dauert daher leider zwei Stunden länger als geplant.« Er hatte uns weiter eine gute Reise gewünscht. Ich hatte daraufhin immer wieder zu den Panoramafenstern geschaut, die sich über beide Seiten des Restaurants bodentief und deckenhoch erstreckten. Bei ruhiger Wetterlage hätte jetzt vielleicht mit Blick auf den gelb-orangen Sonnenuntergang auf flacher See mit einer lieblichen Krümmung des Horizontes eine dämmernde Abendstimmung eingesetzt. Damals aber hatte das Schiff beim seitlichen Schwanken auf- und niedergetaumelt und meine Sicht alternierend auf eine schäumende, überspülte, grau-schwarze Wasserwelt und einen hellgrauen Himmel voller Nebel und Dunst vor einer weißen Wolkendecke beschränkt. Wäre uns nicht so schlecht gewesen, hätten wir wahrscheinlich bei jedem neuen Schlag der gigantischen Wellen gegen den Bug und seine Steuerbordseite sein Kippen oder gar die Durchflutung der Laderäume dieses massiven RoRo-Schiffes befürchtet und somit panisch um unser Leben gebangt. Hätte bereits damals jemand diese Minuten und Stunden für die Außenwelt gestreamt, hätten die Betrachter der Szenen wahrscheinlich vor Skurrilität lachen müssen: Im Gegensatz zu den 98 Prozent der Menschen auf dem Schiff, die sich augenscheinlich so wie wir gefühlt hatten, lag neben uns ein kleines Baby in seiner tragbaren Autoschale und schlief geschlagene fünf Stunden das erste Mal in seinem noch so kurzen Leben, ohne mit der Wimper zu zucken, durch. Und hinter uns am Tisch hatten vier asiatische Touristen die Überfahrt ihres Lebens. Sie hatten mit ihren kleinen, aber hochmodernen Fotoapparaten mit Begeisterung die Szenerie und das ihnen servierte Dinner gefilmt. Dazu hatten sie gelacht, gegessen und ausgiebig getrunken. Bis heute frage ich mich, wie der Koch seine Arbeit in der Kombüse noch so professionell hatte herstellen und anrichten können. Damals war unsere Übelkeit erst verflogen gewesen, als wir im sicheren und ruhigen Hafen angelegt hatten. Von jetzt auf gleich war es uns wieder hervorragend gegangen und großer Hunger war zurückgekehrt.

Zurück in der Gegenwart hatten auch die Kaninchen anscheinend in der Nacht großen Hunger verspürt. Ihre Obst- und Gemüsestücke, der angehäufte Salat und das dazugelegte Heu waren verputzt. Im Gehege gab es nun offensichtlich eine kleine Toilettenecke mit drei kleinen Ausscheidungskügelchen. Angesichts der Erleichterung bei uns allen machten wir uns, trotz der kurzen Nacht, fröhlich nach der Überfahrt auf, die restlichen 500 Kilometer zu schaffen.

Der Weg führte ab Hafengelände direkt über die E6 bis zur norwegischen Grenze. Weder bei Abfahrt noch bei Ankunft der Fähre in Schweden wurden wir zu einer Passkontrolle aufgefordert. Den Wechsel zwischen Fahrt und Rast hatten wir ja schon drauf, das Wetter war sonnig und mit fast 27 Grad Celsius für skandinavische Verhältnisse im Juli erstaunlich warm und wir waren jetzt schon eine glückliche Familie. Vor uns lag ein entspanntes Reisen, kaum Verkehr, kaum Lastwagen, kaum überholende Autos, was nicht zuletzt der Geschwindigkeitsbeschränkung von 90 Kilometern pro Stunde und saftigen Bußgeldern im Falle einer Geschwindigkeitsüberschreitung zu verdanken war.

Auch wir waren in Deutschland keine Verfechter von Tempolimit unter 130 Stundenkilometern. Das schwedische Tempolimit kam uns angesichts eines Autos mit empfindlichen Kaninchen gegenüber Fahrbewegungen und eines Anhängers, der höher und länger als der SUV meines Mannes war, und eines 5 Meter langen Holzkajaks auf dem Dach des Autos jedoch sehr wohl entgegen.

Angekommen

Nur noch etwas über 100 Kilometer südlich von Oslo fuhren wir gegen Mittag auf der autobahnmäßig ausgebauten Europastraße 6 über den Svinesund, der Schweden und Norwegen durch die 420 Meter lange sowie seit März 2021 nicht mehr mautpflichtige Svinesundbrücke verband. Noch vor dem Auffahren auf die bogenförmige Brücke nahmen wir die verwaisten Grenzkontrollhäuschen des schwedischen Zolls wahr. Vor der Brücke wurde zudem der Verkehr von zwei zu einer Spur verengt und auf 50 Stundenkilometer gedrosselt. Da sich am Himmel jedoch Wolkenberge stürmisch auftürmten, hätten wir auch ohne Beschränkung eine Geschwindigkeitsverringerung vor allem der Ergonomie unseres Umzugsgefährts wegen vorgenommen. Starker Seitenwind drückte gegen unser Auto und unseren Anhänger. Im Seitenspiegel sah Michael deutliches Schwanken des Anhängers bei jeder zusätzlich aufbrausenden Böe.

Nach der Brücke war es deutlich windberuhigter. Die Autobahn mündete in einen recht großen Fuhrpark an Zoll- und Polizeiwagen hinter zwei großen schwarzen Durchfahrtsgebäuden. Die Anzeigen frontal zur Fahrtrichtung sowie die optische Aufspaltung der Fahrzeuge in die kleinere Schlange an Personenkraftfahrzeugen und eine bedeutend längere Kette an Sattelzügen forderte uns zur frühzeitigen Einordnung unter die Einfuhr mit zu verzollenden

Gütern auf. Michael wusste aber, dass auf der norwegischen Seite ein umzäunter Park für die Einreisekontrolle errichtet worden war. Nach kurzer Wartezeit wurden wir auf eine eingezäunte, vorübergehende und zum Zweck der Kontrolle errichtete Straße auf den Parkplatz vor ein einstöckiges Gebäude geführt. Wir entschieden uns dafür, Ronja und Sverre kurz im Auto zu lassen, und stiegen mit einer Aktentasche vorbereiteter Papiere über unser Zollgut, die Gesundheit unserer Kaninchen, den Besitz unseres neuen Hauses in Norwegen und die tatsächliche Absicht, auch dort fest zu wohnen, aus und gingen durch die drückende und schwüle Luft in Richtung des schwarzen Neubaus mit 4 mal 4 Meter großen Glasscheiben und kleinem Außensitzbereich mit modernen Holzbänken. Es war ein zeitgemäßes norwegisches Zollamt.

Vor der Tür warteten unter einer kleinen Pergola mindestens 30 Lastwagenfahrer aus den unterschiedlichsten nord- und osteuropäischen Ländern, wie sie im Buche stehen. Wie auch wir hatten sie kurze Hosen, teilweise Hemden, teilweise Unterhemden und Sandalen mit oder ohne Socken an. Angesichts der zu erwartenden Verzögerungszeiten war die Stimmung eher gereizt, auch wenn wir die meisten Wortäußerungen aufgrund der Sprache nicht verstehen, es jedoch sehr wohl an Mimik und Körperhaltung einwandfrei ablesen konnten. An der gläsernen Wand klebte in mehreren Sprachen und klaren Bebilderungen die dringliche Bitte, Abstand zu halten, nach Aufforderung einzeln einzutreten und die erforderlichen Papiere bereitzuhalten. Von Maskenpflicht war dagegen nichts zu lesen.

An einem kleinen Terminal vor der Tür zogen wir unsere Nummer, wie man es von deutschen Bürgerämtern in Prä-Corona-Zeiten kannte: 134. Die Anzeige zeigte jedoch – wie angesichts der Wartenden zu befürchten war – erst 101. Noch schlimmer allerdings war, dass in den letzten Minuten keiner das Gebäude betreten oder verlassen hatte und auch niemand am Schalter, den wir gut durch die großen Scheiben sehen konnten, bedient wurde. Wahrscheinlich sah so die Mittagspause an einer Zollstation aus. Mein Gedanke, den Kindern für die nächste Weile wieder im Auto Gesellschaft zu leisten, wurde jäh von Blitz- und Donnerschlägen durchbrochen und der einsetzende Platzregen verursachte ein Zusammenrücken der nun mehr als 40 unruhigen Lastwagenfahrer. Ich begann, ihre Gereiztheit zu verstehen.

1,5 Stunden später leuchtete endlich unsere Nummer auf. Wir betraten das Zollamt zu zweit und ernteten sofort einen strengen Blick des Beamten hinter doppelt verglaster Trennscheibe am Bearbeitungsterminal. Der Ton änderte sich allerdings sehr zum Guten, als Michael alle Papiere, samt Arbeitsanstellungsnachweis, Hauspapieren, Dokumentation der Umzugswaren sowie Pässen von uns und den Kindern auf die Durchreiche legte und wir in flüssigem Norwegisch freundlichst auf auch sehr angenehme Fragestellungen nach dem Alter und Geschlecht der Kinder und Haustiere sowie unserem neuen Wohnort antworteten. Keine fünf Minuten später wünschte uns der Zollbeamte eine gute Weiterfahrt, einen guten Start als Familie in Norwegen und Grüße an Kinder und Kaninchen. Da war sie wieder, diese schöne Familienwillkommenskultur der Norweger.

Nachdem wir das Gebäude verlassen hatten und mit dem Auto weiter auf der vorgebahnten Straße Richtung Passkontrolle rollten, hatten das Gewitter und der Regen sich gelegt und die Sonne blitzte mit verhaltenen hellen Strahlen durch die Risse in der Wolkendecke. 50 Meter weiter kamen wir auf Geheiß von zwei mit Maschinenpistolen und Minicomputern bewaffneten und in Tarnuniform gekleideten Abkommandierten des norwegischen Heeres zum Stehen. Freundlich, aber bestimmt forderten sie Michael und mich auf, unsere digitalisierten europäischen Impfzertifikate auf unseren Smartphones vorzuzeigen. Nach Vergleich von Name, Bild und Person auf Personalausweis und Impfpass wurde dieser kurzum gescannt. Ab jetzt wusste der norwegische Staat, dass wir erstens eingereist und zweitens geimpft worden waren. Daran bestand kein Zweifel. Kurz danach empfing Michael eine SMS auf seinem Smartphone. Absender war das norwegische Gesundheitsministerium mit den neuesten Informationen über Einreisebedingungen und Quarantänepflicht. Der erste Satz begann mit:

Hi Michael, du befindest dich auf norwegischem Boden ...

Nachdem Ronja und Sverre keine Impfnachweise vorlegen konnten, durften sie von Michael in eine Häuschensiedlung zur Abnahme von Schnelltests im Nasen- und Rachenraum begleitet werden. Hier hatte Michael vor seiner Impfung bei seiner letzten Einreise eher schlechte Erfahrungen gemacht, da ein norwegischer Schnelltest mit tiefster Gründlichkeit bei größter Unsensibilität durchgeführt wurde. Einmal hatte Michael mehrere Tage Schmerzen im Nasen-Rachen-Raum ertragen. Diesmal aber wurden Kinder untersucht. Die diensthabenden Gesundheitsamtsvertreter entpuppten sich als durchaus kinderliebe und mal wieder mehr als ein wenig Deutsch sprechende und einfühlsame Testnehmer. Beide Kinder kamen fröhlich aus dem Häuschen und Ronja erzählte mir sprudelnd: »Die Krankenschwester, eigentlich Kinderkrankenschwester, und ihre Kinder haben auch zwei Kaninchen im Garten.«

Michael schaute mich mit einem erleichterten Blick an, als wollte er sagen: »Kind müsste man in Norwegen sein!«

Die Testauswertung dauerte 25 Minuten. Danach wurden wir zur Weiterfahrt auf die ab hier norwegische E6 durchgewunken. Schließlich fuhren wir am späten Nachmittag auf den Hof unseres neuen Hauses. Wir waren endlich angekommen.

Blass, aber unendlich froh stiegen wir ungelenk aus dem Auto aus. Endlich waren wir am Ziel unserer Reise. Nach all den Vorbereitungen hatten wir einen Umzug über drei Ländergrenzen inklusive einer Fährüberfahrt mit Kaninchen im Kofferraum, Hab und Gut im durchwindeten Anhänger, einem selbstgebauten Kajak auf dem Dach und trotz der erschwerenden Restriktionen in ein von mir und den Kindern nie live gesehenes Haus hinter uns gebracht. Ein überragendes Gefühl stieg in uns allen auf. Michael und ich hatten Tränen in den Augen.

Mit glänzendem Blick stellte ich in der Einfahrt fest, dass mir alles noch ein bisschen besser gefiel als auf den vielen digitalen Fotos. Es war ein lauer Sommerabend bei warmen Temperaturen von fast 30 Grad. Die Sonne stand noch hoch am Himmel. Während Michael und ich Anhänger und Auto leer räumten und ich die hellen, freundlichen und vor allem nahezu einfarbigen Zimmer bestaunte, kramten Ronja und Sverre bereits nach Badesachen und Handtüchern. Der See, der auf den digitalen Karten nur eine Straßenecke entfernt zu sehen war, befand sich in einer Gehminute Entfernung direkt ein Haus weiter. Am Abend fielen wir alle auf unsere zwar auf dem Boden liegenden, aber frisch bezogenen Matratzen und schliefen eine sehr gute erste Nacht, auf den 6. Juli, in unserem neuen norwegischen Zuhause.

Die ersten Wochen im neuen Zuhause

Am Morgen nach unserer Ankunft stürzten wir uns in unser neues Leben. Schon früh am Morgen wurden wir von der wärmenden Sonne geweckt. Ein Blick auf die Wetter-App unserer Smartphones bestätigte unseren Eindruck. Der Wetterbericht beschrieb seit Tagen schönstes Sommerwetter. Zudem schienen die Temperaturen ein Jahrhundertrekordhoch in Norwegen festlegen zu wollen. Ein kuschelig aufgewärmtes Haus und scheinbar endlose Sonnentage standen uns laut Vorhersage bevor.

Auspacken und Dekorieren hatte ich mir in den vergangenen Wochen wie einen schönen Traum von einem Start in ein neues Leben mit persönlicher Note vorgestellt. Wir zogen uns an und beschlossen, uns einen ersten Überblick über das Haus und seinen Renovierungszustand schaffen zu wollen. Nach der ersten größeren Hausbegehung stellten wir fest: Jedes Zimmer strahlte in frisch gestrichenen Weißtönen und wirkte sauber und leer gefegt. Lediglich der Zustand der Bäder bedurfte auf den ersten Blick noch einer baulichen Fertigstellung: Immerhin hatten wir bereits eine augenscheinlich vollends funktionstüchtige Duschkabine im unteren Bad. Die andere Dusche im oberen Bad neben unseren Schlafräumen hatte dagegen noch keine angeschlossene Duschbrause – geschweige denn eine Glasummantelung. Gänzlich fehlte hier überhaupt eine Toilette und zusätzlich schmückten den kahlen, ebenfalls schmierig gefliesten Raum zwei Löcher. Nur ein Waschbecken mit Unterschrank hing an der Wand. Jedoch fehlte noch der Anschluss an das Wassersystem des Hauses.

Nachdem ich beide Bäder mehrmals mit Fliesenreinigungsmittel und sehr warmem Wasser gewischt hatte, beschloss ich zunächst die Tür zum oberen Bad gemäß dem Motto »Aus den Augen, aus dem Sinn« bis auf Weiteres zu schließen. Erstes gelang mir, Zweites nicht.

»Die Bäder werden zeitnah auch zu deiner Zufriedenheit benutzbar sein«, versicherte mir Michael nach Rücksprache mit dem Bauleiter, einem Norweger mittleren Alters.

Ich war dennoch skeptisch, denn auf den zweiten Blick wurde mein Gefühl eines romantischen Einzugs in ein vorbereitetes, warmes Nest von im Detail keinesfalls ganz fertigen Zimmern überschattet.

Michael gab stolz noch einen weiteren Satz zum Besten: »Sieh mal, Schatz, ich habe den Handwerkern ans Herz gelegt, noch vor deiner Ankunft den Baustaub zu entfernen!«

Ich musste zugeben, das Haus war mehr als besenrein. Doch konnte die Säuberungsaktion der Handwerker nicht darüber hinwegtäuschen, dass noch einige Arbeiten zu erledigen waren. Es fehlten Fußleisten, fertige Bäder, eine fertige Küche, alle Lampen, hier und da Steckdosenabdeckungen und das Verspachteln und Überstreichen der Küchenwände sowie der neu eingezogenen Wand auf der Seite des Gästezimmers – sogenannte Restarbeiten.

»Über die kleinen Restarbeiten musst du einfach noch hinwegsehen«, hörte ich meinen Mann gerade sagen. Was für die Handwerker und ihn mit meinetwegen objektivem Blick restliche Kleinaufgaben waren, war für mich subjektiv eindeutig eine größere Sache. Gemäß Aristoteles' weiser Überlegung – »Das Ganze ist mehr als die Summe seiner Einzelteile.« – waren alle Teilaufgaben vielleicht bald fertig. Ich vermisste allerdings die gemütliche, private Seele des neuen Hauses, den Ort zum Wohlfühlen, zum Nach-Hause-Kommen. Das wollte ich ändern – und zwar so schnell wie möglich. In den nächsten Stunden mussten wir jedoch zuerst einmal den Umzugsanhänger nach Drammen zurückbringen und Lebensmittel einkaufen gehen.

Möbelmassen – und vermeintliche Badoasen

Am Nachmittag öffneten wir – um einen Anhänger leichter und von einem Mittagessen to go gestärkt – gemeinsam das große weiße, elektrische Garagentor. Beim Anblick der auf der gesamten Bodenfläche und an manchen Stellen in die Höhen bis zum 3 Meter hohen Deckengebälk gestapelten Pakete fiel mir fast die Kinnlade runter. Obwohl ich alle Pakete persönlich bestellt hatte, war ich mir der tatsächlichen Raumfülle erst in diesem Moment bewusst geworden. Das Haus war bis auf Sofa, die Esstischgruppe und halbe Küche sowie den Einbauschrank in Ronjas Zimmer und vier Matratzen noch komplett leer. Ich sah so der anschließenden Zeit des Schleppens der bis zu 40 Kilogramm schweren Pakete in das Haus mit Schrecken entgegen.

»Wer soll die denn die Treppe in das obere Stockwerk tragen?«, fragte Sverre.

Ronja lachte: »Na du mit Mama und Papa. Dafür bin ich noch zu klein.«

Sonst wollte sie nie die Kleinste sein, dachte ich noch, da antwortete unser Großer trocken: »Dann kannst du ja die Einzelteile alle zusammenbauen. Sind mindestens immer 30 Schritte. Steht alles im Bauplan, genau richtig für Kleine, die gerne in Bodennähe krabbeln. Ist genauso wie Lego.«

Ronja schob die Unterlippe nach vorne, grinste dann verschmitzt, machte auf dem Absatz kehrt und murmelte beim Davonschreiten: »Ich liebe Lego. Hauptsache, ich muss nicht schleppen.«

Ich hatte nun das Bild von mir und Ronja vor meinem geistigen Auge, wie wir etliche Arbeitsstunden hockend, bückend, liegend, schraubend und fluchend verbrachten. Nur Michael war wie immer guter Dinge. Er sah in diesem unfassbar hohen Aufgabenberg überhaupt kein Dilemma, sondern gleich ein Trio an Vorteilen. Er erläuterte mir in geduldigem Tonfall: »Die Bauarbeiter brauchen nächste Woche wieder Platz im Haus. Und außerdem sind Möbel in Einzelteilen in quaderförmigen, eher flachen Paketen handlich verpackt viel leichter durch die Türen, Winkel und das gebogene Treppenhaus an die richtigen Orte zu bringen. Brauchst dich also gar nicht aufregen.«

»Ich möchte mich aber gerne aufregen«, entgegnete ich fassungslos. Ich atmete dreimal tief durch und zählte einmal innerlich bis zehn. Erst anschließend wich die aufsteigende Wut und der Ärger über meine mir gestohlene Zeit für den Möbelaufbau einem Zustand, in dem ich seinen durchaus gar nicht so schlechten Argumenten mit offenen Ohren weiterhin folgen konnte. Es half ja nichts. Ich musste da durch.

»Außerdem können wir so peu à peu entscheiden, ob wir auch wirklich alle Möbel, die bestellt worden waren, im Haus unterbringen können oder nicht vielleicht einzelne, wenn wir uns vermessen oder im Stil verrannt haben, zum Umtausch zurückbringen.«

»Ich habe mich nicht vermessen und schon gar nicht verrannt!«, platzte die Entrüstung aus mir heraus. Er hatte leicht reden. Hatte Michael ja genau eine Woche Aufbauurlaub, bis er wieder zur Arbeit gehen durfte. Zwar liebte ich bereits aus meiner Kindheit jede Art von Bausatz und hatte auch schon viele Möbel der gleichen Marke, wie sie bei uns nun wie in einer Möbelhauszweigstelle in der Garage lagerten, mit zunehmendem Geschick und zügig aufgebaut, doch sah ich mich ab heute vor meinem innerlichen Auge wochenlang an den Möbeln schrauben. Am schlimmsten aber war: Bis auf ein Mimimi-Gejammer face to face der abgepackten Einzelteile fiel mir kein Argument gegen die vorher verkündete schlüssige Begründung des Lagerplatzes ein. So stürzte ich mich mit wütender Schaffenskraft in den Aufbau – zumindest für den ersten Nachmittag. Am Abend bewahrheitete sich jedoch meine leise Vorahnung, dass dieses Haus noch nicht ganz fertig renoviert war: In den Bädern waren deutliche Spuren der Arbeiten vor unserer Ankunft zu erkennen.

Der letzte Fliesenleger schien überhaupt die Baustelle in aller Eile verlassen zu haben. Dies stellte ich nicht nur angesichts der schmierigen Fließen an Wand und Boden in beiden Bädern fest, die zwar bündig und geradlinig verklebt worden waren, aber Kleber- und Fugenmittelreste aufwiesen. Das gesamte Ausmaß dieser Nachlässigkeit wurde uns in vollem Umfang beim ersten Duschen klar. Sverre stand gerade auf dem vertieften Fliesenboden der Dusche, umrahmt von Wand und bodenebenen, geschlossenen Klarglastüren, und genoss die neue Regendusche an der Decke, als der drohende, schnell steigende Wasserspiegel ihn um Hilfe riefen ließ. Viele durchnässte Badehandtücher später fluchte auch unser sonst so besonnener Michael nicht mehr leise und jugendfrei vor sich hin. Mit Handschuhen, Bohrer, Staubsauger und Mülleimer kniete er nun über dem eben noch neu anmutenden Abflussrohr der Dusche. War dieses vorhin noch sehr schick von einem glänzend schwarzen Abflussgitter verdeckt worden, entblößte nun das Abdecken desselben ein dunkles, müffelndes Loch gefüllt mit mittlerweile verhärteten und verklumpten Resten der Mörtelmasse, die der liebe Fliesenleger wohl noch zähflüssig zur einfachen Entsorgung in den Abfluss gekippt hatte. Etliche Schweißtropfen und einige Flüche später konnten auch wir anderen eine warme Dusche nehmen. Michael hatte sie sich bei Weitem verdient.

Grundlegende Formalitäten

Auch außerhalb der neuen vier Wände warteten dringende Aufgaben auf uns. Solange Michael noch Urlaub hatte, wollten wir so viele notwendige Aufgaben an offizieller Stelle wie möglich gemeinsam hinter uns bringen. Deren Erledigung war überhaupt erst die Voraussetzung dafür, dass unser Alltag, der in ein paar Wochen beginnen würde, gelingen konnte.

Erstens stand der Wechsel zu einem norwegischen Telefonnetzanbieter für mich und die Kinder an. Michael hatte die Erfahrung gemacht, dass die norwegische Vorwahl seines Mobiltelefons für alle offiziellen Stellen in Deutschland wie Ämter, Versicherungen und Schulen sowie im Bereich des Einzelhandels oder des Privaten abschreckend wirkte oder gar technisch unerreichbar war. Auch auf norwegischen Internetseiten erlebten wir mit der Eingabe meiner deutschen Mobilfunknummer oft das Gleiche. Um dem vorzubeugen, erhielten nun ich und die Kinder norwegische Kartenverträge. Darüber hinaus hatte Michael in den letzten Jahren in Norwegen gute Erfahrungen mit neuen Bezahlungsmethoden gemacht, bei denen das Geld von einem norwegischen Smartphone zum anderen mittels Verknüpfung zu einem norwegischen Bankkonto floss. Somit machten eben auch die neuen norwegischen Telefonnummern Sinn.

Zweitens brauchte ich eine norwegische Bankkarte und ein norwegisches Bankkonto. Die Ausstellung einer Bankkarte auf meinen Namen sollte nicht nur beim in Skandinavien mittlerweile durchgehend vorherrschenden bargeldlosen Bezahlen die bisherige deutsche Karte ablösen, sondern auch Bezahlungen per App wie zum Beispiel beim Bestellen von Pizza und so weiter ermöglichen.

Ein weiteres interessantes Zahlungsverfahren, das vor allem bei gesellschaftlichen und privaten Events von Michael in der jüngsten

Vergangenheit zum Tragen gekommen war, war das sogenannte Vipps. Dies ist eine norwegische App, die von mehr als drei Millionen Norwegern genutzt wird, und Norwegens meist verbreitete Zahlungsmethode nach der Kartenzahlung. Der Geldtransfer läuft über ein mobiles Endgerät, indem der Kunde einen QR-Code scannt oder eine vier- bis sechsstellige Nummer des Verkäufers in der App angibt. Sowohl an der Kasse als auch in der App wird der vollzogene Kauf in Sekundenschnelle bestätigt. Von besonderer Bedeutung ist allerdings, dass immer nur eine Karte mit einer Telefonnummer und einem Bankkonto verknüpft werden kann. Die Eröffnung eines eigenen Kontos ist auch dafür Voraussetzung. Michael hatte vor einigen Jahren ein Konto in der Bank in Stavanger eröffnet. Es lag also nahe, bei der gleichen Bank auch ein Konto für mich zu eröffnen. Zum Glück konnten wir dies bei einer Filiale in der Nähe erledigen, sodass wir uns die 500 Kilometer lange Fahrt zur Westküste ersparen konnten.

In der Zweigstelle in unserer Nähe wurde jedoch nicht nur mein Personalausweis für den Identifikationsvorgang kontrolliert, sondern auch die Vertragsvereinbarungen mit der Bank unterschrieben. Wie auch in Deutschland bestand ein Kontovertrag aus mehreren Seiten Kleingedrucktem. Zwar hatte ich Michael an meiner Seite, dennoch versuchte ich mit meinem gebrochenen Norwegisch sowohl meine verständige Mündigkeit als auch meine selbstständige Geschäftsfähigkeit zu beweisen. Aber vor allem wollte ich keine Waschmaschine kaufen. Die Bankkauffrau schaute mich an, als wäre ich die erste Kundin, die das Kleingedruckte überflog (eher durchsumpfte), und konnte nur mit Mühe ihr Missfallen hinter ihrer seriösen und ernsten Mimik verbergen.

Schließlich zeigte sie ihr Unverständnis gegenüber meines als Misstrauen gegenüber der größten Bank Norwegens falsch verstandenen Durcharbeitens der Papiere nach der Unterschrift. Sie fragte ungläubig nun zum zweiten Mal nach: »Möchten Sie den

Vertrag auch in Papierform als Kopie mitnehmen? Gewöhnlich erhalten Sie ein Nutzerkonto nach Vertragsabschluss und können alle Details im Internet nachlesen.«

»Ja, bitte, ich hätte gerne eine Kopie«, bestanden wir auf unser Recht. Die Dame im feinen Anzug hinter der Glasscheibe machte sich eher unwillig auf den Weg zum Kopierer. Wenige Tage später traf meine persönliche Bankkarte ein. Nun konnte auch ich an den Bezahlverfahren der Norweger teilnehmen.

Von grundlegender Bedeutung war für mich und die Kinder auch noch ein Wohnsitz in Norwegen und der damit einhergehende Antrag auf eine individuelle *fødselsnummer*, eine zehnstellige Identifikationsnummer aus Geburtsdatum und vier weiteren Ziffern. Beide waren Bedingungen für die vollständige Schulanmeldung der Kinder. Glücklicherweise waren sie zwar vorerst an der Schule angenommen, dennoch standen eben zum einen die persönliche Vorstellung bei der Polizei und zum anderen die Beantragung einer *fødselsnummer* bei *skatteetaten* (Finanzamt / Bürgeramt) noch aus.

Ich erinnerte mich an unsere gemeinsame Zeit in Kristiansand nach Sverres Geburt: Vor 14 Jahren hatten Sverre und ich schon einmal nach Anmeldung auf dem *politistasjon* und *skatteetaten* in Kristiansand eigene Identifikationsnummern erhalten. Diese dienten damals schon zur Anmeldung auf staatlichen Plattformen im Internet, um persönliche Daten zu verwalten. Sie waren auch damals schon die Eintrittskarte ins norwegische Bürgersystem. Mit dieser Nummer konnten offizielle Stellen wie Polizei, Bürgerämter und Finanzämter Einsicht in beispielsweise das Sozialversicherungssystem und Finanzen erlangen sowie Familienzugehörigkeiten überprüfen. Schließlich erhielt man darüber auch Zugang zum staatlichen Gesundheitssystem, bekam einen *fastlege* (Hausarzt) in der Nähe des Wohnortes zugeordnet und konnte einer Arbeitstätigkeit nachgehen. Eine Arbeitsstelle in Norwegen hätte ich natürlich auch aufgrund unserer Staatsangehörigkeit – Deutschland ist schließlich ein EU-Land – annehmen können. In diesem Fall wäre mir dann allerdings eine D-Nummer zugeordnet worden, die die Ausstellung der *fødselnummer* verkompliziert hätte. Der Zugang zum Gesundheitswesen für die Kinder und für mich wäre nicht möglich gewesen. Unser Ziel war deshalb, unsere alten Identifikationsnummern wieder aufleben zu lassen und Ronja gleichermaßen eine zu beantragen.

So einfach wie damals in Kristiansand gestaltete sich der Zugang zur Polizeistation und zum Bürgeramt jedoch in der jetzigen Zeit nicht mehr. Ähnlich wie auf deutschen Ämtern wurden einzelne Termine vergeben. Michael hatte bereits vor Monaten einen Termin bei der zuständigen Polizeibehörde ausgemacht. Dieser konnte uns aber erst Mitte Dezember angeboten werden. Da für uns als EU-Bürger eine Ausweisung aus Norwegen nicht zu befürchten war, hätten wir diesen geduldig abwarten können. Anders gestaltete sich die Thematik aber mit der persönlichen Vorstellung bei einem Bürgeramt. Gleichfalls wie bei der Polizei bot man uns den ersten Termin am Ende des Jahres in unserer Stadt an. Daher hatte Michael eine Terminvereinbarung zu einem deutlich früheren Zeitpunkt angestrebt und einzelne Alternativtermine am Mittwochmorgen der zweiten Woche um 8.15, 8.45, 9.15 und 9.45 Uhr im 2,5 Stunden entfernten Örtchen Skien auf der anderen Seite des Oslofjords erhalten.

Diesen nahmen wir trotz der langen Anreise nun wahr. Um nicht zu spät zu kommen und mögliche Verzögerungen bei der Fährüberfahrt zu vermeiden, starteten wir bereits um 5.15 Uhr zu unseren Terminen. Als wir um 8.05 Uhr am Bürgeramt eintrafen, stießen wir auf verschlossene Türen. Michael saß im Auto wie auf heißen Kohlen. Er hatte noch wichtige Termine im Büro und schaute nochmals in seine vorbereitete Aktentasche. Wir hatten alle Dokumente, die erforderlich waren, dreifach (für jeden von uns) vorausgefüllt, aktuelle Pässe und unser Familienstammbuch mit allen Originalen dabei. Wir hofften eindringlich, dass der Vorgang nicht so lange brauchen würde und die Vergabe von vier Terminen über die Zeitspanne von zwei Stunden einfach ein Fehler des Computersystems gewesen war. Doch wir sollten uns alle irren. Um 8.20 Uhr öffnete ein Mann mittleren Alters in Türstehermanier und dunkler Kleidung die beiden Fronttüren des Eingangsbereiches, trat in den überdachten Bereich vor der Pforte und schloss wieder hinter sich ab.

Wir stiegen mit allen Sachen aus dem Auto aus. Michael bat ihm unsere Pässe an und überzeugte ihn wortreich, aber freundlich, dass wir tatsächlich alle gemeinsam einen Termin hatten. Nach genauer Prüfung unserer Pässe und nach einem kurzen Blick in die Aktentasche durften wir mit Masken die Behörde betreten. Uns wurde ein Platz im Wartebereich angeboten. Mittlerweile war es 8.35 Uhr. Wir saßen auf gepolsterten Stühlen mit dem Rücken zur Wand eines grau in grau und sehr funktional eingerichteten Amtes. Hier schien die Zeit stehen geblieben zu sein. Nur der moderne Flachbildschirm, auf dem ununterbrochen amerikanische Nachrichten tonlos, aber mit laufenden Schriftbannern am unteren Rand des Bildes übertragen wurden, holte uns aus der verstaubten Vergangenheit in die aktuelle Welt zurück. Niemand war hinter den Scheiben an den Schaltern zu sehen.

Endlich bat uns eine Beamtin an den linken gläsernen Schalter und nahm sich unserer Anliegen an. Hätte sie uns nicht auf Norwegisch angesprochen, hätte sie in ein typisches Bürgeramt in Deutschland gepasst. Sie machte ebenfalls einen seriösen, aber unscheinbaren Eindruck auf uns. Vor ihr lagen mehrere Papierstapel. Klarheit und Betonung ihrer Sprache hätten jedoch auch in eine Bundeswehrkaserne gepasst.

»Mit ihr ist wohl nicht zu spaßen«, flüsterte Michael mir leise zu.

Ich nickte kurz und vermied es krampfhaft, die monotonen Einleitungssätze zu unterbrechen. Außerdem bemühten wir uns um angemessenen Charme. Da jede Erklärung und Aufforderung, ein weiteres Formular auszufüllen, in das Rüberreichen der bereits ausgefüllten Formulare durch das Loch in der Scheibe mündete, entspannte sich die Dame zusehends und konzentrierte sich nun mehr darauf, die Stapel ausgefüllter Formulare in der richtigen Reihenfolge fächerförmig auf ihrer Seite der Trennscheibe auszulegen. Wir waren erleichtert, dass wir alle geforderten Formulare vollständig zu ihrer Zufriedenheit ausgefüllt hatten. Nun mussten nur noch die Pässe kontrolliert und die Standesamtsunterlagen aus dem Familienstammbuch kopiert werden. Michael sah ungeduldig auf die Uhr. Gänzlich unbeeindruckt setzte die Beamtin ihre Aufgaben pflichtgemäß fort. Einzeln wurden nun erst Ronja, Sverre und zuletzt ich gebeten, unsere Masken kurz abzusetzen. Es folgten ewig dauernde Vergleiche zwischen den Passbildern und unseren Gesichtern. Das Auf und Nieder der Augen verriet mir, dass mehrere Gesichtspartien einzeln verglichen wurden. Sogar die Frisuren mussten angeglichen werden. Wir reichten Pässe und Familienstammbuch zu ihr hinüber und wurden nochmals gebeten, Platz zu nehmen: »Ich gebe nun Ihre Daten in den Computer ein und überprüfe Ihren Antrag auf Vollständigkeit. Dies kann eine Weile dauern.«

»Vielen Dank«, säuselten wir nahezu gleichzeitig und setzten uns voller Hoffnung auf eine sofortige Bearbeitung in den Wartesaal.

Michael nahm Kontakt zum Büro auf. Es war nun 9.30 Uhr. Würde der folgende Prozess nicht mehr als 15 Minuten dauern, könnte Michael um 14 Uhr auf der Baustelle sein. Sverre und Ronja waren zum Glück schon zu vernünftig und zu müde, als dass sie sich im Wartebereich ausgetobt hätten. Beide spürten, dass dieser Vorgang sich nicht beschleunigte, wenn sie uns oder der Beamtin hier auch noch ihren Unmut zeigen würden.

Nach mehr als 20 Minuten vermuteten wir, dass die Bearbeitung bereits im Gange sei und das Erhalten der *fødselnummern* nur noch einen kleinen Schritt entfernt war. Zudem hatten wir auch auf unsere alten Nummern hingewiesen. Freundlich erklärte uns die Dame: »Alle Unterlagen sind in Ordnung. Es gibt keine Anhaltspunkte, dem Antrag nicht stattzugeben. Dies wird in höherer Instanz nochmals geprüft. Ich rechne mit einer Bearbeitungszeit von 20 Wochen.«

Ich glaubte, einem Übersetzungsfehler zum Opfer gefallen zu sein. Michaels Reaktion allerdings verriet mir, dass ich richtig gehört hatte. Doch beschweren half hier wenig. Wir baten eindringlich, wegen Krankenversicherung und Schulstart doch bitte den Prozess zu beschleunigen.

Uns entgegnete »vollstes Verständnis« mit der Betonung grenzenloser Machtlosigkeit, diesen Prozess von dieser Stelle aus voranzutreiben: »Ein kleines Problem gibt es da noch mit Ihrem Familienstammbuch.«

Wir wurden abermals hellhörig. Sie versuchte zu beschwichtigen: »Zum Glück tangiert das nicht den eben besprochenen Antrag. Aber dem Eintrag im norwegischen *folkeregister* (Volksregister) von Sverre und Ronja als Ihre Kinder und Michael als Ihren Ehemann wird so nicht zugestimmt.«

»Was stimmt denn nicht mit unserem Familienstammbuch?«, fragte Michael eher ungläubig als neugierig. Alle Geburtsurkunden, Taufurkunden, Heiratsurkunde, sogar einige in norwegischer Übersetzung, waren in das dunkelblaue Samtringbuch im Original eingeheftet.

Dennoch fuhr sie unbeirrt fort: »Das ist ein anderer Sachvorgang, der nicht gestartet werden kann, da ich die Echtheit Ihrer Dokumente hier auf dem Amt nicht überprüfen kann. Dafür müssen Sie bitte Geburts- und Heiratsurkunden mit einer Apostille einreichen. Im Moment kann ich nicht mehr für Sie tun.«

Alle Diskussion half nicht. Wir hatten eine neue Aufgabe: Apostillen herbeizaubern. Uns wurde die Tür aufgeschlossen und wir verließen um 10.15 Uhr das Amt. Nach drei Stunden Fahrt erreichte Michael die Baustelle mit etwas Verspätung. Geistesgegenwärtig hatte er noch vor der Fähre an einem Lebensmittelladen gehalten und uns mit Essen und Trinken eingedeckt. Den Rest der Strecke schliefen die Kinder und ich versuchte herauszufinden, wie und wo wir an die geforderten Apostillen kommen konnten. Dieser zusätzliche Stempel sollte also unsere Originale nun vollends beglaubigen. »Die spinnen doch die …«, kam es mir immer wieder in den Sinn.

Zurück im neuen Haus war der Ärger fast schon vergessen und wir konnten mit dem großen Einrichten beginnen! Am Abend begann Michael sich sogleich um die geforderten Apostillen zu kümmern.

»Weißt du, was ich im Internet gelesen habe? Wir müssen unsere Heiratsurkunde beim Standesamt in unserer Heimatstadt, in der wir auch geheiratet haben, neu ausstellen lassen.«

»Also in Hagen«, versuchte ich zu helfen.

»Genau, und dann müssen wir die zuständigen Standesämter für Sverres Geburtsurkunde und Ronjas Geburtsurkunde um Neuausstellungen bitten. Schließlich darf eine Apostille nur auf einer maximal drei Monate alten Urkunde ausgestellt werden.«

»Echt jetzt? Also in Ulm und Mutlangen. Das wird ja immer bunter.«

»Ja und dann bekommen die neuen Urkunden nur in den jeweils zuständigen Regierungspräsidien ihre Apostille, also in Arnsberg, Tübingen und Stuttgart.«

»Dann brauchen wir aber Hilfe beim Post- und Schriftverkehr, am besten von deinem Bruder und unseren Eltern in Süddeutschland. Sie können die Apostillen ja dann im Herbst bei ihrem ersten Besuch bei uns im Gepäck mitbringen.«

»Ich mach mich mal an die Vollmachten«, schloss Michael gähnend die Vorausschau und ging an seinen Computer im Arbeitszimmer. Wieder einmal sollte es ein langer Abend werden. Was man nicht alles für ein Jahr mit der Familie im Ausland machte.

Aufbau versus Traumsommer

Fleißig begannen zumindest zwei von uns vieren mit dem Aufbau der Möbel. Allerdings hatten wir die Rechnung ohne den traumhaften Sommer und die heißen Temperaturen gemacht. Der See rief und Ronja und Sverre wurden ganz in seinen Bann gezogen.

Genauso wie ich waren unsere Kinder daran interessiert, zügig in ihre vollmöblierten Zimmer einziehen zu können und nicht aus den Umzugskisten Spielsachen und Kleidung kramen zu müssen. Allerdings fiel ihre Motivation zur Veränderung dieses Zustandes in Form von tatkräftiger Unterstützung geringer als erhofft aus.

»Wir wollen den Sommer genießen, solange es noch so schön warm ist«, argumentierten beide einstimmig. Natürlich hatten wir dafür Verständnis und ließen sie deshalb bis auf den Aufbau zweier oder dreier Möbelstücke mehrmals täglich im See baden, Kajak fahren und das neue Stehpaddel ausprobieren. In Deutschland waren sie aufgrund ihres Altersunterschiedes nie wirklich freiwillig zu einem gemeinsamen Spiel aufgelegt gewesen – was besonders am Älteren gelegen hatte. In Norwegen verließen sie Tag für Tag in geschwisterlicher Verbundenheit mit Sack und Pack inklusive Picknickkorb und Handtüchern das Haus in Badesachen und kamen erst nach langer Zeit im Zweiergespann zurück. Danach war immer noch Zeit für ihre Aufbauhilfe. Selbstverständlich freuten wir uns über die tolle Zeit, die unsere Kinder gemeinschaftlich erlebten.

Sverre argumentierte weiter: »So habt ihr viel mehr Zeit, das Haus weiter einzurichten. So ein Sommer kann außerdem ganz schnell vorübergehen.« Dem mussten wir zustimmen, auch wenn sämtliche diesjährige Wetterprognosen das Gegenteil vorhersagten.

Kein Auto ist auch keine Lösung

Die erste Woche in Norwegen war geprägt durch den Wechsel vom Möbelaufbau, offiziellen Terminen und Wassersportauszeiten, die sich nahezu nur die Kinder gönnten. Mit jedem Tag rückte Michaels Urlaubsende näher und gleichzeitig wuchsen die Müllberge in der Garage. Bei Weitem konnten unsere Mülltonnen die Mengen von Pappe sowie Styropor- und Plastikteilen aus den Möbelverpackungen und den voranschreitenden Arbeiten im Haus nicht fassen. Noch transportierten wir diese Massen in Michaels Auto zur Mülldeponie. Allerdings würde er dieses ja nächste Woche wieder mit zur Arbeit nehmen. Zusätzlich sahen wir einer Zukunft mit Schule, Hobbys und normalem Alltag mit Einkäufen und Besorgungen entgegen. Wir hatten offensichtlich ein grundlegendes Problem: Wir waren nicht mobil.

In Deutschland hatte mir natürlich immer mein Auto zur Verfügung gestanden. Um mögliche Hinderungsgründe am Grenzübergang zu umgehen, waren wir aber alle in Michaels Auto nach Norwegen umgezogen. Meinen eigenen Wagen, einen mittlerweile fünf Jahre alten Kombi mit Dieselmotor, hatten wir dagegen vor unserem Haus in Süddeutschland stehen gelassen. Dabei hatten wir uns bewusst gegen die Mitnahme des Autos entschieden, schließlich hätte eine Einfuhr unseres schicken Familienkombis spätestens in der fünften Woche nach Grenzüberschreitung amtlich angemeldet werden müssen. 25 Prozent vom letzten Kaufpreis oder von einer aktuellen Wertschätzung durch einen Gutachter plus eine einmalige Einfuhrgebühr von 45 000 NOK (etwas mehr als 4500 Euro) für unseren Dieselmotor hätten wir dabei an den norwegischen Staat abtreten müssen. Die Zollgebühren und Versicherungsgebühren (wegen des unsauberen Dieselmotors) erschienen uns eine Mitnahme nicht mehr wert zu sein.

»Kein Auto wäre aber auch keine Lösung für uns«, stellte ich mit dem Gedanken an unsere alltäglichen Bedürfnisse in den Raum. Michael erkannte dies ebenfalls recht schnell. Dafür waren die Kinder sportlich zu sehr begeistert und bereits durch Michaels Vorstandsarbeit an einen 30 Kilometer entfernten Sportverein gebunden. Dort gab es ein sehr gutes und motiviertes Trainerteam. Sie schätzten das Talent der Kinder, die bereits mehrmals in den vergangenen Ferien in der ambitionierten Nachwuchsgruppe mittrainieren durften und dort schon Freundschaften geknüpft hatten. Zusammen wollten sie in naher Zukunft an Wochenenden auf Turniere und Mannschaftsspiele vor allem im Großraum Oslo gehen. Sie liebten ihren Sport und hatten schon viele Jahre in Deutschland mehrmals in der Woche trainiert. Vor allem aber erhofften wir uns dadurch, dass die Kinder schneller Anschluss auch außerhalb der Schule an norwegische Kinder und die norwegische Sprache fänden.

Deshalb zogen wir lieber den Kauf eines gebrauchten Autos in Norwegen vor. Somit hatten wir auch gleich ein norwegisches Kennzeichen. Wer aber nun denkt, er hätte das Kennzeichen eines Einheimischen, einer Stadt oder eines Kreises erworben, irrt dabei gewaltig. Lediglich einmal wurden die Nummernschilder einem Neufahrzeug bei seiner Erstzulassung zugeordnet. Somit erkannte bisher jeder Fahrer auf der Straße, in welchem Gebiet Norwegens ein Auto in der Vergangenheit das erste Mal eine Straße befahren hatte, aber keinesfalls, ob der aktuelle Halter, geschweige denn der Fahrer aus ebendieser Gegend stammte. Anders wurden die Nummernschilder elektronisch motorisierten Wagen zugeordnet. Auf eine Zwei-Buchstaben-Kombination aus einem E und einem weiteren wie zum Beispiel EB, EL (*e-bil*, *e-ladebil*) folgte eine zusätzliche fünfstellige Nummer. Von diesen Fahrzeugen fuhren bis 2020 in Norwegen mittlerweile knapp 80 000 Exemplare durch die Straßen. Die Besitzer konnten bisher zwischen 4000 öffentlichen und ihren privaten Ladestationen zu Hause wählen.

Für eine andere Möglichkeit der Zulassung dagegen lassen sich einige wenige Norweger begeistern: Dabei wurde ein persönliches Kennzeichen über das offizielle Nummernschild mit einer selbst kreierten Buchstabenkombination oder Namen offiziell angemeldet und geklebt. Mehrmals hatten uns auf der Autobahn teure Schlitten mit kreativen Namen wie ELA oder CATSEYES, die gegen einen Einsatz von knapp 1000 Euro bestellt und anerkannt werden konnten, rasant überholt. Wir waren uns im Einklang mit allen Bemühungen, unsere finanziellen Ausgaben nicht durch unnützen Schnickschnack (zumindest nicht in diesem Bereich) in die Höhe zu treiben, in einem völlig einig: Wir würden das Nummernschild unseres neuen Gebrauchten einfach übernehmen.

Vorteile eines E-Autos

Bei der Einschätzung eines guten Preises für einen Gebrauchtwagen wurde uns sehr schnell klar, dass alle Neuwagen und somit auch Gebrauchtwagen in Norwegen weitaus teurer (um mindestens 50 %) verkauft werden als vergleichbare Autos in Deutschland.

Grund ist – neben dem generell hohen Preisniveau – die höhere Mehrwertsteuer und vor allen Dingen die Einmalabgabe beim Erwerb oder der erstmaligen Einfuhr eines Autos. Je neuer diese sind, je mehr sie verbrauchen und je mehr Kohlendioxid sie pro gefahrenem Kilometer ausstoßen, desto höher ist diese Einmalabgabe.

Zugegebenermaßen sind E-Autos – wie allgemein bekannt – nicht gerade günstiger als Autos mit herkömmlichen Kraftstoffen. Ein E-Auto hat hingegen einige (subventionierte) Vorteile: Beim

Erwerb eines E-Autos fallen weder Mehrwertsteuer noch Einmalabgabe an. Die meisten Fähren sind gratis für E-Autos und auch Maut fällt auf deutlich weniger Strecken an. Auch einen praktischen Vorteil haben E-Autos: Man kann mit ihnen auf dem eigentlich nur Bussen und Taxen vorbehaltenen Fahrstreifen fahren. Nun tummeln sich aber immer mehr E-Autos auf den Straßen, sodass zumindest dieser Vorteil innerhalb der Rushhour in den großen Städten des Landes nur noch E-Autos mit mindestens zwei Insassen vorbehalten ist. Zudem stuft der norwegische Staat das Tanken von Energie in Form von Strom neben der Abgasneutralität weitaus klimaneutraler ein als das Tanken anderer Kraftstoffmittel. Die Begründung liegt vor allem in der durch Wasserkraft erzeugten und somit scheinbar endlos vorhandenen erneuerbaren Energie.

Diese unverrückbare Realität versuchten wir nun auf unsere Bedürfnisse zu übertragen: Ich war bisher in den meisten Fällen grundsätzlich mit mindestens einem Kind unterwegs. Das passte also. Zusätzlich waren die Strompreise jahrelang in Norwegen durch nichts und niemanden zu schlagen gewesen, sodass bisher fast jeder Norweger vor allem seine Heizung und Warmwasseraufbereitung elektrisch betrieb und viele Elektroautos aufgrund von Vergünstigungen beim Aufladen gekauft wurden. Überzeugt durch all diese Argumente wollten auch wir uns nach einem E-Auto umschauen. Bereits wenige Tage nach der Ankunft Anfang Juli entschieden wir uns für ein graues Mittelklasseexemplar und vollzogen den Kauf.

Auch wenn das System der wunderbaren endlosen Energie- und Preisflachhaltung durch eine noch nie vorher aufgezeichnete geringe Niederschlagsmenge und Wärme in den Sommermonaten des Jahres einen kräftigen Dämpfer bekam, glaubten wir stark an eine wasserreiche und niederschlagsvolle Zukunft. Und wenn nicht? Zumindest bestärkten uns die steigenden Spritpreise in unserer Entscheidung.

Unser erstes E-Auto

Also machten wir uns am Ende der ersten Woche in Norwegen auf den Weg zum Händler und bekamen von ihm das gewünschte Auto auf dem Hof vorgeführt. Nachdem der Kauf vollzogen war, erhielt ich eine letzte Einweisung, bevor ich das erste Mal in eigenem norwegischem Fahrzeug mit den Kindern wieder Richtung heimischer Baustelle abdüsen musste. Unter den eifrigen Erklärungen des Verkäufers öffnete ich zuerst den Tankdeckel. Statt eines stinkenden Loches für den Tankrüssel mit Diesel lag hier jedoch eine rundgeformte Ansammlung kleiner Vertiefungen. Im Kofferraumbereich des Reserverades entdeckten wir im doppelten Boden ein etwa 4 Meter langes und daumendickes Kabel mit einem Adapter an einem Ende, das perfekt in die Vertiefungen unter der Tankklappe passte. Auf der anderen Seite endete das Kabel in einem ebenfalls löchrig perforierten Anschluss, der mit den überall in der Stadt und an Tankstellen fest installierten Ladesäulen verbunden werden konnte.

Wir setzten uns nun in das Auto. Die schwarzen Ledersitze waren bequem und die Innenausstattung erinnerte mich sehr an unseren Kombi in Deutschland. Ich saß nun hinter dem Steuer, legte den Schlüssel in die Mittelkonsole, empfing weiterhin bei offenem Fahrerfenster die Hinweise des Verkäufers und Michael nahm neben mir auf dem Beifahrersitz Platz. Auf den ersten Blick schienen die Innenausstattung, viele Knöpfe, der Bordcomputer mit Touchscreen und das Multifunktionslenkrad eins zu eins aus unserem Kombi der gleichen Marke entnommen worden zu sein.

Nach einem kurzen Hinweis an den erklärenden Händler schien auch dieser erleichtert, uns lediglich die Features erklären zu müssen, die aufgrund der elektrischen Motorisierung zum Auto gehörten. Er bat mich also, direkt den Motor zu starten, und ich drückte auf den Startknopf. Es ertönte ein mittellautes Bing, danach war es still, sehr still. Sowohl das Auto hielt still als auch der absolut lautlose Geräuschpegel. Das Display hinter dem Lenkrad und der Bildschirm oberhalb des Schalthebels leuchteten auf. Vor mir blinkte eine Information zur Reichweite des Autos auf. Darauf war eine Kilometerangabe zu lesen. Passend dazu waren viele kleine Piktogramme von einzelnen Zapfsäulen mit kleinen Netzsteckersymbolen gefühlt hundertfach über die digitale Landkarte verteilt. Diese zeigte den Bereich Viken (ähnlich wie ein Bundesland in Deutschland) und all seine Straßen und eben öffentlichen Ladestationen. Hätte die Karte auch alle privaten Ladestationen gezeigt, hätte vermutlich jedes Haus in ganz Viken geleuchtet. Dieses Netz war enger gestrickt, als Tankstellen für Kraftfahrzeuge in Südnorwegen existierten. Weiterhin warf ich nun nach Aufforderung einen Blick auf den Schalthebel. Ich konnte wählen zwischen Parkposition, Rückwärtsgang, Leerlauf/neutral und zwei weiteren Einstellungen, D und B.

Die anschließende kleine Probefahrt auf dem geräumigen Hof zwischen den Neu- und Gebrauchtwagenangeboten zeigte, dass der Gang D der Stellung des normalen Fahrens mit Diesel oder Benzin gefütterten Autos ähnelte. Auch wenn ich zugeben musste, dass Gasgeben und Bremsen eher reibungslos und kraftvoll wie bei Autoscootern funktionierte. Da ich aber auf keinen Fall einen Crash wie auf einer Kirmes verursachen wollte, gab ich nur sehr vorsichtig Gas und betätigte frühzeitig die Bremse. Vor meiner zweiten Runde auf dem Gelände legte ich den Schalthebel nun in die unterste Position B ein.

Der Verkäufer in weißem Hemd und blauen Jeans erklärte: »Gerade im Stadtverkehr bei Stop and Go unter Tempo 80 empfehle ich dir diese Einstellung, da der Motor beim Loslassen des Gaspedals in einen energierückführenden Bremsvorgang übergeht und diese Energie wieder in den Akku eingespeist wird. Im Stadtverkehrtempo kannst du daher auch viel mehr Kilometer mit einer Ladefüllung schaffen. Im Stadtverkehr ist der Stromverbrauch auch geringer als bei über 80 Stundenkilometern wie zum Beispiel auf der Autobahn.« Teils stolz, teils wirklich interessiert fuhr er fort: »Vielleicht kennst du das auch von deinem Auto in Deutschland?«

Einerseits war ich nun fasziniert, lächelte freundlich zurück und lauschte höchst aufmerksam. Andererseits musste ich innerlich schmunzeln. Das Auto zeigte – nach Aussagen des Händlers – in aufgeladenem Zustand gerade mal eine Reichweite von 256 Kilometern an. Bei einer norwegischen Schnellladestation von maximal 50 Kilowatt pro Stunde brauchte das Auto bei günstiger Netzauslastung um die 40 Minuten zum vollständigen Aufladen. Auch wenn flächendeckend Ladestationen in Deutschland angeboten würden, würde das bei einer Reise nach Hause eine Ladepause nach jeden zurückgelegten 250 Autobahnkilometern bedeuten. Ganz abgesehen davon, dass eine höhere Geschwindigkeit – hier laut Tachometer eine angelegte Maximalgeschwindigkeit von 130 Kilometern in der Stunde – den Energieverbrauch noch mal deutlich steigern und die Ladeintervalle verkürzen würde. Ich antwortete also kurz und knapp: »Sehr interessant.«

Nach dieser vollumfänglichen Einweisung fuhr ich mit den Kindern zurück nach Hause. Fasziniert beobachteten wir das Tachometer und den schwankenden Stand der Ladenadel. Noch viel mehr überzeugte uns aber auf unseren Kurzstrecken im Stadtverkehr die energievolle Beschleunigung unseres neuen Fahrzeugs.

Erste norwegische Alltagsroutine

Der norwegische Alltag schickte schon sehr früh seine Vorboten. Er begann entgegen unserer ursprünglichen Erwartungen nicht erst mit dem Schulstart der Kinder im August, sondern deutlich früher und noch bevor die Handwerker das Haus vollends fertiggestellt verließen. Ab der zweiten Woche nach der Ankunft in Norwegen waren die Kinder und ich tagsüber zu dritt im neuen Haus auf uns allein gestellt. Das war für uns natürlich nichts Neues, sondern ähnelte der Situation der letzten zehn Jahre. Auch wenn wir bisher dabei nicht eine Dauerbaustelle mit Handwerkern zu regeln und Knochenaufbauarbeit zu leisten hatten. Michael ging wieder in sein Büro an der Baustelle und musste seitdem erstmalig in seinem Leben mehr als eine Stunde für An- und Abreise zur Arbeitsstätte pro Tag investieren. Dafür verließ er morgens das Haus mit seinem Auto und parkte es tagsüber in der Tiefgarage des Bürogebäudes.

Ich erlangte zu Hause mit den Kindern nahezu eine tägliche Routine: Morgens öffnete ich zuerst den Handwerkern die sowieso nicht abgeschlossene Haustür zum Zwecke der Begrüßung und kurzen Absprache, damit wir uns über den Tag nicht in die Quere kamen. Anschließend brachte ich bis zu drei Ladungen Altpapier und Altschrott von den Vorgängern sowie Plastikmüll vom Bau in Unmengen zur Mülldeponie. Zu meiner Erleichterung fuhr ich lediglich 3 Kilometer bis zum südlichen Randgebiet der Stadt und konnte von einer höher gelegenen Anfahrtsrampe in zu meinen Füßen stehenden Containern Papier, Plastik und (elektrischen) Altschrott mithilfe der Erdanziehungskraft mühelos entsorgen.

Erst danach, gegen 10 Uhr, ging dann der Möbelaufbau weiter: Sverre war mir dabei eine große Hilfe. Er schleppte, schraubte und fluchte mit mir, wann immer er nicht an den See ging. Mein Glück und Sverres größtes Problem waren zudem, dass wir noch keine Standleitung zum Internetnetz hatten und somit auf gekauften mobilen Daten und nicht per WLAN surften. Sobald die Leitung allerdings stand, wusste ich, eine Arbeitskraft weniger an meiner Seite zu haben.

Die Kinder und ich begannen im Laufe dieser zweiten Woche darüber hinaus mit dem Training im Sportverein. Ich stellte fest, dass Michael sich regelmäßig mehrmals in der Woche durchaus die anschließende Sporteinheit mit den Kindern und mir an der Sportstätte, die unweit von seinem Büro entfernt lag, erlauben und um 17 Uhr mit uns auf dem Platz stehen konnte. Gemeinsam machte uns unser Hobby wieder sehr viel Freude. Dabei lernten die Kinder erstmals norwegische Kinder und Trainer kennen und hörten nun mehrmals wöchentlich sowohl norwegische Phrasen als auch englische Erklärungen, damit sie die ausgedachten Übungen mitmachen konnten.

Gleichzeitig hielt das Sommerwetter an. Bisher gab es kaum Niederschlag und die Temperaturen erreichten fast die 30-Grad-Marke. Der See war aufgewärmt und die Kinder erlebten gespickt mit mehreren Schwimm- und Wassersportausflügen am Tag den Sommer ihres Lebens. Besonders beliebt war das Baden in der Früh, um die Mittagszeit und am späten Abend. Schließlich stand die Sonne zu allen Wachzeiten hoch am Himmel und erwärmte Gewässer und Luft.

Parallel zum Möbelaufbau des Hauses nahmen Michael und ich uns für das folgende, freie Wochenende vor, die nur im Dachbereich mit Holz verkleidete Außenseite und ansonsten grob verputzte untere Hälfte der Garage ebenfalls durch Holzlatten und einen gleichfarbigen Anstrich zum Haus und den Garagendachgiebeln aufzuhübschen.

Garagenprojekt

Obwohl wir uns nur in einer Stadt mit etwas über 55 000 Einwohnern befinden, gibt es gleich mehrere Baumärkte, die Holz für den Haus- und Garagenbau in Eigenleistung verkaufen. Alle diese Fachhandel lagern ihr Holz in riesigen Hallen, die wie ein RoRo-Schiff mit einer weiten Ebene befahren werden können, um die einmalig lackierten oder unbehandelten Hölzer vor der nagenden Witterung zu beschützen.

Nachdem wir am Ende der zweiten Woche einen ersten Überblick über die Dienstleistungswerte der Handwerker auf den
ersten Rechnungen zur Hausrenovierung bekommen hatten, entschlossen wir uns, auf deren stundenlohnabhängige, kostspielige
Hilfe angesichts der in mehreren norwegischen Tutorials im Internet als einfach angepriesenen Ausführungsschritte zu verzichten.
Wir wollten wie die meisten Norweger selbst Hand im Holzbau
anlegen. Tatsächlich entpuppte sich die Garagenumholzung als
eine sehr gut ausführbare Do-it-yourself-Aktion:

Zuerst nahmen wir am Freitagnachmittag in der zweiten Juliwoche Maß. Nach kurzer Internetrecherche zu den besten Angeboten fuhren wir zum Holzanbieter um die Ecke. Im vorderen,
begehbaren Teil dieses gut sortierten Baumarktes waren wir schon
einmal gewesen. Bis auf die hintere Farbenabteilung ähnelte er
in unserer Erinnerung grob gedacht einem Heimwerkermarkt in
Deutschland. Bei Einkäufen in der Vergangenheit hatten wir das
Auto bisher immer auf dem angrenzenden Parkplatz geparkt und
waren dann mit den Materialien auf einem Wagen herumgegan-
gen, den wir selbst durch die Hallen bis zur Kasse und dann zu
unserem Auto schieben und manövrieren mussten.

Diesmal fuhren wir jedoch zum ersten Mal durch ein 4,5 Meter
hohes Garagentor des integrierten norwegischen Holzbaumarkts
in die Handelshalle ein. Die unzähligen breiten Aluminiumlamellen
öffneten sich – wie an der Perlenkette gezogen – per Lichtschran-
ke. Wir folgten den Straßenmarkierungen in die dritte Halle. Wir
staunten nicht schlecht. Zum Aufladen gab es Ladezonen direkt
vor den Regalen. Eine Vielzahl freundlicher Mitarbeiter stand zum
Helfen bereit. Selbstverständlich kannten sie sich bestens mit dem
Holzbau – besonders Marke Eigenbau – aus und standen den
Kunden beratend zur Seite. Im Parkareal zu Füßen der gewünschten Ware hielten wir an. Im Gegensatz zu all den anderen Kunden
hatten wir für unsere umfangreiche Ladung keinen Anhänger an

unseren SUV gehängt. Stattdessen hatten wir Dachgepäckträger montiert und wirkten trotz der bereitliegenden Ratschen mit unseren erstaunten Blicken nahezu unvorbereitet.

Dennoch wussten wir, wonach wir suchten: Passend zum Haus entschieden wir uns für Holzlatten mit einer Verjüngung an der oberen Längsseite und einer gespaltenen unteren Kante an der anderen Längsseite. Wir luden auf Rat und nach Taschenrechnerformel des Verkäufers genügend Meter Holz jeweils mit einem ersten Weißanstrich aus Holzfarbe in 5 Meter langen Abschnitten auf unser Dach. Eine Latte hatte dabei stets die Breite von ungefähr 15 Zentimetern. Gleichsam wie am Haus sollten diese quer gestreift rund um die Garage verlegt werden. Da die Garage aber bisher im gesamten Stock unter dem Dach rundherum nur aus dicken Leca-Steinen und einem groben Putz an der Oberfläche bestand, graute uns vor den Bohrungen für Dübel und Schrauben. Um später die einzelnen Latten der Verkleidung in 14 Reihen übereinander rund um die Garage anzuschrauben, mussten wir zuvor alle 60 Zentimeter Kanthölzer vertikal an der Garagenwand befestigen.

Dank der guten Beratung des routinierten Holzfachverkäufers wurden uns praktische – wenngleich etwas teurere – Schrauben empfohlen, die direkt das Unterbauholz ohne Dübel und Vorbohren fix mit dem Mauerwerk verbanden. Anschließend wurden unsere Holzlatten und Schrauben bei laufendem Motor vor der Ausfahrt an der mobilen Kasse gescannt und gegen Kartenzahlung aus dem Seitenfenster ähnlich wie bei Drive-in-Schaltern bekannter Fast-Food-Ketten quittiert. Wir fuhren durch ein automatisches Ausfahrttor wieder hinaus in die strahlend helle und hoch am Himmel stehende Abendsonne.

Um 20 Uhr hatten wir endlich alle Latten vom Dach neben die Garage gestapelt und begannen mit unserer Arbeit. Die Holzbauspezialisten unserer Nachbarschaft begrüßten uns allesamt bereits während unserer anlaufenden schweißtreibenden Arbeit an diesem ersten Abend besonders freundlich, als sie zufällig an unserer Garage vorbeiliefen, vorbeifuhren oder nur mal kurz aufgrund des Baulärms herüberschauten. Sie ahnten wohl ab der ersten Latte, dass sich das gesamte Bild der Straße zum Guten verändern würde. Erst um 22 Uhr beendeten wir den ersten Teil unseres Werkes. Nicht wegen der Lichtverhältnisse, sondern wegen des ohrenbetäubenden Lärmes unserer Holzsäge und des Akkubohrers. Morgen würde ein neuer Tag zum Weiterarbeiten anbrechen.

Erste Nachbarschaftskontakte

Zum Glück hatte die Gutwetterphase weiterhin angehalten. Auch waren die drei Tage des Wochenendes so lang von der hellen Sonne beleuchtet, dass wir arbeiteten, bis wir nicht mehr konnten. Uns taten vor allem die Arme weh – mir vom Halten und Michael dazu vom Schrauben und Sägen. Die Selbstbauidee zahlte sich zeitlich voll und ganz aus. Denn 150 Messungen mit dem Zollstock, 150 Schnitte mit der Holzsäge und geschlagene 620 Schrauben und mehr als 20 Arbeitsstunden nach dem Startschuss war die Garage mit Holz verkleidet.

Michael war genauso stolz wie ich auf unser Werk: »Das hat doch super geklappt. Außerdem wäre uns die Garage in Stundenlohn umgerechnet und von teuren Handwerkern erledigt nicht wert gewesen.«

Ich stimmte ihm zu: »In Sachen Holzbau stehen wir den Norwegern in nichts nach.«

Nachdem noch die Kanten mit je zwei Endlatten eingerahmt wurden, war unser Werk vorerst vollendet. Wir waren hundemüde, aber zufrieden mit unserem Werk. Bestanden doch die anderen Häuser, die an unser Grundstück grenzten, ebenfalls aus Haus,

Hof und Garagen. Allen war der Holzbaustil und die waagerechte Verkleidung der Außenwände durch Holzlatten gemein. Unsere Garage passte nun ins Bild der Umgebung. Zugegebenermaßen war die Garage in den letzten 20 Jahren mit der grob verputzten grauen Außenmauer eher zum Weggucken gewesen.

Wissenswert ist in diesem Zusammenhang, dass das norwegische Wort *dugnad* vom norwegischen Rundfunk auf der Suche nach dem typisch Norwegischen zum Nationalwort des Jahres 2004 gewählt worden war. Dahinter verbirgt sich auch heute noch ohne ideologische Hintergedanken der gemeinschaftliche Sinn, ohne direkten Eigennutz etwas für die Nachbarschaft oder Gemeinschaft zu tun. Einen ersten Schritt dazu waren wir noch vor dem Garagenausbau gegangen: durch das Aufhängen eines Briefkastens an der gegenüberliegenden Straßenseite neben die anderen sieben Exemplare in gleicher Form und Farbe zugunsten des Gemeinwohls und zum Wohle des Briefträgers. War früher unser Briefkasten als einziger unserer Sackgasse auf unserem Grundstück gewesen, grüßte uns seit einigen Wochen der Postbote doch viel freundlicher, hatte er ja jetzt auch wieder einen Weg weniger zu bestreiten. Im Gegensatz zu einsamen Hüttengebieten, in denen die Häuser viel weiter auseinanderlagen als hier in der Stadt, konnte auch nur der Gemeinschaftssinn neben der glücklichen Briefträgerseele Ziel einer solchen gemeinsamen Postfachsammlung sein.

Zwar kenne ich auch heute noch die Arbeitszeiten letzterer Berufsgruppe hier in Norwegen nicht genau, doch sehen die Bedingungen weitaus entspannter aus als in Deutschland. Ursachen sind nicht nur die kleinen roten Elektroautos, mit denen Briefe und Werbung verteilt werden, sondern schlichtweg die Sammlung aller gesendeten Pakete an Abholstationen, den kleinen Poststellen neben dem Kassenbereich einzelner Einkaufsläden. Dass Pakete nach Hause geliefert werden, ist eher die

Ausnahme. Generell ist die Nachverfolgung jedes Paketes eine Standardleistung in Norwegen, die nicht durch den Sender oder Empfänger digital veranlasst und hinterfragt werden muss. Stattdessen erhalten wir bei unseren letzten Sendungen automatische Nachrichten auf unser Smartphone, die uns regelmäßig über Versendung, Aufenthaltsort und Ankunft in einer postalisch genannten Filiale informieren. Die Autorisierung der Abholung erfolgt dabei automatisch über den mehrstelligen Zahlencode der letzten Textsendung. Im Gegensatz zu Deutschland rasen daher viel weniger Lieferwagen von Paketdiensten durch die Straßen. Allerdings ist die Masse der Sendungen viel kleiner, da lediglich im Inland ohne Zollkontrolle und Zollzuschlag Onlinewaren gekauft werden können. Zusätzlich brauchen all unsere national bestellten Lieferungen meistens nicht wie in Deutschland vom weltweit größten Onlineanbieter nur 24 Stunden, sondern grundsätzlich mehrere Tage oder auch mal mehr als eine Woche bis zur Anlieferung an den Abholort. Das wiederum stärkt automatisch den Einzelhandel, lässt aber so manchen Selbstständigen mit Absicht, schnell Produkte in den eigenen Laden und die eigene Firma zu ordern, schier verzweifeln.

Einen zweiten Schritt in ein gutes Nachbarschaftsverhältnis hatten wir nun durch unsere Garagenaktion gemacht. Angesichts unseres unermüdlichen Einsatzes sahen unsere neuen Nachbarn in der Verkleidung der Garage unseren Willen, sich zu integrieren. Einer unserer Nachbarn arbeitete als Oberarzt in Schichten im nahe gelegenen Krankenhaus. So kam es, dass er auch an diesem Wochenende auf dem Weg von und zur Klinik Zeuge unserer Arbeit geworden war und im Vorbeifahren durch die Geste Daumen hoch den täglichen und fleißbezeugenden Fortschritt gelobt hatte. Dabei war er an unserem Grundstück entlanggekurvt und hinter unserer Garage in die Einfahrt zu seinem weiß gestrichenen Holzhaus eingebogen. Nicht nur sein Wohnhaus, sondern auch seine Garage wirken auch heute noch wie gerade erst neu gemalert. Auch innen ist seine Garage, als Kontrastprogramm zu unserer, weiß verputzt, gefliest und picobello aufgeräumt. Alle Seitenwände sind mit Fotos in dekorativen Bilderrahmen behängt, und seine Einfahrt mündet in einen Garagenhof und dann in den hinteren Garten, der aufgrund der Bepflanzung durch alte Baumbestände, formschön beschnittener immergrüner Einzelpflanzen und allein der Größe wegen an einen herrschaftlichen kleinen Park erinnert. Direkt nach der Arbeit und noch bevor das Auto in die Garage gefahren wird, wird es täglich einmal kurz abgespritzt und dann bei offener und durch Neonröhren hell beleuchteter Garage kurz getrocknet.

Da die Einfahrt jedoch damals auffallend unmittelbar an unseren Garten grenzte und freien Blick auf Terrasse und durch die vielen Fensterscheiben auch auf den Esszimmertisch bot, entschlossen wir uns in der Woche nach dem Verkleiden der Garage und noch bevor unsere Garage gestrichen wurde, bei der örtlichen Gärtnerei Lebensbäume der Höhe 2,5 Meter zu bestellen und liefern zu lassen. Als Sverre und Michael die 30 Gewächse noch am Tag der Lieferung einpflanzen mussten, an einem Mittwochabend nach Schule und Arbeit, erntete ich nicht gerade von meinen Männern, aber vielmehr vonseiten unseres Nachbarn höchstes Schaffenslob. Ein dritter Schritt für die Aufnahme in den Kreis der norwegischen (umliegenden) Gesellschaft war getan.

Nicht nur zu dem gerade genannten Nachbarn an der nordwestlichen Hausseite, sondern auch zu einem Ehepaar im Alter um die 60 Jahre im Haus gegenüber unserer Einfahrt bauten wir durch unseren Arbeitseinsatz ein sehr gutes Verhältnis auf. Im Gegensatz zu uns, die wir nun schon mehrere Wochen mit eigener Muskelkraft unser neues Zuhause innen und außen verschönert hatten, hatten diese ihre Ferien genossen. Sie hatten in der anhaltenden Sommerwärme am Morgen, am Tag und am

Abend auf dem nahezu ebenerdigen 40 Quadratmeter großen Balkon gesessen und beachtliche Farbe erlangt. Mit Sonnenhut, Zeitung und Blick auf die XXXII. Olympischen Sommerspiele hatten sie sich nur maximal dreimal am Tag bewegt, um den Grill zu betätigen oder etwas anderes zu essen. Erst mit Einbruch der Dunkelheit um circa 23 Uhr hatten sie täglich für zwei weitere Sitzstunden auf den Balkon im ersten Stock gewechselt und den Seeblick genossen. Hätten sie uns nicht mehrmals am Tag freundlich gegrüßt und zugelächelt, hätten wir teilweise geglaubt, sie wären eingeschlafen oder gar einem Hitzschlag erlegen. Nur sehr selten waren sie spazieren oder hin und wieder einkaufen gegangen.

Lediglich wenige Male in diesen Sommermonaten war Schwung in die träge Haltung gekommen, zumindest passiver Art. Jeweils am Nachmittag war ein junger Mann um die 13 Jahre zu Besuch gekommen, hatte sich wortlos den Rasenmäher genommen, den gepflegten Rasen auf präzise Höhengleichheit geschoren und nach kurzem Gruß wieder das Grundstück verlassen. Die Kopfhörer hatte er dabei nicht ein einziges Mal abgesetzt. Am Samstagnachmittag bei unserer Arbeit an unserer Garage wurden wir nun schon wieder Zeuge dieser Tätigkeit.

Michael raunte mir diesmal zu: »Schau, da ist er wieder?«

Ich hatte nicht sofort verstanden: »Wer denn?«

»Na, der Rasenstutzer! Was hat er bloß ausgefressen, dass er hier unbezahlt arbeiten muss?«

Mir kam ein Gedanke: »Vielleicht arbeitet er ja ehrenamtlich, à la *dugnad*! Oder es läuft eher bargeldlos statt unbezahlt. Per Überweisung mit Vipps vielleicht?«

Wir blieben bei unseren Mutmaßungen und die Nachbarn wiederum regungslos in der Sonne sitzen.

Einmal drin, alles gut

Sverre und Ronja arbeiteten dagegen auch in den restlichen drei Ferienwochen bei uns vollends unentgeltlich mal hier, mal dort mit. Immer wieder argumentierte ich, um sie zu ein wenig Mithilfe zwischen der herrlich genutzten Freizeit zu überreden. Am Ende der dritten Woche in Norwegen fehlte ihnen ein wenig die Motivation. Wir saßen gerade zu dritt am rasch gedeckten Frühstückstisch mit Müsli, Milch und Orangensaft. Sverre tippte mit Augenringen von anstrengenden Badetagen und langen Feriennächten in sein Mobiltelefon und kaute gleichgültig auf seinem Müsli. Ronja saß dagegen schier regungslos vor ihrer halb geleerten Schale und gähnte ausgiebig.

Ich versuchte es erneut: »Wir haben doch alle ein tolles neues Zuhause bekommen. Könnt ihr bitte heute wieder ein bisschen helfen, es herzurichten?«

Ohne aufzublicken, entgegnete er trocken: »Das habt ihr gekauft, nicht wir.«

»Ja, und das haben wir doch mit der Nähe zu eurem tollen See gut hinbekommen.«

Ronja hakte ein: »Ich bin heute Morgen zu müde für den See.«

»Also machen wir einen Deal«, schlug ich vor. Dieser war zwar unausgesprochen längst besiegelt, aber heute erinnerte ich noch mal daran: »Ihr erhaltet Taschengeld. Wie besprochen bereits in Norwegischen Kronen und an die höheren Einkaufspreise angepasst. Eure digitalen Spielgeräte habt ihr ja auch alle bei euch und bedient sie, wann immer ihr Lust und Zeit habt. Dafür helft ihr mir noch mal 'ne Stunde heute beim Aufbauen.«

»Nur wenn es heute Reis mit Hühnchen gibt!«, verhandelte Ronja.

Sverre nickte kurz. Der erwartete Riesenprotest fiel aus, denn die Internetverbindung war immer noch nicht eingerichtet. Spielen, Fernsehschauen und Daddeln kostete zu viele mobile Daten.

Ich nutzte meine Chance und besiegelte die Abmachung: »Deal!«

Allerdings wartete vor allem Sverre immer noch sehnlichst und mit leicht gereizter Attitude auf den Anschluss unseres Hauses an ein Internet- und Fernsehkabel. Ganz Norwegen war fortschrittlich und engmaschig durch Breitbandkabel und Glasfaser mit der großen Welt des Internets verbunden. Die einzige Hürde war die Verbindung vom Haus zur *stikkledning* (Endverzweiger am Haus).

Um dieses Problem auch bei uns zu lösen, waren die Mitarbeiter des Internetdienstleisters bereits da gewesen und hatten nach einem kurzen Blick in die leere Internetdose nach ein paar Minuten unser Haus wieder verlassen. Die Techniker waren völlig unnütz zu zweit angereist und hatten mir lediglich zum Abschied gesagt: »Vereinbare einfach einen neuen Termin, wenn das Kabel gefunden ist. Frag doch den Vorbesitzer, wo es ist.«

Natürlich hatten wir diesen schon mehrmals kontaktiert. Nicht nur ich, sondern die ganze Familie war nach dem kurzen Gastspiel dieser Fachleute wütend und enttäuscht. Michael vereinbarte geistesgegenwärtig unverzüglich einen neuen Termin, ohne das Kabel gefunden zu haben. Ihm wurde aufgrund der Ferienzeit ein Termin nach weiteren zehn Tagen angeboten. Wir loggten sofort ein.

Bei unseren Nachforschungen erreichten wir nochmals den schon betagten Vorbesitzer. Es dauerte einige Minuten, bis Michael seine Frage stellen konnte und diese auch verstanden wurde. Ihm wurde dann aber umso redseliger und mit anscheinend besserer Erinnerung als bei der letzten Anfrage erklärt: »Internet hatte ich nie im alten Haus. Aber für alle Fälle hatte ich einige Jahre nach dem Hausbau einen Anschluss an das Haus legen lassen. Ich kann mich nur nicht erinnern, wo genau dieser verläuft und endet. Er müsste eigentlich im ersten Drittel, links neben der ehemaligen Haustüre ankommen. Wir haben ja dann um 2005 das neue Podest als umbaute Garderobe vor die Haustür gebaut und das Dach auch darüber erweitern lassen. Das ist ein dickes Betonfundament und bei der Holzummantelung hat der Nachbar vorne an der Straßenecke geholfen – wenn wir da noch Hilfe bräuchten ...«

Mit dem Holzbau kannten wir uns ja jetzt schon selbst aus. Wir suchten im Moment nur das verflixte Kabel. »Du hast uns sehr geholfen, vielen Dank!«, hoffte Michael hoffnungsvoll. Nach kurzer weiterer Konversation gelang es ihm endlich, das Gespräch freundlich zu beenden.

Wir konnten nur hoffen, dass das Betonpodest nicht das Ende des Kabels überdeckte. Außerdem nahm Michael nun noch Kontakt zur Firma auf, die das Kabel damals gelegt hatte. Deren Name war im gerade geführten Monolog des Vorbesitzers mehrmals gefallen. Ein Blick ins Internet über unsere mobilen Daten eröffnete uns die Kontaktseiten. Eine Mitarbeiterin der Firma bestätigte keine zwei Minuten später kurz und knapp, dass die Installateure die gesuchte Leitung angeblich nicht nur bis an das Haus, sondern laut Aussage der letzten Rechnung in die Mitte des Hauses unter die Treppe gelegt hatten. Wir schauten also selbst nochmals nach. Unter der Treppe befand sich in unserem Haus ein 10 Bodenquadratmeter großer Abstellraum. Wir öffneten die weiße Holztür und knipsten das Licht an. Diese Suche brachte nicht nur schlechte Laune, sondern führte uns den ganzen Abstellplunder wie mehrere Farbtöpfe, alte Fußleisten, Putzmittel, drei unausgepackte Umzugskisten, vier Kisten mit Elektro- und Aufbauschrott, der von der Möbellieferung als Ersatzkleinteile oder Doppelungen von Schrauben, Nägeln, Plastikteilen, Scharnieren, Wandschienen übrig geblieben war, Schuhe in Einbauregalen und Schwimmwesten nochmals vor Augen.

Nachdem wir alles in den kleinen Flur und den angrenzenden Gang geräumt hatten, ähnelte unser Eingangsbereich einer Messibude. Das von den Kommunikationstechnikern geforderte Kabel, was nach ihrer Aussage unbedingt einen ovalen Durchschnitt und eine schwarze Plastikummantelung haben musste, war allerdings nirgends zu entdecken. Michael fand dagegen ein rundes, weißes Kabel in der hintersten, verstaubten Ecke unter alten Fliesen. Wir glaubten, das Richtige gefunden zu haben.

Zehn Tage später kamen die Monteure nun ein zweites Mal. Sie stellten wieder in Windeseile fest, dass das Kabel nicht die richtige Farbe hatte. Schnell entschlossen murmelte einer der beiden: »Wir beauftragen lieber eine Firma, die den Hof mal aufgräbt und das richtige Kabel findet.«

Mir platzte auf meine charmante, direkte Art fast der Kragen. Innerlich kochte ich vor Zorn. Ich verlangte geradewegs den Anschluss des Kabels und Michael redete eindringlich nochmals auf Norwegisch auf die beiden Dienstleister ein: »Bitte probiert doch wenigstens dieses Kabel einmal aus. Die zehn Minuten Zeit habt ihr doch, oder?«

Mürrisch machten sich die beiden an ihre Arbeit. Es dauerte länger als eine Stunde. Aber 65 Minuten später funktionierten unser Smart-TV und unsere Internetleitung. Nach Messen und Anschließen erhielten wir die frohe Botschaft: »Die Leitung ist stabil. Das Datenvolumen ist hoch genug. Mach noch einen Termin für die Freischaltung bei deinem Anbieter. Schönen Tag.«

Über Form und Farbe des Kabels verloren sie kein Wort mehr, stiegen in ihren Kastenwagen und fuhren vom Hof. Wenige Tage später, mittlerweile knapp vier Wochen nach dem Einzug, hatten wir Internet und konnten unseren Smart-TV bedienen. Wir waren alle erleichtert, sahen wir doch große Parallelen zu Verzögerungen und Unfähigkeit von Telefon- und Internetanbietern aus Deutschland. Sverre und Ronja feierten den Tag wie eine Neugeburt in ein neues Leben. Wir waren drin im Netz der Norweger! Ich war ebenfalls froh und auch darüber, dass die Ferien bald ein Ende hatten. Denn nur so war die versprochene digitale Zeit ohne Diskussion auf natürliche Weise durch Alltagsaktivitäten wie Schule, Sport, Hausaufgaben, Lernen, Lesen und dreidimensionales Beschäftigen mit echten Spielsachen und Lebewesen auf ein Minimales zu reduzieren.

Badprobleme

Bis jetzt hatten wir im unteren Bad geduscht und nur selten nach Anschluss der Duschbrause und Regendusche an die Leitungen auch im oberen Stockwerk. Jedoch spritzte dann das Wasser in alle Richtungen aus dem Duschbereich heraus und großflächige Pfützen entstanden auf dem Fliesenboden, die natürlich außerhalb der geneigten Duschvertiefung nicht von allein in den Abfluss ablaufen oder ins Nichts verschwinden wollten. Zusätzlich fehlten auch immer noch festinstallierte Toiletten mit verfliestem Spülkasten in beiden Bädern. Der gesamte Toilettenaufbau war ein Provisorium aus verrückbaren Porzellanschüsseln. Völlig mit den Nerven am Ende sahen wir nun dem bereits anstehenden Besuch eines Klassenkameraden Sverres und dessen fünfköpfiger Familie sowie weiteren Besuchen in den nächsten Wochen von meinen Eltern und von unserem 21-jährigen und den Kinderschuhen entwachsenen Neffen entgegen.

An einem Dienstagnachmittag in der ersten Augustwoche bemühten sich unsere bezahlten Heinzelmännchen nun endlich, die Halterung der Toilettenspülung und der Drucktasten mithilfe eines Holzgestelles an die Wand hinter der Toilette zu befestigen und die nach mehreren Wochen gelieferten Toilettenschüsseln an die richtige Stelle zu platzieren. Leider passierte ihnen dabei zweimal das Missgeschick, dass der Ablauf nicht 100 Prozent auf das Loch unter der Toilette passte. Das brachte das Fass und meine Geduld endgültig und leider auch wörtlich zu verstehen zum Überlaufen.

Es stank zum Himmel und zog auch noch nachhaltig ins Holzgerüst. Das war weder uns und noch – und schon gar nicht – Gästen zumutbar!

Ein heilloser Wutausbruch meinerseits und das Druckmittel des anstehenden Besuches brachten endlich Schwung in die Fertigstellung: Innerhalb weniger Tage und bestens abgestimmt kamen nun ein neuer Fliesenleger und Installateur ins Spiel. Das Holz wurde wieder abgerissen und nach sorgfältigster Badreinigung die Toiletten angeschlossen und vor dem verfliesten Wandvorsprung fest und abwasserdicht platziert. Ebenfalls schloss der Klempner nun die Waschbecken vollends an die Kanalisation an. Kurze Zeit später hängten wir nun selbst die restlichen Badhängeschränke und Spiegel an ihren Platz. Wir waren zufrieden und warteten nun nur noch auf die passenden Glaswände und Türen für die Duschvertiefung im zweiten Stock.

Am Ende der fünften Woche in Norwegen fuhren gleich in der Früh zwei Kastenwagen der Klempnerfirma auf unseren Hof. Auf den Dächern befanden sich große, flache Pappverpackungen. Die beiden Installateure schnallten diese vom Dach ab und trugen sie mit ausgeprägtem räumlichen Wahrnehmungsvermögen mal rechts, mal links gekippt durch unser recht enges Treppenhaus. Als sie die zwei riesigen Glaswände bis ins Bad geschafft und beide monströsen Wände von Pappe befreit hatten, fiel ihnen unmittelbar auf, dass weder Höhe, Glasdicke noch -struktur, geschweige denn Marken der beiden übereinstimmten. Sie schleppten kurzerhand alles wieder raus und verabschiedeten sich mit den Worten: »Wir sprechen mit unserem Chef und holen neue.«

So verließen sie das Haus und waren erst mal nicht wieder gesehen worden. Das Wochenende verging. Der Besuch rückte näher und das Büro der Firma war scheinbar auch zum neuen Wochenstart weder für uns noch für unseren Bauleiter zu erreichen.

Endlich, am späten Freitagabend – nach einer Woche – erhielten wir eine Nachricht unseres Bauleiters. Auf dem Anrufbeantworter ertönte in knappen Worten folgende Terminvereinbarung: »Begehung der Bäder morgen – wenn möglich – vor Ort mit dem Klempner. Bitte um Rückruf bei Terminschwierigkeiten. Gegen 14 Uhr.«

Michael murmelte geknirscht vor sich hin: »An uns soll es nicht liegen. Wir sind ja da und streichen nebenbei noch die Garage.«

»Wo ein Wille ist, ist auch eine Farbe«

Am letzten Samstag vor dem Schulstart genossen die Kinder noch voller Freude ihren Wassersport am See. Im Gegensatz zu diesen Freizeitaktivitäten lag ein hartes Stück körperliche Arbeit immer noch vor Michael und mir. Ich wollte und Michael musste noch unbedingt unsere Garage während der anhaltenden Schönwetterphase streichen. Bisher war sie mit grundiertem Holz ummantelt und nun sollte sie ihre finale Färbung erhalten.

Am Samstagmorgen besuchte ich also wieder einmal den Baumarkt in unserer Nähe. Doch diesmal tauchte ich in die mir bis dahin unbekannte norwegische Farbenwelt der Holzfarben ein. Gleichsam wie an einem deutschen Behördenschalter musste ich dafür zunächst im hinteren Teil der Fußgängerabteilung des Baumarktes eine Nummer ziehen und warten, bis ich an der Reihe war. Da ich noch mindestens drei Kunden mit kleineren Nummern vor mir hatte und nur zwei Farbenmischpulte mit Farbabteilungsberatern besetzt waren, kundschaftete ich das riesige Farbangebot mit Probeabrisszetteln an den Seitenwänden aus. Zwar machte ein Aufspalten der Farben in ihre einzelnen Nuancen ja durchaus Sinn. Zusätzlich hatte ich auch unterschiedliche Farbrichtungen wie Pastellfarben und kräftige Farben gesehen, doch hatte ich noch nie so viele unterschiedliche Weiß- und Rot-,

Braun- und Rosatöne gesehen. Besonders faszinierend fand ich aber, dass jede der unterschiedlichen Farbkarten nicht nur mit einer Nummer, sondern auch mit einem Namen bezeichnet war. Ich las:

Adventure, Natural Clay, Muskatnøtt, Sober, Golden Bronze, Grotto, Knatten, Glittertind, Hassel, Trollheim, Rindane, Finse, Raudfjell, Stengrå, Tjærebrun, Java teak, Strucure, Bark, Gaustatoppen, Olivenbrun, Harmoni, Romsdal, Mørk Oter, Spicy Brown, Røzskatt, Barkbrun, Bergan, Exotisk Tre, Gusty, Frøya, Brunette, Kjerag, Delfi, Istind, Landskap, Eventyr, Espresso, Mørk Dijon, Leire, Frappe, Vitis, Hazy Coral, Sennepdfrø, Camel Skin, Strandbrun, Varm Brun, Golden Wood, Rusty Edeltre, Myriade ...

Ich war gerade mal bei der Hälfte der Brauntöne angekommen, als meine Nummer ausgerufen wurde. Das folgende Beratungsgespräch lief jedoch eher schleppend, da ich weder dem fließenden Malernorwegisch der Fachverkäuferin noch ihrem Versuch in Englisch so weit folgen konnte, als dass ich anschließend eine passende Farbe hätte kaufen können. Das Gespräch klärte mich aber dennoch darüber auf, dass mein Kaufprozess abhängig von bestimmten Voraussetzungen war. Die Verkäuferin hielt mir einen Zettel in Norwegisch unter die Nase, den ich mit Kreuzen versehen sollte. Auf dem Zettel standen folgende Wortgruppen:

Interiørmaling

☐ *vegg og tak*
☐ *spray*
☐ *gulv*
☐ *beis og voks*
☐ *grunning*

Utemaling

☐ *tre og fasade (hus, garage)*
☐ *grunning og impregnering*
☐ *murmaling*
☐ *båt*
☐ *metall*
☐ *beis*

146

Erleichtert zeigte ich nun auf *tre og fasade* (Holz und Fassade).

Anschließend teilte ich in gebrochenem Norwegisch mit, dass eine *grunning og impregnering* bereits vorhanden war. Die Verkäuferin erklärte nun betont langsam und deutlich: »Die passende Außenfassadenfarbe für Holz musst du mit einem ausgewählten Farbpigment kombinieren und hier vermischen lassen, damit der auf den *fargekarter* dargestellte Ton entsteht.«

»So weit, so gut«, dachte ich.

»Dafür musst du zuerst die Farbnummer von deiner Farbe an der Oberseite der Garage zu mir bringen oder mittels der Farbkarten« – sie zeigte auf die rechte Wand mit den Holzfarbkarten – »bestimmen. Du darfst gerne von dort zum Vergleich einige Testkarten mitnehmen.«

Die rechte Wand zeigte also Farbkarten für Holzfarbe und die linke Wand zeigte Innenwandfarben. Immerhin, die eine Hälfte konnte ich schon ausschließen. So weit hatte ich mir das prinzipiell auch vor der Beratung gedacht.

Ich steuerte also erneut auf die riesige Wand mit den Testblättern zu. Diesmal nahm ich jedoch die Namen der Farben nicht mehr wahr, sondern versuchte mich im Schein der grellen Verkaufslampen an die passende Farbnuance – zumindest ungefähr – zu erinnern und sie hier irgendwo wiederzuerkennen. Schließlich griff ich unter den unfassbar vielen verschiedenen Rottönen zu den fünf Karten, die unserem Haus in meiner Erinnerung am nächsten zu sein schienen. Nach knapp 20 Minuten betrat ich den Laden erneut. Im Sonnenlicht hatte ich beim Farbabgleich von Karte und Originalhauswand feststellen müssen, dass die Farben sich nicht annähernd glichen. Nun nahm ich etliche Farbkarten mit.

Nach zwei Stunden des zunehmend genervten Hin- und Herfahrens war mir klar: Die Farbe unseres Hauses hatte gelitten, und zwar 20 Jahre lang, und nun passte sie zu keiner kaufbaren Farbpalette mehr. Michael machte einen einfachen und – wie er fand – sehr schlauen Einwand: »Man müsste ein Stück Hauswand ganz sauber waschen, um endlich die richtige Farbe zu finden.« Äußerlich reagierte ich verschnupft. Innerlich war ich schier verzweifelt.

Die tatsächlich durch die matschigen und staubigen Arbeitsschritte beim Sägen, Anmischen des Betons und der Grabungen direkt vor der Tür nach mehreren Leitungen verdreckten Hauswände waren durch unsere lieben Handwerker verursacht worden. Erstens hatte ich bereits mehrmals versucht, die rauen Holzlatten rund um das Haus zu säubern. Dies gelang nicht annähernd so gut, wie sich Michael das vorgestellt hatte. Zweitens hatte ich natürlich an meiner Meinung nach saubere Stellen der Hauswand Farbkarten gehalten.

Ich kochte fast vor Wut. Allerdings konnte Michael ja auch nichts für dieses Dilemma. »Tolle Idee!«, antwortete ich ironisch. Schließlich hatte auch er ein Einsehen. Letztendlich und nach langer Diskussion um die passende Farbe und eine mögliche Kombination der ersten Etage der Garage in diesem nicht zu bestimmenden Rot und einem neuen Weiß in der unteren Hälfte kamen Michael und ich zu folgendem endgültigen Beschluss: Wir wollten die Garage nun komplett weiß streichen.

»Das ist doch super. Dann ist die Wahl der Farbe nicht so schwierig«, dachte er. Insgeheim wusste ich aber, dass auch mehrere helle Nuancen auf uns warteten. Diese Erfahrung ließ ich ihn nun selbst machen und fuhr kommentarlos mit ihm zusammen zum Baumarkt zurück. Nach kurzem Staunen Michaels in der Farbabteilung wählten wir diesmal eindeutig zielstrebiger aus den nur knapp zwei Dutzend Weißtönen wenige aus, verglichen diese mit unserem Garagentor und entschieden uns schließlich übereinstimmend.

So machten wir uns ein letztes Mal für jenen Tag erneut auf den fünfminütigen Weg zum Baumarkt und ließen uns die passende

Farbe zum Garagentor in *Letthet* (JOTUN 1624), einem laut Beschreibung »schwach goldenen Ton, der leicht und luftig wirkt«, mischen. Nach meiner Einweisung in die Welt des norwegischen Malens entschlossen wir uns erneut, eine Nummer zu ziehen. Wie hätten wir auch sonst einen der 100 Eimer mit der Grundflüssigkeit für den Außenbereich wählen können? An dieser Stelle eine falsche Grundmischung zu wählen, wäre wohl der größte Fehler unserer gesamten Renovierungszeit gewesen.

Das anschließende Malern wirkte für Michael und mich nahezu beruhigend. Wie unter Hypnose strichen wir mit gleichmäßigen Pinselstrichen waagerecht über die 70 Quadratmeter. Obwohl das Holz im Werk schon einmal vorgestrichen worden war, saugte es durstig unsere Farbe auf und erschwerte das Vorankommen. Trotzdem arbeiteten wir mit gleichbleibender Motivation getreu dem Motto: »Wo ein Wille ist, ist auch eine Farbe.«

Wie im Taubenschlag

Zur gleichen Zeit nahm unser neues Zuhause nach fünf Wochen endlich Gestalt an. Sverre, Ronja und ich hatten tatsächlich alle Möbel gemeinsam aufgebaut. Bis in die hellen Nächte hinein hatte Michael uns fast jeden Abend geholfen. Wir waren trotz Laienausbildung erstaunlich gut mithilfe der jugendlichen teils rohen und gewaltigen Kraft eines fast 14-Jährigen sowie der weiblichen Feinmotorik beim Aufbau der Möbel einer 9-Jährigen vorangekommen. Mein Fazit blieb dennoch das gleiche: »Wenn überhaupt, ziehe ich nur noch mit Umzugsunternehmen und Möbelaufbauhilfe in ein neues Haus.«

Auch wenn genau ein einziger Schrank zum Umtausch übrig blieb, hatten wir unser Haus ungesehen sehr schön eingerichtet. Dennoch fehlte mir immer noch das persönliche Flair im Haus.

Das lag nicht zuletzt auch an der ständigen Betriebsamkeit: In den vergangenen Wochen hatten die beiden fleißigen Arbeitskräfte zwischen 7 und 17 Uhr nach unserem Aufbau der Kücheninsel, die aus Küchenunterschränken bestand, alle Wände des Hauses fertig verspachtelt, gestrichen und die Holzarbeitsplatte zugesägt. Zum Schutz vor Spritzern hatten sie einen Teil der Platte entlang der Küchenarbeitsfläche als Spiegel an die Wand geklebt und die neue Wand und alle Fußleisten im Haus fertiggestellt.

Während wir die Garage strichen, waren ebenfalls die Handwerker in und rund um unser Haus tätig. Auch an diesem Tag standen Haus- und Terrassentüren ständig offen. Draußen im Hof kreischten elektrische Holzsäge und Riesenmixstab, um mal wieder etwas Spachtelmasse anzurühren und Holz zuzuschneiden. Endlich bauten sie uns einen sehr schönen Eingangspodest aus Holz, der die bisherige provisorische, dreistufige Treppe durch eine 6 Quadratmeter große Fläche ersetzte und den Anstieg in das rund 70 Zentimeter über der ebenen Einfahrt liegende Erdgeschoss erleichtern sollte. Im Haus waren zwar keine Matschspuren, dafür aber – gerade wegen des trockenen Wetters – Staubspuren und sandige Fußabdrücke verteilt. Zudem bewies ein geordnetes Chaos aus abgelegtem Werkzeug, Baumaterial und Trinkflaschen der Handwerker ihre Anwesenheit. Eine leichte Geruchsspur lag in der Luft. Auch heute waren die Handwerker bei heißen Temperaturen, ob sie schneller arbeiteten oder nicht, schweißgebadet. Sie befanden sich im Endspurt.

Gleichzeitig schaffte im Haus ein verlässlich und sauber arbeitender Elektriker die Aufhängung der Lampen samt nahezu unsichtbarer Leitungsverlegung an den Wänden. Ich sah dem regen Treiben im Augenwinkel quer über den Hof von der Vorderseite der Garage aus mit dem Pinsel in der Hand, dem Farbeimer zur Rechten und in besprenkelter Kleidung ebenfalls schwitzend zu.

Als um 14 Uhr noch zwei Klempner und der Bauleiter das Haus betraten, ähnelte unser Haus einem Taubenschlag. Noch mehr als diese Unruhe bereitete mir die schleppende Fertigstellung der Bäder reichlich Bauchschmerzen. Michael und ich legten unsere Pinsel nieder und schlüpften ebenfalls in das überfüllte Holzhaus. Angesichts der problematischen und fehlerhaften Bauausführung zum Thema Dusche im oberen Bad ging ich alles andere als gut gelaunt in diese Begehung.

Nach kurzer Begrüßung fasste unser Bauleiter den Status quo zusammen: »Die Bäder sind bis auf die Duschkabine im zweiten Stock weitgehend fertiggestellt. Der zuerst beauftragte Handwerker war leider vor einigen Wochen trotz bereits begonnener Leistungen plötzlich nicht mehr erreichbar. Dann hatte er das Angebot zur Weiterarbeit unterbreitet, anschließend jedoch keine Termine zur Ausführung genannt und schlichtweg zwei Begehungstermine ausfallen lassen. Darum kam es zu kleinen Zeitverzögerungen.«

Michael und ich lauschten angespannt diesem Monolog. Wir wussten, dass Bauleiter und Klempner kamen, um die Fortschritte in den Bädern zu begutachten. Eigentlich hätte in der vergangenen Woche bereits die Endabnahme der fertiggestellten Bäder sein sollen. Diese war jedoch kurzerhand zur Teilabnahme umbenannt und auf diesen Tag verschoben worden.

Der Bauleiter setzte seine Ausführungen fort: »Leider mussten die Installateure letzte Woche erkennen, dass die falschen Glaswände bestellt wurden.«

Uns war schleierhaft, wie das passieren konnte, denn norwegische Handwerker machten auf unserer Baustelle trotz Erhalt von genauen Skizzen und Abmessungen bei anstehenden Bauvorhaben immer noch eine Begehung der Baustelle zum Messen. Daran schlossen sich nochmals eine Ausführungsabsprache per Mail, dann ein Kostenvoranschlag, anschließend eine Auftragsbestätigung und abschließend eine Absprache für einen Starttermin der Arbeitsausführung an. Ich hatte nichts gegen eine derartige kommunikationslastige Vertragsschließung, war ich ja persönlich mehrmaligem Ansprechen von Problemen und deren Lösungen nicht abgeneigt. Aber es mussten doch dann bitte auch zielführende Taten folgen. Die falschen Glaswände passten da so gar nicht in das mehrfach vor Ort und auf Papier vorbereitete Handeln.

Nun fügte auch der Klempnermeister, Chef der hiesigen Rohrlegerfirma, noch seine Überlegungen hinzu: »Ich muss mir erst ein eigenes Bild vom Bad machen.« Er zückte Meterstab, Bleistift und Papier. Michael und ich wechselten einen kurzen vielsagenden Blick. Plötzlich erhob er erneut seine Stimme: »Wer hat denn die Maße der Dusche festgelegt?«

Wie eine Kettenreaktion in Zeitlupe schweiften zuerst unsere Blicke nun zum Bauleiter, seiner weiter zum Rohrleger und dessen Augen wieder zum Fußboden. Er bezweifelte, dass es für diese Bodenmaße überhaupt eine passende Duschkabine aus Glaswänden gab.

So langsam riss mein Geduldsfaden, doch bevor ich mich im Ton vergreifen konnte, erklärte Michael mit nahezu sanftmütiger Betonung und klaren Worten: »Vor nun über sechs Wochen hatten sich Klempner, Bauleiter und Fliesenleger in Absprache und gemeinsamer Besichtigung auf diese Vertiefung und Platzierung der Duschwanne gerade wegen des Badschnittes und wegen der im Handel angebotenen Glaswände und deren Maße geeinigt. Nun müssen wir damit zurechtkommen und schnellstmöglich eine Lösung finden.«

Warum die Handwerker nicht eher mit der Renovierung von den Bädern begonnen hatten, konnte unserer Meinung nach abschließend nach so vielen vergangenen Wochen eh nicht aufgeklärt werden. Zumal uns eine weitere Ursachenforschung oder gar Schuldzuweisung nicht schneller an das Ziel gebracht hätte, die Duschen nutzen zu können. Michael war hier einer Meinung mit mir und versuchte die Handwerker auf ein baldiges Fertigstellen der Nasszellen und Sanitäranlagen festzunageln: »Wann kannst du die passenden Duschwände bringen und befestigen?«

Unangenehmes Schweigen erfüllte den Raum. Endlich antwortete der Klempner: »So schnell es meine Auftragslage zulässt. Ich bemühe mich, eine Lösung zu finden, sofern es denn eine gibt.«

Nun versuchte der Bauleiter wieder, unsere sichtlich aufsteigende Nervosität zu besänftigen, und fügte hinzu: »Leider hat auch die Lieferung der Toiletten so lange gedauert, dass sich der Badausbau so drastisch verzögert hat.«

Das war doch nicht zu fassen! Meine Gedanken kreisten. Unser norwegischer Bauleiter berief sich auf unsere Entscheidung, nicht die altmodische Standardtoilette nehmen zu wollen, sondern ein Wandkastenmodell einer bekannten deutschen Marke mit einer Lieferzeit von mehreren Wochen. Warum dies allerdings gegen die Fertigstellung von Dusche, Waschbecken, Fliesen und so weiter in den Bädern sprach, leuchtete mir nicht ein. Schuld waren hier wohl immer die anderen. Unsere Toiletten waren alles andere als nicht durchschnittlich funktionstüchtig mit lediglich zwei Funktionen (starkes und leichtes Abspülen) und eben mit Wand und Fliesen verkleideten Spülkästen.

Ich hörte wieder zu und sagte: »Aber ich bin mir sicher, mit etwas Zeit findet sich hier eine Lösung.«

Jetzt sollte sich also die Lösung von selbst finden. Daran glaubte ich kein Stück. Außerdem hatten wir keine Zeit. Ende der Woche zog der erste fünfköpfige Besuch ins Haus und in ein Bad ein.

Michael teilte wohl meine Gedanken und leitete die entscheidende Wendung ein: »Lass uns doch beim Lösen helfen. Wir kümmern uns um die passenden Glaswände und bestellen sie im Baumarkt. Gleich Anfang der nächsten Woche müssen diese vom Baumarkt nur noch abgeholt und installiert werden. Ende der Woche bekommen wir Besuch und dann müssen die Bäder – wie ja vor zwei Monaten besprochen – fertig sein.«

Fast schon erleichtert willigten Bad- und Bauspezialist ein. Ein Telefonat am Montag zur genauen Terminvereinbarung für die nächste Woche war der gemeinsame Konsens, bevor beide das Haus vorerst wieder verließen. Wir begaben uns wieder an unsere Arbeit an der Garagenwand. Wenigstens hier hatten wir unser Voranschreiten selbst in der Hand.

Stunden später – nach gefühlt Millionen von Pinselstrichen – stellten wir nach der Trocknung der Farbe im abendlichen, aber taghellen Sonnenlicht fest, dass die Farbe des Garagentores eher *Ren Hvit* war. Uns war das aber egal. Die Garage strahlte hell und freundlich und war vor allem eins: fertig. Der vierte Schritt war vollbracht.

Wir beschlossen, dass wir mehr als genug für das nachbarschaftliche Gemeinwohl unternommen hatten, und wollten die Garage innen lediglich aufräumen, aber nicht mehr verputzen – geschweige denn mit Bildern und Bodenfliesen wohnlich ausbauen. Für uns war die Fertigstellung der Garage, wenn man mal von Schmerzen, Zeit- und Geldaufwand absah, wie das *dugnad* eine Win-Win-Situation. Zudem waren wir sehr froh, dass sich die Arbeiten im Haus so langsam dem Höhepunkt und danach hoffentlich bald einem Ende näherten. Nichts lag uns ferner, als auch dort nochmals kräftig mit zupacken zu müssen. Außerdem wollten wir am nächsten Morgen gleich passende Glaswände für unser Bad finden. Aber nur noch sitzend am Computer und vor allem mit hängenden, relaxten Armen.

Ruhe vor dem Sturm

Der erste Schultag für unsere Kinder stand kurz bevor. Am frühen Sonntagmorgen setzten Michael und ich uns wie schon einige Male zuvor an den Computer.

Gerne hätten wir uns vorweg einen Überblick über die erforderlichen Inhalte und Fächer vor dem morgigen Schulstart verschafft. Auf Anfrage hatten wir jedoch eine allgemeine Reaktion per Mail in unserem Postfach erhalten.

Michael öffnete die seit zwei Tagen dort schlummernde und bisher ungelesene Mail der Schulsekretärin und las laut vor: »… Schulstart für alle Schüler sei der kommende Montag um 9 Uhr. Bis dahin könnten wir gerne einen Blick auf die Schulhomepage werfen.«

Wir hatten uns eine etwas persönlichere und ausführlichere erste Einführung erhofft. Ich dachte laut: »Ist die Schule nicht sowieso auf wechselnde Schüler und Schülerinnen per se als internationale Schule eingestellt?«

»Dachte ich auch«, pflichtete Michael mir bei. Verwundert wurden wir über einen angehängten Link direkt auf die Webseite der Schule weitergeleitet. Nach mehrmaliger, ausführlicher Lektüre der Hinweise auf der Homepage mussten wir uns schließlich mit einem Stundenplan ohne Fächerangabe begnügen, der den täglichen Schulstart auf 8 Uhr festsetzte. Schulende war montags bis donnerstags um 14.30 Uhr und freitags um 13.30 Uhr. Darüber hinaus zeigte uns der Ferienkalender die schulischen Urlaubs- und Feiertage. Michael mutmaßte, dass die Menschen in Norwegen das Schulleben für Kinder und Eltern viel entspannter angehen würden als in Deutschland.

Irgendwie sagte mir meine innere Stimme, dass Schule auch in Norwegen kein Kinderspiel ist, schon gar nicht für Neulinge wie uns. Allerdings waren wir gerade mit anderen Aufgaben beschäftigt. Gäste standen ins Haus. Deshalb widmeten wir uns wohl oder übel dem lästigen Duschthema. Uns blieb nichts anderes übrig, als abzuwarten und Däumchen über die Tastatur fliegen zu lassen. Wir durchsuchten im Onlineangebot aller möglichen Bau- und Bädermärkte in der näheren Umgebung nach passenden Duschwänden.

Einige Stunden später dämmerte uns, woran auch die professionellen Firmen zu knabbern hatten. Unser Badproblem schien unlösbar. Vor Monaten hatten wir das Bad besprochen. Anschlüsse und Bodenabfluss waren vorgegeben und unsere Bauleitung hatte in Absprache mit den Handwerkern nichts anderes zu tun, als die Größe der Dusche orientiert an auf dem Markt erhältlichen Glaswandmodellen festzulegen und dem Fliesenleger vor dem Fliesen mitzuteilen. Dies war anscheinend nicht reibungslos passiert. Jedenfalls gab es in ganz Norwegen keine Glaswände für die durch die Fliesenvertiefung festgelegte Fläche der Dusche. Das Problem war und schien wie für die Handwerker unüberwindbar. Michael und ich suchten nach einer Alternative und fanden sie in zwei gläsernen Feststellwänden ohne Tür. Natürlich mit einem Durchlass, der das Betreten und Verlassen der Dusche ermöglichte. Gesehen und bestellt. Nach kurzer Absprache am Telefon am Montagmorgen um 7 Uhr versprach der Chef der Klempnerfirma auf sehr unverbindliche Art und Weise: »Ich frage dann mal meine Mitarbeiter, ob sie in der nächsten Woche Zeit haben, bei dir vorbeizuschauen.«

Michael antwortete darauf für seine Verhältnisse wohl ziemlich unwirsch und bestand kompromisslos auf einen Termin am nächsten Tag. Dann lagen im 1 Kilometer entfernten Baumarkt die von uns im Internet gekauften Scheiben zur Abholung bereit. Der Meister gab schließlich klein bei: »Ich kümmere mich darum. Sei unbesorgt.«

Solange die Bäder nicht fertig waren, machten wir uns Sorgen. Davon konnte uns als Allerletztes das Wort des verantwortlichen Klempners abhalten. Wir ließen uns nur noch von Taten beschwichtigen.

Holpriger Schulstart

Seit mehreren Wochen waren wir nun in Norwegen. Bis auf das Bad hatten wir pünktlich zum Schulstart vor der zweiten Augustwoche alle sogenannten Restarbeiten rund ums Haus bewältigt.

Allerdings wurde uns schlagartig bewusst, dass diese anstrengenden Wochen nahtlos in den nun vollends startenden Alltag mündeten. Wenigstens hatten wir eine kleine Routine durch den regelmäßigen Sport eingeübt: Im Nachhinein konnten wir uns über den fast täglichen Anschluss an norwegische Kinder und Sportler und die Vorübungen zur norwegischen und englischen Sprache mehr als glücklich schätzen. So starteten wir in die folgenden Tage und Neuerungen wenigstens nicht vollends grün hinter den Ohren. Gleichfalls wie Sportler keinen Kaltstart hinlegen und Musiker Stimme und Instrument erst aufwärmen sollten, waren wir eindeutig schon etwas warmgelaufen. Leider erkannten wir aber sehr schnell, dass wir dennoch unvorbereitet in die ersten Schultage gingen.

Als wir Deutschland für voraussichtlich ein Jahr den Rücken zugekehrt hatten, hatten wir uns nicht nur auf ein baldiges Wiedersehen mit Freunden und Arbeitskollegen hin verabschiedet. Stattdessen waren wir auch aus dem sicheren Hafen eines uns sehr bekannten Schulsystems gesegelt. Natürlich war das Gewässer rund um unser kleines Familienschiff in Deutschland in den letzten beiden Wintern und Frühjahren von Homeschooling und wachsender Computeraffinität im und rund um den Unterricht aufgewühlt worden. Wir konnten uns aber auf ein klar aufeinander aufgebautes Konstrukt von Lerninhalten in zwölf Schuljahren bis zum Abitur, das neben Hefteinträgen, Regelwerken in Büchern, Arbeitsblättern, Sekundärliteratur und Übungsheften, Vokabelheften und Hausaufgaben – zumindest rückblickend – übersichtlich präsentiert wurde und ein hohes Maß an Wissenserwerb und Leistungsbereitschaft erforderte, verlassen. Schattenseiten stellten wir lediglich bei manchen gestressten Lehrkörpern fest, die zwar Genie ihres Faches waren, jedoch – komme, was wolle – die Stoffmenge auch an jedes Schülerindividuum heranzubringen versuchten. Bisweilen gelang ihnen dabei selten ein respektvoller

Umgang in der Klasse, ohne Strenge und Leistungsdruck in den Vordergrund zu stellen. Glücklicherweise entpuppten sich unsere Kinder in diesem Schulsystem als leistungsfähige Schülerlein, die wissbegierig und anstrengungsbereit fast jede Aufgabe mit Bravour erledigt hatten. Auch wenn die Grenzen bei meinem Sohn in Kunst beim dreidimensionalen Zeichnen und bei meiner Tochter im Ausdruckstanz zwar nicht nur an der Note, sondern auch an den wütenden Äußerungen über diesen – wie sie fanden – uninteressanten Unterrichtsstoff und die fehlende Fähigkeit, einem den Sinn und das Herangehen für Nichtkönner zu erklären, klar gesteckt waren. Mir fiel da nur eine Äußerung aus der Vergangenheit ein, die ich schon mal während Sverres Zeit im Kindergarten gegenüber der kritischen Erzieherin geäußert hatte. Damals ging es um die Leistungsbereitschaft beim Weben meines Vierjährigen. Mehrmals wurde ich morgens mit den inhaltlich gleichen Worten begrüßt: »Sverre webt ja gar nicht schlecht. Aber er webt nicht jeden Morgen mit Freude und schafft seinen Teppich nicht zügig genug. Dabei ist er doch immer so pfiffig und auch feinmotorisch begabt.«

Ich war damals offen auf die Erzieherin zugegangen: »Später braucht man keine Handfertigkeiten wie Weben (oder 3D-Zeichnen) mehr. Dergleichen Arbeit übernehmen in 20 Jahren oder gar jetzt schon Maschinen (beziehungsweise Computer).«

Und genau darin schienen uns die Norweger einen Meilenstein voraus zu sein. In Norwegen schrieben die Kinder hauptsächlich mit dem Computer. Natürlich war ihre Handschrift nicht die schönste, da sie eben kaum Schönschreiben in der Grundschule exerzierten. »Dann wird die Kugel in der neuen Schule ja erst recht gut rollen«, dachten Michael und ich und wollten in eine neue schöne Schulzeit für unsere Kinder starten.

Im Detail durchlebten wir beim eiskalten Eintauchen in die norwegische Schulwelt allerdings nicht gleich Höhenflüge, sondern einen regelrechten Stolperstart: Unsere bisher sichere Welt wurde schon am ersten Schultag auf den Kopf gestellt.

Als unsere Kinder an diesem Montagnachmittag, den sie morgens natürlich ab der Haustür allein begehen wollten (was ja auch der Pandemie besser entgegenwirkte), heimkehrten, wurde mir klar, dass die letzten Monate die Ruhe vor dem Sturm gewesen waren. In meinem Postfach hatte ich mehrere Mails von den Klassenlehrern meiner Kinder erhalten. Darin enthalten waren der detaillierte Stundenplan mit Fächern wie Inquiry und PHE, Norwegisch, Englisch, Spanisch (Sverre), Ankündigung der Schuljahresinhalte wie dem Fortführen des bekannten *service as action* bei meinem Sohn und das sich in allen Schuljahren wiederholende *key concept* und *lunch break or recess*. Zusätzlich erhielt ich die Anweisung, mich mit dem Kommunikationsdienst *ManageBac*, mit dem Wochenplan meiner Tochter (Hausaufgaben für die Fächer Englisch, Mathe, Inquiry, Musik und Norwegisch) sowie mit dem digitalen Ablagesystem *Seesaw* und einigen anderen Apps bekannt zu machen. Ich war angesichts der Fülle an neuen Informationen schier überfordert und verstand nur Bahnhof. Wütend war ich auch und dachte laut: »Konnte die Schule *uns die Details nicht eher mitteilen*?« Jetzt standen wir da und versuchten, uns im unbekannten Dschungel der neuen Anforderungen zurechtzufinden.

Smarte Schule

Die Kinder der fünften Klasse arbeiteten in der Schule und zu Hause mit nigelnagelneuen Tablets von der Schule. Allerdings erhielten die Kinder und wir in den ersten Schultagen täglich mehrere Mails der Klassenlehrer. Sie ließen sich grob in zwei Gruppen einteilen:

Die eine Hälfte bestand aus Mails, die an alle Eltern der fünften Klasse adressiert waren. Sie unterrichteten uns über neue Apps,

Aufgabenstellungen an unsere Kinder und Allgemeines wie Ausflüge, Einladung zum Elternabend, Hinweis auf die FB-Gruppe der Eltern und gemeinsam geplante Feste. Vor allem die Apps auf Ronjas neuem Tablet beschäftigten uns in den ersten vier Wochen tage- und manchmal nächtelang. Obwohl wir alle schon vor unserem Umzug nach Norwegen technikaffin waren, trieben uns sowohl die noch nicht für Ronja freigeschalteten Konten der von der Schule bestimmten Apps als auch die Menge und Handhabung der Apps in ihrer Fülle schier in die Verzweiflung. Auf ihrem Tablet befanden sich neun Schreib- und Ablage-Apps, 17 Spiele-Apps für Mathematik, Englisch und andere Fächer, drei Übersetzungs-Apps und mehrere Apps zum selbstständigen Trainieren der Sprache Norwegisch. Das Erstaunlichste war jedoch, dass alle im Unterricht und bei der Hausaufgabenbearbeitung immer mal wieder zum Einsatz kamen. Im Gegensatz zu den anderen Kindern der Klasse, die die Schule und das Appangebot seit mehreren Jahren kannten, stocherten wir und Ronja in der Schule schier im Dunkeln, wie diese Apps zu starten und anschließend zu bedienen waren. Erst nach einigen Tagen sahen wir ein Licht am Ende des Tunnels und Ronja bediente ihre Apps etwas selbstständiger und recht geschickt. Gestützt auf diese ersten überwältigenden Erfahrungen hatten wir vor allem folgende Vorahnung: Das norwegische Bildungssystem (oder zumindest jenes unserer Schule) funktionierte nach dem Gießkannenprinzip oder eher Wasserturbinenprinzip. Alles wird angeboten nach dem Motto: Viel hilft nahezu viel. Alles, was dabei verloren geht und nicht aufgenommen wird, zählt nicht mit. Unsere neuen Pädagogen loben die anderen, die gelungenen Prozente des Wissenserwerbs.

Die andere Hälfte der Mails richtete sich persönlich an uns und informierte uns fast täglich über Ronjas Zurechtkommen und Eingliederung in die neue Klasse aus der Sicht der Lehrerin. Es stellte sich heraus, dass Ronja sich einerseits sozial sehr fröhlich und schnell in die Klassengemeinschaft integrierte. Andererseits würde sie sich natürlich sehr schwertun mit der englischen Sprache, aber inhaltlich alles auf Deutsch und dann per Übersetzungsapp sehr gut beantworten können. Natürlich war Ronjas Fähigkeit, auf Englisch und erst recht Norwegisch kommunizieren zu können, ausbaufähig. Der Einstieg in gleich zwei neue Sprachen, wovon sie nur eine in der Grundschule und ein wenig zu Hause spielerisch mit Singen und Reimen in ihren einfachsten Anfängen kennengelernt hatte, war ein riesiges Problem. Ronja konnte zu Beginn weder die Lehrer und Lehrerinnen, die meist britische oder amerikanische Muttersprachler waren, jedoch zum Beispiel wie die in der Bronx in New York aufgewachsene Klassenlehrerin einen sehr starken Akzent nuschelten, noch ihre Klassenkameraden, die in einem sehr schnellen fließenden Tempo Englisch sprachen, verstehen. Ohne den sehr umfangreichen, sprachlich anspruchsvollen und inhaltlich tiefgründigen Unterricht in den ersten Tagen bis Wochen während der Schulzeit auch nur in den Ansätzen verstanden zu haben, ging sie an ihre Hausaufgaben, die sie dann selbstverständlich in englischer Sprache verstehen, erarbeiten und schließlich schriftlich bearbeiten musste. Ich schätzte, dass sie für jeden dieser Schritte ein Vielfaches der Zeit brauchte, als wenn sie die Aufgaben in ihrer eigenen Muttersprache gestellt bekommen und abgearbeitet hätte.

Hätte das Schulprogramm mit all seinen Neuerungen gleichzeitig mit allem anderen – Hausrenovierung, Sport, offizielle Formalitäten und einem festen Berufseinstieg für mich – begonnen, so wären wir spätestens nach den ersten Schultagen schreiend davongerannt und zurück nach Deutschland gefahren. So waren wir ja bereits einiges gewohnt und kämpften uns durch die ersten Tage. Wie gut, dass uns da etwas freudige Abwechslung in unser Haus stand.

»Hoffentlich erledigt sich das Badthema bis zum Wochenende wie von selbst!«, wagte ich, laut auszusprechen.

Mit einem mürrischen »Mhmhm« ließ Michael den Satz fast schon verzweifelt im Raum stehen. Er konnte es schon nicht mehr hören. Irgendwann musste doch auch dieses Thema ein Ende finden.

Fertige Bäder

Und tatsächlich: Keine 48 Stunden nach dem letzten Telefonat war unsere selbst kreierte Duschverkleidung fertig. Bei der nun endlich durchgeführten Endabnahme am Donnerstagmittag witzelte der alles überwachende Bauleiter mit Blick auf die 80 Zentimeter breite Öffnung an der umglasten Nasszelle: »Das kann ja auch keine Lösung für die Ewigkeit sein!«

Beim Anblick seines süffisanten Lächelns wäre mir beinahe die Hutschnur gerissen. Mit wütender Mimik biss ich mir gerade noch auf meine Zunge, als ich Michael ein knappes »Ja!« erwidern hörte. Er ließ den verdutzten Bauleiter, das Bad mit mir verlassend, einfach vor der nicht gelungenen Duschnische in ihrer Endform stehen. Ganz nebenbei akzeptierten wir so die norwegische Kultur, Kritik nur äußerst selten, nicht ungestüm und in freundliches Wort und Ton verpackt zu äußern. Er wollte frühestens bei der Endabrechnung der Renovierung wieder über dieses missglückte Design sprechen, dann aber preismindernd. Wir waren im Moment nur eines: froh, dass unsere Bäder nun uns gehörten und vor allem fertig waren.

Dass hier das Ende unserer Fahnenstange mehr als erreicht war, spürte nun auch der Bauleiter. Er wechselte schnell zu einem professionellen, aber auch freundlichen Tonfall. Schließlich wollte auch er bei der Stellung der Endabrechnung am liebsten gar nicht mehr über das Thema Bad mit uns diskutieren.

Gelebtes Glück: Besucherfreuden

Am darauffolgenden Samstag, Mitte August, sollte endlich der erste Besuch eintrudeln. Wochenlang hatte sich Sverre auf einen ehemaligen Klassenkameraden, einen seiner besten Freunde, samt Familie inklusive der zwei jüngeren Schwestern, mit denen Ronja in der Vergangenheit gerne gespielt hatte, gefreut. Erwartungsvoll blickten sie einem Wiedersehen, gemeinsamem Wandern und Schwimmen sowie einem Stockbrotabend am Lagerfeuer entgegen. Sie wollten ihnen die neuen Jugendzimmer zeigen und vor allem alten Freunden begegnen. Aufgrund der zusätzlichen Sprachbarriere hatten sie nach einer knappen Woche an der neuen Schule nicht annähernd gute Freundschaften knüpfen können, wie sie das aus Deutschland gewohnt waren.

Auch Michael und ich freuten uns sehr auf die willkommene Abwechslung für die Kinder und für uns. Allerdings hatte sich unser Leben, nachdem die Sommerferien seit einer Woche beendet waren, beschleunigt. Auf Hausaufgaben nach einem langen Schultag bis halb drei folgte der Weg zum Sport. Mittlerweile gingen wir alle wieder fast täglich zusammen zum Training. Waren wir gerade noch damit beschäftigt, unser Haus zu renovieren, waren wir nun von jetzt auf gleich in einem vollgepackten Alltag.

Dieser durfte zudem auch ohne jede Einschränkung durchgezogen werden, denn bis auf die Grenzkontrollen mit selbst zu bezahlendem Schnelltest für nicht vollständig Geimpfte und einer Quarantänepflicht aller Touristen, die ohne Impfschutz aus einem

Hochrisikogebiet einreisten, gab es keine Beschränkungen mehr. Genau aber diese Regelung stellte die Ankunft unserer befreundeten Familie mit natürlich bis dato ungeimpften Kindern komplett infrage. Nachdem sie ihre dreiwöchige Skandinavienrundreise durch Dänemark, Schweden und Norwegen bereits vorletzten Sommer geplant hatten, hatten sie ihre Reise wegen Corona in diesen Sommer verschieben müssen. Da die Dänen zu viele Einreiseanforderungen stellten und die Norweger die Grenze ebenfalls nur mit Einschränkungen öffneten, passten sie ihre Reiseroute mehrmals an und speckten sie umkreistechnisch ab. Vor allem die Frage, ob alle drei Kinder an der Grenze schnellgetestet würden und dafür bezahlen, gar alle in ein Quarantänehotel einziehen oder in ihrem Wohnmobil bleiben müssten, konnte ihnen niemand abschließend beantworten. Darum hatten sie beschlossen, zuerst Freunde im östlichen Schweden zu besuchen. Am Mittwoch vor unserem erhofften Treffen besprachen wir uns nochmals am Telefon und waren zu dem traurigen Entschluss gekommen, dass sie das Risiko der Quarantänepflicht an der Grenze zu Norwegen und die Wartezeiten lieber nicht eingehen wollten. Vor allem die Kinder waren sehr enttäuscht.

Am Donnerstagmorgen checkte Michael ein letztes Mal die Risikoeinstufungen der Gebiete auf der schwedischen Seite und konnte es kaum glauben: Die kleine Stadt Gävle und das Gebiet an der Ostsee nördlich von Stockholm, in denen sie sich die letzten neun Tage aufgehalten hatten, waren die einzigen grünen Flächen auf der sonst tief dunkelroten Karte Schwedens. Es keimte Hoffnung auf. Michael machte einen letzten Versuch und schickte ihnen ein offizielles Formular, das sie vor der Einreise ausfüllen und an das norwegische Gesundheitsministerium schicken mussten. Im Falle der Negativtestung der Kinder konnten sie nun einfach über die Grenze treten und mit uns unbeschwert Zeit verbringen.

Sie gaben schließlich bekannt: »Das Formular haben wir bereits ausgefüllt. Wir können am kommenden Freitag schon einreisen. Was haltet ihr von einem Treffen am Samstag? Wir melden uns, wenn wir die Grenze passiert haben.«

Das waren tolle Nachrichten. Die Kinder jubelten. Auch zeitlich passte das sehr gut in unseren neuen Alltag, uns erst am Samstag auf Gäste einstellen zu müssen. Seitdem nämlich die Kinder nun die erste Woche in die Schule gingen, waren wir unter der Woche sehr ausgelastet.

In der Nacht auf Freitag klingelte plötzlich Sverres Telefon. Sverre, der noch wach in seinem Bett lag und das Telefon eh grad zum Daddeln in der Hand hielt, schrie einen Jubel durch das obere Stockwerk. Dann kam er herübergerannt und las freudestrahlend den erhaltenen Text vor: »Wir haben kurz vor Mitternacht die Grenze überwunden. Wir fahren grad einen Campingplatz 2 Kilometer von euch entfernt an. Sehen uns bald. Grüße!« Sie hatten es also geschafft. Sogar früher als erwartet und ganz ohne Test und Beschränkungen. Jetzt waren auch wir hellwach und freudig aufgeregt. Unsere ersten Gäste in Norwegen!

Ausflüge in die Natur

Zwar tickten ihre Uhren nach fast drei Wochen Campingurlaub anscheinend anders als unsere nach einer endlich überstandenen Hausrenovierung mitten im neuen Alltag, doch konnten wir es ihnen nicht übel nehmen. Draußen war es noch nicht ganz dunkel. Es herrschte diffuses Dämmerlicht, und wir hatten in den letzten Wochen natürlich sehr viele naturschöne Bilder mit und ohne unsere Kinder gepostet, die ein ruhiges, romantisches Aussteigerleben im Einklang mit der Natur und auf der meditierenden Suche nach der eigenen Mitte vermuten ließen. So stressig die

Umstellungen und die aufdiktierten Ruhephasen in der vergangenen Coronazeit in Deutschland auch gewesen sein mögen, das wahre Leben in Norwegen mit Schule, Sport, Beruf und Schreiben war es mindestens genauso. Das dachten sich netterweise auch unsere Gäste, denn wir hörten in den nächsten Stunden erst mal nichts mehr von ihnen. Zur Vorfreude auf unseren Besuch meldete sich nun mein Unterbewusstsein und wies mich auf die bisher noch nicht geschafften Vorbereitungen wie einkaufen, kochen und backen hin. Ich war ja bisher davon ausgegangen, dass wir dafür ja noch am Freitag vor dem Samstag genügend Zeit hätten. Mit diesen Gedanken schliefen wir trotz freudiger Aufregung sehr schnell ein und starteten am nächsten Morgen in einen neuen Schultag.

Zu unserer Erleichterung schliefen unsere Freunde, noch bevor sie uns das erste Mal erreichten, sehr lange in ihrem Wohnmobil aus, machten einen Ausflug und klingelten erst an unserer Haustür, nachdem ich einige der Vorbereitungen getroffen hatte. Die Wiedersehensfreude war riesig. Stolz führten die Kinder durch unser gerade fertig renoviertes Haus. Es wurde samt der Bäder groß gelobt und gern genutzt.

»Wenn die wüssten«, fuhr es mir wieder durch meinen Kopf.

Nachdem wir den ersten Nachmittag und Abend miteinander verbracht hatten, beschlossen die Kinder natürlich, ihre Zimmer mit den jungen Gästen zu teilen. Es folgte eine lange Nacht, die die Kinder bis zum Sonnenuntergang ausreizten.

Am nächsten Morgen wurden sie frühzeitig von der Sonne geweckt und nach einem ersten Bad um kurz vor 8 Uhr im warmen Seewasser bei strahlendem Sonnenschein beschlossen wir am Frühstückstisch gemeinsam, einen Ausflug zu einer kleinen, etwas über fünf Kilometer langen Wanderung rund um einen anderen See zu machen. Aufgrund der Wärme hatten wir uns munter in kurze Hosen, T-Shirt und Wanderschuhe gekleidet. Jeder hatte zusätzlich einen Rucksack mit Badesachen, Handtüchern und Proviant gepackt und geschultert.

Wie wir vermutet hatten, begegneten wir auf unserer Wanderung über moosige, weiche Waldböden und Wiesen, morastige Felder und wieder durch schlammige Waldwanderwege keiner anderen Menschenseele. Ganz im Gegensatz zu menschlichen Lebewesen begegnete uns neben Abermillionen Waldameisen auch allerlei Fluggetier. Wer im Sommer in Norwegen gerne in der Natur still sitzen möchte, muss sich zwischen stürmischer Küste sowie stechenden und beißenden Plagen entscheiden. Hier war sie also, die feuchtwarme Brutstätte der gemeinen Stechmücke, der Malariamücke, der Gelbfiebermücke, der Kriebelmücke (*knott*) und der Tigermücke.

Als wir über eine größere gerodete Fläche mit viel Totholz stiefelten, brach zumindest bei uns Mädchen die Panik aus. Es summte und brummte um uns herum und schien uns von allen Seiten anzugreifen und zu verfolgen. Waren wir nicht nur ein blutiges gefundenes Fressen für die oben genannten Viecher, sondern lauerten hier noch viel schlimmere Gefahren? Wir glaubten felsenfest, Bienen aufgescheucht und gegen uns selbst gehetzt zu haben. Fuchtelnd und fluchend beschleunigten wir nun unsere Ganggeschwindigkeit in Richtung Waldrand.

Nachdem wir zuletzt wie Wild mit unterschiedlicher Geschwindigkeit und reichlich Abstand in dem Reich der aggressiven Monsterbienen auseinandergetrieben worden waren, glaubten wir, endlich in Sicherheit zu sein. Als wir uns alle im schattigen Wald gesammelt hatten, trafen wir uns zum Erfahrungsaustausch. Lachend klärten uns die Väter auf, dass wir nicht beinahe einem Schwarm am Boden brütender Sandbienen zum Opfer gefallen wären, sondern lediglich mehreren hartnäckigen Bremsen und Deltafliegen. Diese machten sich im Gegensatz zu den heimtückischen Stechmückenarten bereits vor dem blutrünstigen Saugen auf der Haut akustisch und optisch mittels Fluglärm und ihrer Größe bemerkbar.

Etwas peinlich berührt, aber auch erleichtert entspannten sich langsam unsere Gesichtszüge. Vor allem aber war ein deutlicher Unterschied zwischen dem sonnenbeschienenen, sumpfigen Abschnitt und dem schattigen, trockenen Abschnitt bemerkbar. Die Tiere hatten von uns abgelassen. Michael hatte dennoch mehrere Stech- und Bissstellen am entblößten Rücken und vorderen Oberkörper. Er hatte wie immer sein T-Shirt ausgezogen, um etwas braun zu werden, was ihm dank seines dunklen Teints allein durch kurze Wanderungen gelang. Umso größer war meine blasshäutige Schadenfreude. Wer hier schön sein wollte, musste leiden …

Die angenehme Wärme der Augustsonne Norwegens lud eine halbe Stunde später alle zur Abkühlung an der felsigen Badestelle ein. Lediglich gestört von einigen Deltafliegen verbrachten wir einen wunderschönen Nachmittag in der norwegischen Natur mit waghalsigen Sprüngen von riesigen Felsen in das tiefe und klare Seewasser. Anschließend trockneten wir uns alle liegend in der Sonne, nachdem wir unsere großen Badehandtücher auf den runden, warmen Felsen ausgebreitet hatten. Hier und dort sprang ein Fisch ein Stück aus dem Nass und tauchte im gleichen Moment wieder durch die spiegelglatte Oberfläche ins Wasser ein. Kleine Kreise rund um die Tauchstelle brachen die Spiegelung der wunderschönen Landschaft aus Felsen, Birken und Nadelbäumen des gegenüberliegenden Ufers. Ein Paradies auf Erden!

Da von Mitte April bis Mitte September wegen Waldbrandgefahr Grillverbot herrschte, mussten wir auf den vertrauten Einmalgrill auch zugunsten des Klimaschutzes verzichten und erhitzten unsere norwegischen Wienerwürstchen mit Käse- und Chilianteil eben nicht. Stattdessen machten wir ein Picknick mit leckeren Sandwiches, Obst und Rohkost sowie Keksen und Schokolade. Erst nach drei Stunden kehrten wir durch eine Waldsenke zum

Auto zurück. Dabei bekamen wir alle klatschnasse Füße, da die Wege hier und dort ganz überflutet waren und unsere noch so guten, hohen Wanderschuhe vollends darin versanken. Trotz oder gerade wegen dieser abenteuerlichen Wege hatte diese Wanderung allen gefallen.

Zu Hause zogen wir uns wieder einmal um. Mit der Zeit war unser Haus zu einem chaotischen, neun Mann großen Sommerlager umfunktioniert. In der Waschküche standen neun Paar tropfnasse Schuhe, überall hingen Handtücher über Stuhllehnen und entlang der Brüstung der Terrasse. Der Wäscheständer war mit triefend nassen Badeklamotten überfüllt und fünf Kinder brauchten eindeutig das ganze Haus, um unterschiedliche Spiele zu entfalten. Auf dem Esstisch stand nun seit eineinhalb Tagen das angefangene Monopoly-Spiel und ich fragte mich, ob dieses überhaupt in der restlichen Zeit bis zur Abreise beendet werden würde.

Es war herrlich! Endlich war wieder Leben in der Bude. Nur der Gedanke an die nahende zweite Alltagswoche trübte ein bisschen die Euphorie. Zudem hatten sich für den darauffolgenden Montag meine Eltern als vierwöchigen Dauerbesuch angekündigt. Es war eine so zauberhafte Zeit, dass wir ganz vergessen hatten, mit unseren Freunden über ein Abreisedatum zu sprechen. Stattdessen ging ich beschwingt zweimal einkaufen, da erstens alle durch Schwimmen, Wandern und Schlaflosigkeit hungriger waren als gedacht, zweitens bisher nicht klar war, welche Essensvorlieben die Gäste an den Tag legten und ich drittens auch gar nicht mit einem längeren Aufenthalt als den Samstag gerechnet hatte.

»Jetzt hätte sich eine schwäbische Vorratskultur mit übervollen Kühlschränken und Gefrierfächern ausgezahlt«, dämmerte es mir. Wir dagegen waren Verfechter kleinerer, spontaner Einkäufe mit frischen Produkten. »Darum haben wir jetzt den Salat«, dachte ich selbstkritisch. Ein anderer Gedanke verdrängte meine Überlegungen: Solange man sich an einem Platz wohlfühlte, blieb man auch dort. Das hatten wir auf unseren Skandinavien-Rundreisen bisher auch immer so gemacht. Ich nahm dieses stille Kompliment gerne an.

Nach der zweiten Nacht verkündeten unsere Gäste schließlich dann doch: »Leider müssen wir heute abreisen. Wir möchten gerne noch Museen in Göteborg vor der Fährüberfahrt nach Hause ansehen. Es war so nett und entspannend bei euch. Nächste Woche müssen wir wieder arbeiten. So knapp vor dem Alltag anzukommen, liegt uns nicht. Dann sind wir nachher so schrecklich erschöpft.«

Wir hatten vollstes Verständnis. Leider nahte unser Alltag ebenfalls in großen Schritten. Als wir am Nachmittag die Bäder geputzt, aufgeräumt und gesaugt hatten, kontrollierte ich ein weiteres Mal das Gästezimmer auf Sauberkeit und verräumte noch einige Sachen aus den Schränken. Noch 20 Stunden bis zur Ankunft meiner Eltern. Die Kinder taumelten von einer Vorfreude in die nächste. Michael und ich freuten uns ebenfalls, waren aber auch etwas erschöpft von den vergangenen Wochen. Unsere zahlreichen Mückenstiche juckten entsetzlich. Endlich lagen wir alle um 19 Uhr auf dem Sofa und starteten einen Actionfilm – zur Entspannung.

Familienbesuche

Nachdem Michael und ich zum Studieren mit gerade 19 Jahren ausgezogen, in 400 und 500 Kilometer entfernten Städten wohnhaft waren und in den Jahren danach sogar noch weiter von unseren Eltern entfernt gelebt hatten, hatten wir sie nicht immer spontan besuchen können. Nach unserer Rückkehr aus dem Ausland nach Süddeutschland hatten beide Großeltern so weit entfernt gelebt, dass uns in Notfällen – Michael war ja 10 von 14 Tagen im Ausland auf seinen Baustellen – wie zum Beispiel ein krankes Kind oder eine kranke Mama vor allem eine liebe, rüstige Tante meines Mannes jenseits der Siebzig unterstützt hatte. Wenn es darauf ankam, kochte, backte, nähte, wachte sie am Kinderbett und machte mit den Kindern Spaziergänge. Kinderlos und unverheiratet war sie die helfende, liebe Seele und hatte immer viel Freude an den Kindern und wir auch an ihr.

Erst in den vergangenen Jahren waren wir und meine Eltern wieder näher zueinander gezogen, in benachbarte Dörfer. Meine Eltern, die bis dahin immer weite Reisen auf sich genommen hatten, um ihre Enkel regelmäßig zu sehen, waren danach sehr präsent in unserem Leben geworden. Wir hatten nicht nur wegen der Enkelkinder sehr viel Zeit miteinander verbracht und gemeinsame Ausflüge in Museen genossen, kleine Städtereisen gemacht und waren zusammen wandern gegangen. Sie begleiteten die Kinder auch gerne zum Sport und halfen, wenn Not am Mann war. Sowohl mit meinen Schwiegereltern in deren Ferienhaus an der Nordsee als auch mit meinen Eltern in den Alpen hatten wir viele gemeinsame Urlaube erlebt. Nach dieser unüblich langen getrennten Zeit schauten wir in Norwegen einem baldigen Wiedersehen fröhlich entgegen.

Zunächst machten sich meine Eltern auf die lange und anstrengende, zweitägige Reise mit dem Auto über Land und Meer zu uns. Sie kamen an dem Montagnachmittag nach der Abreise unserer Freunde erschöpft, aber sichtlich erleichtert bei uns in Norwegen an. Die Wiedersehensemotionen waren überwältigend. Nach einem ersten gemeinsamen Abend und einer Nacht guten Schlafes verabschiedeten wir gemeinsam die Kinder in die Schule. In den nächsten Tagen kochten wir zusammen, verfeinerten die Hausrenovierung (Michael und mein Vater eher technisch, meine Mutter und ich eher dekorativ begabt) und machten Ausflüge und Spaziergänge. Wir bereiteten mit Liebe Ronjas und Sverres Geburtstag vor. Nachmittags organisierten wir als Großfamilie

Hausaufgabenhilfestellung, Sport, Krankenpflege eines schnupfengeplagten Familienmitgliedes und alles, was spontan anfiel: Coronaalarm in der Klasse meines Sohnes, Coronaalarm in der Klasse meiner Tochter, Coronaalarm auf einer Sportveranstaltung, an der wir teilnahmen. Alle Tests fielen stets negativ aus und wir waren ein sehr beanspruchtes, aber wie immer gut eingespieltes Team.

Natürlich ist es klar, dass uns das recht überschaubare und hellhörige Holzhaus in den gemeinsamen Wochen alles abverlangte, damit wir uns nicht zu sehr auf die Nerven gingen. Gerade in diesem neuen und daher anspruchsvollen Schulalltag lagen die Nerven zwischendurch bei allen Beteiligten auch mal blank.

Ein britischer Kollege meines Mannes konnte nicht glauben, dass wir so lange Besuch bekamen: »Fish and visitors stink after three days.«

Ein anderer sprach ihm sogar sein Mitgefühl aus: »Ich kann mir nicht vorstellen, länger als zwei Tage unter einem Dach mit der erweiterten Familie zu leben.«

Etwas charmanter brachte es der Vater einer sechsköpfigen Familie aus dem Sportverein auf den Punkt. Er hatte seit mehr als einem Monat die Schwiegereltern aus Südafrika anlässlich der Geburt seines vierten Kindes im Haus und fasste sein Privatleben außerhalb seiner Arbeitsstelle trocken mit einem Satz zusammen: »Zu Hause bin ich nur noch der Besuch.«

Wir stellten fest, was für ein Glück wir mit unseren Eltern und unserer Familie hatten. Zugegebenermaßen mussten sich auch bei uns alle aufeinander einlassen und gegenseitig einstellen, aber das Zusammensein war sehr schön.

Als wir gerade gemeinsame Routine erlangt hatten, brachte Michaels Neffe, der 21-jährige Student Hannes, mit einem Freund aus Schulzeiten Anfang September eindeutig frischen Wind in unser neues Zuhause. Hannes hatte uns drei Wochen zuvor darüber informiert, dass er mit Freunden und Auto, das er von unserer Schwägerin übernommen hatte, eine Rundreise durch Schweden und dann eben einen Abstecher zu uns nach Norwegen machen wollte. Er war der jüngere Bruder vom Patenkind meines Mannes und nach dem Abitur auf großen Containerschiffsreisen im Auftrag eines weltweit anerkannten Transport- und Logistikunternehmens mit Sitz in Hamburg als Praktikant unterwegs gewesen. Die Nautik reizte ihn sehr und er beschloss, ein Studium in Rostock-Warnemünde im Fach Nautik/Seeverkehr anzuschließen. Dort war er gerade in eine Studentenwohngemeinschaft gezogen.

Durchaus schon weltbereist und motiviert für den nächsten Lebensabschnitt rief er uns zwei Tage vor Sverres Geburtstag voller Lebensfreude an: »Hallo Michael, kannst ...u m... hören? Ich glaube ... schlech... Verbindung ... Bergen.«

Pfeifende Windgeräusche wechselten mit totaler Stille. Ohne eine Antwort abzuwarten, fuhr er fort: »Wir kommen zu... nach Sverres Gebur... Seid da... eh Schule.«

Danach brach die Verbindung ab und wir versuchten uns mehr oder weniger den Inhalt zu erschließen. Nun wussten wir immerhin, dass Hannes irgendwann nach Sverres Geburtstag zu Besuch kam und dass er nicht allein kam. »Hatte Hannes nicht deinem Bruder von einer Skandinavien-Reise mit Freunden erzählt?«, fragte ich Michael sichtlich nervös. Er konnte meine Frage nur bejahen, was auch bei ihm eher Unbehagen hervorrief.

Wir erinnerten uns an unser Studentenleben. Die wenige klausurfreie Zeit hatten auch wir damals für spontane Kurzurlaube genutzt. Auch hatten wir mehrmals Urlaubszeit in größeren Gruppen im Ferienhaus meiner Schwiegereltern verbracht. Ziemlich unkompliziert hatten wir mehrere Tage und Nächte ein fröhliches Lager zusammen aufgeschlagen. Meine Schwiegereltern waren jedoch niemals zur gleichen Zeit zugegen oder hatten wenigstens in der anderen Hälfte des Hauses Urlaub und Abstand zu uns.

»Ich hatte ihm schon vor drei Wochen gesagt, dass unser Gästezimmer belegt ist. Er meldet sich sicher noch mal bei uns, wenn der Empfang besser ist«, versuchte Michael mich zu beruhigen.

Die schlechte Verbindung hielt jedoch an. Kurz nach Sverres Geburtstag erreichte uns dann eine Nachricht:

> *Wir kommen am Wochenende, Samstag in der Früh, habe einen internationalen Bootsführerschein, bringe ein Boot mit für eine Tour mit den Kindern. Hannes und Max.*

Wir versuchten, ihn abermals zu erreichen. Allerdings kam keine Telefonverbindung zustande und auch unsere Nachricht wurde als nicht zugestellt angezeigt. Wir hofften auf eine baldige Zustellung:

> *Bitte Einreiseregeln aus Schweden beachten.*
> *Bis Samstag.*

»Wer 18 Monate auf hoher See war, ein Motorsportboot in Deutschland mit seinen Eltern besaß und recht selbstständig in Wort und Erzählung der Eltern und Großeltern klang, der sollte ja wissen, was er tut«, schlussfolgerte Michael.

Ich dagegen war fast schon erleichtert: »Sie sind also nur zu zweit. Dann passen wir alle an einen Tisch.« So weit, so gut. Schließlich hatten wir während unserer Studienzeit Winterurlaube und Sommerurlaube mit Leihwagen und Skiausrüstung organisiert. Insgesamt klang es sehr vielversprechend.

Wir freuten uns auf ein schönes gemeinsames Wochenende am Meer. Zudem war der Wetterbericht für das Wochenende sehr sonnig und warm angesagt. Die Überlegung war, dass auch wir für uns Erwachsene ein Boot leihen könnten, um gemeinsam mit den anderen durch die Schären zu schippern und irgendwo an der Küste oder auf einer kleinen Insel picknicken oder essen zu gehen. Genauso wie wir unser Haus auf der norwegischen Internetsuchseite entdeckt hatten, konnten wir auch nach Leihbooten in unserer Umgebung schauen.

Viele Bootsbesitzer verliehen ihre privaten Boote am Rande der Sommersaison an Privatpersonen mit Bootsschein oder zumindest mit Erfahrung am Steuer, wenn sie nicht selbst mit ihrer Familie einen Ausflug machen wollten. Allerdings starteten wir unsere Suche nun nur kurze Zeit vor dem Wochenende und mussten feststellen, dass viele Anbieter zwar freundlich auf unsere Anfrage per SMS antworteten, aber uns leider auf einen Termin mit mehr Vorlauf vertrösten wollten. Zwar standen die Boote für uns unproblematisch erreichbar in irgendeiner Marina entlang der Küste, die von uns aus 20 Minuten entfernt war, die Bootsvermieter mussten jedoch auch zur Schlüsselübergabe und kurzen Einweisung am Samstagmorgen und Sonntagabend wieder zur Abgabe erscheinen. Viele von ihnen hatten bereits andere Wochenendpläne.

Endlich fand Michael am Tag vor der Ankunft unseres Neffen gleich zwei Angebote. Nach mehreren kürzeren Textnachrichten fanden wir heraus, dass wir beide Boote zwar mieten konnten, allerdings natürlich nicht im gleichen Hafen. Sie lagen auf dem Seeweg etwa eine halbe Stunde, aber auf dem Landweg mit dem Auto etwas mehr als eine Stunde auseinander. Michael entschied sich für eines der beiden Boote, da Hannes für sich und die Kinder ja ein anderes organisiert hatte.

So dachten wir zumindest. Zur Sicherheit erkundigte sich Michael bei Hannes mit einer kurzen Nachricht:

> *Hat alles mit dem Boot geklappt?*

Am späten Freitagabend erreichte uns seine Antwort:

> *Bis jetzt noch nicht. Kein Boot aufzutreiben. Unterkunft und Einreise aus Schweden habe ich im Griff. Macht euch mal keine Gedanken.*

Michael schien ein wenig überrascht. Ich erinnerte ihn an unsere Jugend: *ein Leben im Hier und Jetzt ohne Gedanken an Übermorgen und Interesse an unserem Geschwätz von vorgestern.* Obwohl wir den jungen Studenten gerne das Zepter überlassen hätten, übernahm Michael intuitiv die weitere Planung. Michael lieh also auch noch das zweite Boot, allerdings nur für einen Tag. Eines der Boote konnten Michael und ich am Samstag gegen 8 Uhr an der Küste übernehmen. Das andere Boot mussten die jungen Leute in Empfang nehmen.

Als die beiden Reisenden am Samstag ankamen, bestätigten sich unsere leisen Befürchtungen: Sie hatten sich in den letzten Tagen im Fjell (in den Bergen) lediglich mit drei Tafeln Schokolade und reichlich Wasser eingedeckt. Schlichtweg hatten sie vor ihrer Drei-Tages-Tour das vorausschauende Einkaufen vergessen und konnten dann natürlich in den Bergen keinen Laden mehr finden. Nochmals kamen da auch wieder Erinnerungen an unsere Studentenzeit hoch: *Ein regelmäßiger Tagesablauf mit gescheiten Mahlzeiten und genug Schlaf wurde überbewertet.*

Auch das Geburtstagsgeschenk für Sverre war spontan noch am Samstagmorgen nach der Ankunft besorgt worden – sobald der Laden um 10 Uhr geöffnet hatte. Sie hatten sich zu einer entspannten Einkaufstour in den nahe gelegenen Wassersportladen aufgemacht und waren zur Freude unserer Kinder mit einem aufblasbaren Wasserreifen und einem langen Tau wiedergekommen.

Michael beschloss, ihnen eine Zeit vorzugeben, zu der wir uns an einem kleinen Sandabschnitt mit angeschlossenem Kleinboothafen wenigstens zum gemeinsamen Essen treffen wollten. Die Befürchtung lag nahe, dass sowohl die großen als auch die kleinen Kinder sonst am Ende des Tages verhungert sein würden. Wir gaben unseren beiden den Tipp, warme Fleecejacken für den kalten Wind, Handtücher und Badesachen mitzunehmen. Nichts konnten wir jetzt weniger gebrauchen, als dass die beiden nass und ohne warme Kleidung vor der Küste im Fahrtwind gleich die nächste Riesenerkältung einschleppten. Zwar war es an Land mehr als 25 Grad Celsius warm und nahezu windstill, wer jedoch mit dem Boot auf das offene, windige Meer Ende August in Norwegen rausfuhr, musste sich gegen Kälte schützen.

Nachdem Michael, meine Eltern und ich unser Boot voll bepackt bestiegen und die erfrischende Fahrt mit wunderschönem Blick auf die Schärengarten an der Küste entlang zu unserem Treffpunkt zurückgelegt hatten, kamen wir nicht nur am Anleger, sondern auch wieder in der Realität an: Es hieß nun wieder Schleppen.

Über die Felsen gingen wir bis hinunter zum Sandstrand. Kurz danach fuhren auch die jungen Leute in den Hafen ein. Wir beobachteten ihr geschicktes Anlegen. So schnell hatten wir das nicht vollbracht. Dennoch bedurfte es wohl einiger Überredungskunst unserer Kinder gegenüber den eigentlich recht sportlich wirkenden Studenten, den nicht ganz einen halben Kilometer weiten Weg vom Gästehafen zu uns zum Sandstrand auf sich zu nehmen.

Schließlich erreichten zuerst Ronja und Sverre unseren Picknickplatz. Die Grillstelle war schon angefeuert, und beide erzählten voller Freude von ihren Fahrexperimenten mit angehängtem

Reifen in der nächsten Bucht. Es hatte ihnen anscheinend riesige Freude bereitet. Der Ring war genau das richtige Geburtstagsgeschenk gewesen.

Auf die Frage, wo denn die beiden Großen nun seien, antwortete Sverre: »Hannes und Max mussten noch telefonieren, mit Freunden aus Rostock, glaube ich ...«

Ronja fiel ihm ins Wort: »Wir sollten schon mal vorlaufen mit dem ganzen Krempel und sagen, dass wir alle ganz doll Hunger haben.«

Zehn Minuten später kamen auch unsere Gäste zu unserem Grillplatz in der kleinen malerischen Bucht. Hannes erkundigte sich: »Was gibt's denn zu essen?«

Ich musste zugeben, dass sie sehr müde aussahen. Vielleicht waren sie wirklich erschöpft von den Tagen davor. Beim Essen bekamen wir daher auch eher ungenaue Antworten zu ihrer bisherigen Reise.

Michael fragte freundlich: »Was habt ihr denn heute noch so vor? Wie lange wollt ihr denn bei uns bleiben?«

»Mal sehen«, antwortete Hannes verträumt. »Mal schauen, wie lange wir noch Lust auf Bootfahren haben. Der Rest des Urlaubs hat bisher keine Planung.«

Angesichts der Tatsache, dass wir die Eltern von Hannes, also Michaels Bruder, Ehefrau und Familie, gerade bei Urlauben nur mit ausgetüftelten und dezidierten Plänen für jeden einzelnen Urlaubstag (und das schon weit im Voraus) kannten, waren wir etwas irritiert. Jahrelang wussten im Gegensatz zu uns unser Schwager und seine Frau präzise bereits vor Weihnachten, an welchen Wochenenden und Ferienwochen sie im nächsten Sommer Urlaub machen wollten. Noch vor Silvester waren Unterkünfte gebucht und Fahrtrouten bei Rundreisen geplant. Nach dem Urlaub wurden Fotoalben mit allen skizzierten Planungsaufzeichnungen und den schönsten Urlaubsfotos gefüllt.

Ich war jedes Mal über diese stringente Planung und Durchführung baff. So fragte ich nun Hannes: »Habt ihr wirklich gar keine Planung, wann ihr wieder in Rostock sein wollt? Wie habt ihr euch denn den restlichen Urlaub vorgestellt? Wenn ich da an deine Eltern denke! Eine genaue Urlaubsplanung hast du doch immer miterlebt und auch mitgestaltet.«

»Man muss ja nicht alles übernehmen, wenn man auszieht«, gab er rasch und schmunzelnd zurück. Damit war das Thema für ihn beendet und auch wir hatten ein Einsehen, dass wir hier und jetzt nichts Neues erfahren würden.

Nach der gemeinsamen Zeit am Strand trennten sich unsere Wege. Da wir davon ausgingen, die beiden Studenten auch am Abend bei uns im Haus zu Gast zu haben, nahmen wir uns vor, Pizza anzubieten. Die Einkaufsliste schickten wir den jungen Männern noch während der Rückfahrt auf ihre Mobiltelefone. Zur Pizza boten wir Wein an.

»Da sagen wir zwei armen Studenten nicht nein«, witzelte Hannes und erzählte in fröhlicher Runde: »Wir hatten ja eigentlich in Schweden pro Kopf zwei Flaschen Wein dabei, aus Deutschland eingeführt wegen der Preise. Aber die 16 Flaschen hatten wir schon nach ein paar Tagen geleert. Wir trinken also gerne mit.«

So verbrachten wir bei Speis und Trank einen schönen und langen Abend zusammen am großen Esszimmertisch. Mittlerweile war es dunkel geworden und auch das Wetter hatte sich geändert. Obwohl auch für morgen wieder sonniges, warmes Seewetter vorhergesagt war, legte sich nun Nebel und leichter Nieselregen über das Land. Die Temperaturen waren auf unter 5 Grad Celsius gefallen.

»Ist eure Unterkunft gleich in der Nähe?«, fragte Michael schließlich zur fortgeschrittenen Stunde. Auch ich hatte mir schon Gedanken gemacht, wer die beiden Angeheiterten zu einer hoffentlich nahen Übernachtungsstätte fahren sollte. Gleich um die Ecke gab es eine Jugendherberge. Wie wir wussten, machte Hannes sehr gerne Ferien in Jugendherbergen oder Hütten in den Bergen.

Hannes und Max antworteten nun sehr zögerlich. »Also, wir haben gar keine Unterkunft angefragt«, begann Max. »Wir dachten, wir schlafen im Zelt.«

Alle schauten reflexartig aus dem Fenster. Dicke Tropfen hatten sich außen an den Scheiben gebildet und schienen sich gegen jedes Schwerkraftgesetz an der Senkrechten zu halten. Mal hier, mal dort schlossen sich spontan zwei, drei zusammen und stürzten dann, schwer genug, an den Scheiben Richtung Boden. Der Wind heulte.

»Oder im Auto«, setzte Hannes nochmals an.

Mitleidig wollte gerade meine Mutter das Gästezimmer anbieten und mitten in der Nacht nach einem Hotel für sich und meinen Vater suchen, da wurde es mir zu bunt: »Ihr könnt in Ronjas Zimmer schlafen und Ronja bei Sverre. Ist dann halt ein Matratzenlager.«

Noch bevor ich ausgesprochen hatte, jubelte Ronja los. Sverre murmelte: »Wenn es sein muss.«

Meine Eltern fielen gleichzeitig mit ein: »Aber nur wenn das auch für alle geht!«, und Max und Hannes beschwichtigten: »Wir können aber wirklich auch das Zelt im Garten oder in der Garage …«

»Das kommt nicht infrage«, schloss Michael schließlich die Diskussion. Zwei Stunden später waren alle Schlafplätze plus mögliche Bodenflächen bis auf den Wohn-Essbereich belagert. Alle schliefen eine kurze, aber immerhin warme und trockene Nacht.

Am Sonntag war ein neuer herrlicher Tag. Das Wetter hatte sich in den frühen Morgenstunden wieder um 180 Grad gedreht. Ab Mittag teilten wir uns ein Boot. Die jungen Leute fuhren die ersten Stunden und reizten dabei das Boot und dessen Motor vor allem in einer verlassenen Badebucht aus und beschleunigten das Boot mit aufheulendem Motor bei Kreisbewegungen und spontanen Richtungsänderungen über die Wellen schlagende Wasseroberfläche. Unsere Kinder liebten das Spiel im Wasserreifen mit rasanten Sprüngen und dem gewollten oder ungewollten Abfliegen ins Meer. Wir Älteren fuhren dagegen am Nachmittag gleichmäßig mit mittlerer Geschwindigkeit durch die Schären, genossen den Ausblick und die kalte Brise im Gesicht.

Gegen Abend machten wir uns auf den Rückweg. Bald mussten wir das Boot wieder zurückgeben. Ebenso wie die junge Generation gestern mussten wir am Ende des Tages unsere Kanister wieder füllen. Bootstankstellen kannten wir noch aus unserer Zeit in Kristiansand. Mittlerweile hatte sich aber einiges verändert. Die Bezahlung gestaltete sich recht einfach über die Einführung der Kreditkarte in die Zapfsäule wie bei den Tag- und Nachttankstellen im Straßenverkehr. Da sich entlang der östlichen Küste des Oslofjords aber viel mehr Jachthäfen und Hütten mit privaten Bootsstegen der Norweger befanden, konnten wir gleich zwischen mehreren Möglichkeiten, unser Boot wieder aufzutanken, wählen.

Beim Ansteuern einer größeren Marina mit Hunderten von Liegeplätzen und einem kleinen Gästehafen standen an der hohen Hafenmauer drei Zapfsäulen zum Auftanken bereit. Nur die erste war von einer kleinen Nussschale zum Auffüllen eines Kanisters belegt. Schon beim Passieren der ersten vier Reihen der Marina waren wir von der Menge und Größe der Segel- und Motorjachten beeindruckt. Michael rangierte das Boot recht geschickt an die Tankstellen heran und machte anschließend längsseits fest. Zum Glück hatte er dabei platzsparend das Boot parallel zur Mauer zum Stehen gebracht, da direkt hinter uns eine etwas über 16 Meter lange und knapp 5 Meter breite schicke Bavaria-Jacht die andere mögliche freie Zapfsäule streitig machen wollte.

Ganz im Gegensatz zu unserem kleinen Familiengefährt ohne Dach und Kabine feierte auf ihr eine Handvoll schick mit Stöckelschuhen und Hemden gekleidete Gesellschaft. Bei lauter Tanzmusik prosteten sie uns zu und schienen den Abend durchaus fröhlich zu genießen. Hatten wir uns vorhin noch an die Bitte gehalten, im Hafenbecken nach 17 Uhr zur Wahrung der Nachtruhe keine lauten Motorengeräusche und Wellenbewegungen zu verursachen, konnten wir neben der lauten Musik auch das Beschleunigen der Maschinen hören und die Wellenbildung wahrnehmen, die das große Sportboot nach dem Auftanken bei seinem Davonrauschen im Hafenbecken verursachte. Die Gesellschaft lachte, grölte und glitt mühelos mit einem Affenzahn davon. Auch wir machten uns wieder auf den restlichen Heimweg, gaben das Boot an seinen Besitzer zurück, packten Essen, Trinken, Jacken, Mützen, Schwimmwesten, Badesachen und schlussendlich auch uns wieder ins Auto. Immer noch spürten wir ein bisschen schaukelnden Seegang.

Als ich dann am Sonntagabend das kleine Zimmer von Ronja betrat, staunte ich nicht schlecht. Ein Geruch aus altem Büffel und nassem Elch lag nicht nur in diesem kleinen Raum reizend in der Luft, sondern auch in den Schlaf- und Rucksäcken, die auf dem Boden lagen. Auch beim Betreten der Küche kam mir dieser Geruch in die Nase. Ich stellte fest, dass die beiden Reisenden immer noch die Kleidung von ihrem Ankunftstag trugen. Natürlich hatten wir ihnen nach 2,5 Wochen Rundreise mehrmals die Waschmaschine und den Trockner angeboten. Schließlich erahnten wir anhand ihrer sparsamen Gepäckmenge von einem Rucksack pro Person, dass die Kleidung nicht für drei Wanderwochen mit Wetterschwankungen gereicht hatte. Fast schon belächelnd hatten sie alle Angebote zum Wäschewaschen und Duschen abgelehnt: »Vielen Dank, aber wir sind ja nur auf Abenteuerurlaub in Skandinavien. Wann gibt es denn was zum Essen? Das Leben am Meer ist ganz schön anstrengend. Wir haben schon wieder einen Bärenhunger.«

Michael und ich schauten uns an. Wir erlebten gerade ein Déjà-vu. Natürlich hatten auch wir die Umsorgung der gesamten, viel verzweigten Familie von Michael in Süddeutschland während seines Studiums genossen. Auch hatte Michael mich viele Male, damals noch als seine Freundin und weiterer Gast, mitgebracht. »*Student müsste man noch mal sein*«, raunte mir Michael zu.

Wir beschlossen dennoch, die jungen Leute ein bisschen in unsere Welt zu holen und ihr Abenteuerleben, solange sie in unserem Haus waren, zu zivilisieren. Freundlich, nicht zu sehr mütterlich, aber bestimmend, versuchte ich es erneut: »Ich mache euch einen Vorschlag. Ihr geht duschen und ich mache Essen.« Als Hannes nochmals ablehnen wollte, machte ich meinen Vorschlag zur Bedingung: »Ohne Duschen kein Essen.«

Ich empfand dabei selbst ein komisches Gefühl, zumal ich ja eigentlich auch nur meinem Neffen zumuten konnte, wenn überhaupt, auf unser Kommando zu duschen, und nicht einem fremden jungen Mann, den ich in den letzten Jahren vielleicht zweimal gesehen hatte, weil er aus dem gleichen Dorf stammte wie unser Neffe.

Während die Jungen die Dusche benutzten, lüfteten wir einmal kurz und kräftig durch. Beim Abendessen hatten Hannes und sein Freund schließlich Pläne für ihren restlichen Urlaub ausgetüftelt. Unsere Befürchtung, sie würden das Haus nach dem Duschkommando fluchtartig verlassen, blieb dabei aus. Sie wollten noch eine weitere Nacht auf Montagmorgen bei uns übernachten. »Das passt so gut mit unserem Heimreisetermin. Dann können wir am Montagabend die Fähre von Schweden nach Rostock nehmen.«

So trafen am nächsten Morgen Urlaubslaune und knallharter Alltag gnadenlos aufeinander. Gleich am frühen Morgen nahm Michael die beiden auf eine Baustellentour mit. Als kleine Erfrischung für ihr Studentenleben in unserem Alltag mussten sie dafür bereits um 5.45 Uhr starten. Michael meinte zu mir mit einem verschmitzten Lächeln: »Morgenstund' hat Gold im Mund.«

Frühstücken wollten sie dann nicht noch vorher, das wäre wohl zu viel des Goldes gewesen. Sie würden die erste Mahlzeit des

Tages lieber später, nach der Baustelle, unterwegs zu sich nehmen. Als die beiden aufbrachen, betonten sie: »Ihr habt es ja so schön in Norwegen. Ich wünsche euch noch eine richtig tolle Urlaubszeit. Das mit den Booten war richtig cool. Sobald das Wetter wieder so viel Freude am Meer verspricht, kommen wir wieder. Rostock ist ja nur einen Katzensprung entfernt.«

Ja, ja, wenn es doch auch für uns nur Urlaub wäre …

Am selben Abend kam Michael sichtlich müde von der Arbeit. Ich fragte, ob er denn die Zeit für die Studenten hatte aufbringen können.

»Kein Problem. Ich hab ihnen kurz die Baustelle von außen gezeigt und erläutert. Ohne aufwendige Sicherheitseinweisungen kommt niemand hier irgendwo hin. Danach wollten sie frühstücken gehen und weiterfahren.«

Aber auch der Rest der Familie wurde aus ihrem norwegischen Sommertraum herausgerissen und in die Arbeit und Schule zurückgeschleudert. Nicht nur wir, sondern auch unsere Kinder waren vom Baden, Bootsfahren und langen Abenden im hellhörigen Haus mehr als erholungsreif. Mit etwas Abstand zu diesem aufreibenden Wochenende schickten wir unserer Familie in Deutschland dann aber viele schöne Bilder vom Wochenende.

Besucherpause

Die Reaktion auf die herrlichen Bilder erfolgte prompt von Michaels Patentante. Diese war mit fünf Enkelkindern, drei Kindern und mehreren Tieren wie Kaninchen, Katzen, Hunden und Vögeln im Haus immer aktiv. Bereits in Michaels Kindheit hatte sie ihre Schwester, Michaels Mutter, samt Familie und Hund im 500 Kilometer entfernten Haus gerne mal an Wochenenden oder Geburtstagen besucht. Beide Familien gestalteten immer umfangreiche

Essen und Kaffeetrinken mit mehreren Gängen und Kuchen für-
einander. Sie lebten das schwäbische Motto, *pro Kopf ein halber
Kuchen* und *lieber Einfrieren, als zu wenig zu essen im Haus zu
haben.*

Eine Geschichte ist Michael aber besonders in Erinnerung
geblieben: Als er und sein Cousin ungefähr 12 Jahre alt waren,
machten seine Eltern einen dreiwöchigen Urlaub in der Einöde
von Skandinavien. Meine Schwiegereltern waren damals Lehrerin
und Schulleiter einer großen Schule mit über 1000 Schülern und
Schülerinnen gewesen und setzten im Urlaub auf absolute Ruhe
und Familienzeit. Michaels Patentante war dennoch mit Familie
im Wohnmobil für mehr als 2,5 Wochen unangekündigt und ohne
vorherige Absprache einfach als freudige Überraschung hinter-
hergereist. Die Kinder erlebten damals herrliche Ferien zusammen und auch die Erwachsenen genossen die gemeinsame Zeit.
Dennoch fühlte sich mein Schwiegervater danach urlaubsreif und
erzählte oft, *dass er dafür nicht hätte so weit reisen müssen.*

Mit dieser Erinnerung riss Michael mir gerade noch das Telefon
aus der Hand, als ich ihm den Kommentar seiner Tante auf unsere
wunderschönen Freizeitfotos und meine vorgefasste Antwort vor
dem Abschicken vorlas:

Liebe Norweger,
was für schöne Fotos. Ihr habt ja eine relaxte Urlaubszeit.
Gerne wären wir auch mal wieder in Skandinavien.
*Aber leider habt ihr ja noch keine Einladung an uns
ausgesprochen.*
Auf ein baldiges Wiedersehen.
Eure Edith, Hans, Pia, Tom und Jens.
gelesen

Liebe Edith,
ihr seid immer herzlich willkommen.
Liebe Grüße, eure Norweger.
Abschicken?

Hochkonzentriert tippte er auf dem Display herum und löschte den formulierten Text. Im Moment schaffte er keinen weiteren Besuch.

»Ich freue mich ja wirklich sehr auf viele weitere liebe Gäste«, beteuerte er. »Wirklich, aber bitte nicht mehr in diesem Sommer!«

So kannte ich ihn gar nicht. Aber ich musste zugeben, dass auch ich und die Kinder eine Pause vertragen konnten.

Schlussendlich verabschiedeten wir meine Eltern nach vier gemeinsamen Wochen mit großem Abschiedsschmerz. Sie machten sich auf ihre Reise zurück nach Süddeutschland. Spätestens zu Weihnachten wollten wir uns alle in Deutschland wiedersehen. Eine längere Zeit der Trennung von Freunden und Familie lag vor uns. Tatsächlich kamen keine weiteren Besuche mehr im Jahr 2021 und mit neu erwecktem Heimweh sahen nicht nur die Kinder, sondern auch wir einem neuen Jahr mit vielen lieben Gästen sehnsüchtig entgegen.

Smarte Norweger

Nach mehreren Wochen mit dem neuen Auto bestätigten sich meine Überlegungen zum Ladeverhalten. Das Auto schaffte bei Tempo 110 gerade mal 140 Kilometer, bis der Akku gänzlich gelehrt war. Für unsere Zwecke in Norwegen allerdings war dieser Flitzer genau die richtige Entscheidung gewesen. Tagsüber machte ich meine Besorgungen oder Transporte, nachts luden wir das Auto an einer gewöhnlichen Steckdose mithilfe des Ladekabels. Nach unserer Erfahrung brauchte das Auto ungefähr zehn Stunden in der Nacht, bis der Akku wieder vollständig geladen war. Insbesondere den Kindern machte die Beobachtung der digitalen Tanknadel während der Fahrt auf der Autobahn nach dem Sport sehr viel Freude.

Mehrere Male stellten wir fest, dass der Weg nach Hause dem nur noch teilgefüllten Akku alles abverlangen würde. Vergessen war das rasante Reisen auf deutschen Autobahnen rund um Stuttgart und der dichte Verkehr gestresster Autofahrer. Hier in Norwegen fuhr man defensiv, mit Abstand, auf unausgelasteten Autobahnen mit einer Durchschnittsgeschwindigkeit von 100 Kilometern in der Stunde, um das Allgemeinwohl sowie einen selbst und den Nächsten zu schützen. An Nadelöhrkreuzungen, an denen es zur Rushhour doch mal zu schleichendem Verkehr kam, galt grundsätzlich mit und ohne Gesetz das Einfädelungsprinzip – einmal reinlassen, einmal fahren. An allen rechts vor links geregelten Kreuzungen konnte es schon mal passieren, dass man von links kommend aus reiner Freundlichkeit Vorfahrt und einen freundlichen Gruß erhielt.

Das war umso erstaunlicher, als dass wir seit unserer Ankunft bereits hundertfach mehr Autos der bekanntesten amerikanischen Elektroautomarke und Autos zugehörig zu den deutschen Marken aus dem Luxussegment gesehen hatten. Bei einem Wettbewerb von Sverre und Ronja, innerhalb einer halben Stunde zu zählen, ob mehr von der erstgenannten (Sverre) oder zweitgenannten (Ronja) Automarke uns im Straßenverkehr begegneten, brachen wir nach einer geschlagenen Viertelstunde ab. Sverre hatte mit 80 zu 45 gewonnen. Ich vermutete, dass gerade in Elektroautos der erwähnten Marken größere Akkus eingebaut waren und diese deshalb neben dem Design und Statussymbol wohl auch größere Reichweiten hatten. Wir waren beeindruckt, welche verbreiteten Automarken bereits Elektromodelle herstellten, die wir bisher in Deutschland noch nicht oder nur ganz selten gesehen hatten.

Smartes Parken

Die Norweger am nördlichen Ende Europas werden auch heute meist noch mit Norwegerpullovern und einem entschleunigten, natürlichen Lebensstil assoziiert. Bei meinen Shoppingtouren in der Stadt bekam ich dann aber einen ganz anderen Eindruck. Michael sah den Grund für den Hang zur Fortschrittlichkeit und zur neueren digitalen Technik im Einfluss der Hauptstadt auf das Leben der Menschen im Osloer Speckgürtel. Insgeheim wussten wir aber, dass uns diese Charakterzüge bereits auch an der Westküste in Stavanger und Ålesund sowie in Kristiansand begegnet waren.

Auch wir mussten fortschrittlich sein, uns blieb im Prinzip gar keine Wahl: In der Woche nach der Abreise der letzten Gäste parkte ich in der Innenstadt in einer städtischen Parkzone. Verzweifelt sah ich zwei junge Touristen aus Bayern vor einem Schild an der Stelle stehen, an der offensichtlich früher der Korpus eines

Parkautomaten gestanden hatte. Das Schild pries lediglich eine Park-App in lila Buchstaben auf rosa Hintergrund an und war zudem mit einer vierstelligen Nummer in großen weißen Buchstaben beschriftet. Bereits in vielen Ländern Europas im Gegensatz zu Deutschland war das Parken mit genau der gleichen App auf die Minute möglich. Die Bezahlung erfolgte, soweit ich mich an unsere Urlaube in Italien und Österreich erinnerte, über das Registrieren der Kreditkarte in der App. Ich konnte die suchenden Blicke der beiden Männer, die jünger als 30 Jahre schienen, gut verstehen, da ich mich an das Bezahlen in den Kreisen rund um Stuttgart zurückerinnerte und an meine ständige Panik, ob ich denn genug Kleingeld oder wenigstens die passenden Scheine im Portemonnaie hatte, um die Parkgebühr im Anschluss an das Parken im Automaten begleichen zu können. Manchmal war dieser aber viele Parklücken von meinem eigenen Auto entfernt. Noch unpraktischer empfand ich in der Vergangenheit, auf manchen städtischen Parkplätzen maximal oder genau eine Stunde parken zu dürfen und das Parkticket im gut sichtbaren Innenbereich hinter der Windschutzscheibe für den Stundenhöchstpreis auslegen zu müssen.

In Norwegen war ich seit meiner ersten Parkplatzsuche nun ein Fan von der neuen Art des Bezahlens. Es bedurfte nach dem Herunterladen der App lediglich des Einloggens in die richtige Parkzone, die zudem bei eingeschalteter Ortungsfunktion direkt auf einer Karte beim Öffnen der App angeboten wurde. Eine kurze Überprüfung der Nummer vom Schild mit dem angebotenen Parkareal der App für das bereits registrierte Autokennzeichen sowie das Drücken des Startbuttons leitete das kostenpflichtige Parken legal ein. Wichtig war allerdings, beim Wegfahren nicht zu vergessen, die Parkdauer in der App per Klick zu beenden. Ansonsten wäre die Zeit weitergelaufen und hätte einen sehr teuren Ausflug nach sich gezogen. Schließlich berechnete die App direkt nach dem Beenden der Parkzeit den minutengenauen Preis und buchte diesen bequem von der auf der App hinterlegten Kreditkarte ab. Wer seine Bankdaten nicht preisgeben und stattdessen seine Adresse angeben wollte, bekam die Rechnung per Post – allerdings mit einer Gebühr von 20 NOK (etwas mehr als zwei Euro) für die postalischen Umstände und die Zahlungsverzögerung.

Ich musste feststellen, dass die beiden Touristen auch nach meiner Hilfestellung für das Runterladen der App (lohnt sich ja für ganz Norwegen, Schweden und Dänemark) und für die Registrierung nicht annähernd so viele freudige Gefühle der Erleichterung bei der Bezahlung von Parktickets empfanden wie ich. Als ich die Einkaufsgalerie mit den mehr als 45 Geschäften auf drei verzweigten Etagen verließ, saß einer der beiden im Auto und schob anscheinend Parkwache.

Allerdings ist das so eine Sache. So lernten wir am folgenden Donnerstagvormittag auf einem Parkplatz in Oslo, dass die gemeine Überwachung des ruhenden Verkehrs in Norwegen nämlich nicht bei laufender Arbeit, sondern im Vorbeifahren erledigt wird. Michael hatte einen beruflichen Termin in der Hauptstadt und ich spazierte bei herrlichem, kühlem Herbstwetter durch die Einkaufsstraßen und den nahe gelegenen Frognerpark. In diesem öffentlichen Park, der seine Ursprünge Ende des 18 Jahrhunderts hat, befinden sich noch heute das Osloer Stadtmuseum und eine Skulpturenausstellung von Gustav Vigeland. Als wir uns nach drei Stunden auf dem Parkplatz einer Sportanlage wiedertrafen, näherte sich gerade ein Fahrer jedem einzelnen geparkten Auto und scannte mit der Kamera seines Smartphones die Kennzeichen der Autos ein. Dann wurde offensichtlich das Kennzeichen mit einem Register abgeglichen und geprüft, ob für das Fahrzeug die Parkgebühr per App entrichtet wurde.

Wer jetzt glaubt, dass ein Mitarbeiter einer solchen Firma im Falle eines Verstoßes nicht den Halter eines Kennzeichens ermitteln kann, der liegt eindeutig daneben. Gegen einen Obolus von weniger als 40 Cent ist jedem möglich, über eine weitere App den Namen jeden Halters herauszufinden. Im Falle des städtischen Auftrages, Geld für ihre gebührenpflichtigen Parkzonen einzutreiben, wäre es also ein Leichtes, Strafzettel dem richtigen Empfänger zukommen zu lassen. Unsere Frage, ob überhaupt und wie irgendjemand die tatsächliche Parkdauer mit der auf der App eingetragenen überprüfe, wurde durch unsere Beobachtung eines (natürlich elektrifizierten) Kleinwagens ein für alle Mal beantwortet. Das großflächig mit den bekannten rosa und lila Werbeslogans der Park-App beklebte Fahrzeug rollte in Schrittgeschwindigkeit auf dem Parkplatz von Wagen zu Wagen. Als es direkt an unserem Auto vorbeifuhr, sahen wir, wie auf seinem Bildschirm ein grüner Haken erschien. Aus Neugierde beobachteten wir, was denn passieren würde, wenn eben kein grüner Haken erschien. Drei geparkte Autos weiter trat auch dieser Fall ein. Soweit wir es sahen, stellte der Fahrer unmittelbar ein digitales Knöllchen an den Halter. Natürlich bedienten sich die Norweger auf gebührenpflichtigen Parkplätzen nicht nur einer solchen fahrenden Kontrolle.

Am nächsten Tag war ich wieder in unserer Kleinstadt auf dem Weg zum Einkaufen. Es schüttete wie aus Eimern und die starken Windböen machten den Schritt vor die Haustür, wenn überhaupt, nur noch in Regenhose und -mantel möglich. Diese waren in Norwegen in allen schillernden Farben oder aber in Naturtönen modern und in jedem Kleiderschrank vertreten. Der nahende Winter zwang mich jedoch, mich in mehreren Geschäften nach wärmerer Kleidung umzusehen. Wenigstens konnte ich zwischen den Geschäften in den vielen mehrstöckigen Galerien der Städte trocken einkaufen. So musste ich nicht wie ein Kindergartenkind bei einer Regenwanderung in Regenjacke über bunter Matschhose und Gummistiefeln tropfend durch die schicke Galerie zum Shoppen gehen und in der Umkleide einen nassen Berg Regenkleidung gegen eine potenzielle Winterhose tauschen. Auch einen Regenschirm besaßen hier die wenigsten, waren sie doch aufgrund ihrer Windanfälligkeit in ganz Norwegen ebenfalls wie an der deutschen Nordseeküste die absolute Ausnahme.

Ich dachte mir, dass ein Parkplatz unter der überdachten Einkaufspassage doch bei diesem Wetter der beste sei. Deshalb bog ich an diesem Morgen schick gekleidet und ohne Monsunausstattung in das Parkhaus unter der mehrgeschossigen Einkaufsmeile ein. In der Vergangenheit hatte ich dieses eher gemieden, weil ich hinter der modernen einladenden Fassade durchaus saftige Parkgebühren für kurzweilige Einkäufe vermutete. Bereits in der Zufahrtsrampe hingen besucherfreundliche Informationstafeln, die über das kostenlose Parken in der ersten Stunde informierten. Allerdings sollte ich feststellen, dass es mir wie den beiden bayerischen jungen Männern vor ein paar Wochen ergehen sollte. Der Anbieter des Parkhauses war mir bis zu diesem Tage gänzlich unbekannt und ich konnte nach kurzem Blick auf die App nicht wie bisher durch schnelles Querlesen alle Geschäfts- und Registrierungsbedingungen verstehen. Stattdessen war die App in die Präsentationsseite der vielen Geschäfte und deren Angebote verwoben. Meine Norwegischkenntnisse waren zwar reichlich gewachsen, dennoch brauchte ich deutlich mehr Zeit, den Inhalt zu verstehen, als ein Muttersprachler. Die Zeit verstrich und ich rechnete mir aus, dass ich das Ausfahren, wobei laut Information an den Wänden genauso wie beim Einfahren videotechnisch meine Autonummer mit Uhrzeiten aufgezeichnet wurde und als Grundlage für die Parkgebührenhöhe diente, nicht innerhalb der kostenfreien ersten Stunde schaffen würde. Panisch rief ich Michael an und schilderte ihm meine Überlegungen.

Er warf ebenfalls einen Blick auf die Homepage und erwiderte: »Sieh dich mal um. Auf der Webseite steht, dass man bequem vor Ort bezahlen kann oder von zu Hause aus. Dann hast du die Wahl zwischen mehreren Bezahlungsmethoden. Welche das sind, weiß ich grad nicht auf die Schnelle. Kuss.«

Und schon hatte er wieder aufgelegt. Na toll. Jetzt konnte wenigstens einer von uns komplett Norwegisch verstehen und dann lässt er mich doch wieder im Regen stehen. Wut stieg in mir auf und ich sah mich fragend um: Die anderen wenigen Menschen, die das Parkhaus hastig auf dem Weg zu ihrem Auto durchquerten, schauten alle konzentriert auf ihr Smartphone und waren wahrscheinlich alle schon registriert. An der Rampe zur Ausfahrt hingen unter der Decke zwei Kameras, eine Richtung Oberwelt und eine Richtung Parkwelt gerichtet. Auf der Fahrbahn hatten sich mehrere Gerinne gebildet und flossen Richtung Abflussgitter am Fuß der Rampe. Endlich fiel mein Blick auf die Stützsäule neben mir. Auf ihr las ich in Worteinfachheit und Kürze Informationen über die angebotenen Zahlungsmöglichkeiten: *Betal med kort på denne nettsiden innen 48 timer etter avreise.*

Das hatte sogar ich verstanden. Ich machte ein Foto und eilte trotzdem noch zum Einkaufen. Tatsächlich musste ich mich nicht auf dieser Seite registrieren. Ich konnte auf der genannten Internetseite innerhalb von 48 Stunden nach dem Verlassen des Parkhauses mit Eingabe meines Nummernschildes die Parkgebühr abrufen und bequem per Kreditkarte bezahlen. Als ich eine gute Stunde später wieder zu Hause angekommen war, checkte ich meine Parkgebühr: *Ingenting å betale.*

Zwar hatte ich keine Hose gekauft, wusste aber fürs nächste Mal, wie der Hase lief beziehungsweise wie der Elch hieß, und freute mich über das kostenlose Parken wie ein kleines Kind.

Auf eine weitere Stolperfalle wären die beiden Touristen, denen ich zu Beginn dieser Woche begegnet war, wahrscheinlich als Besitzer oder Fahrer eines wiederaufladbaren Gefährtes getroffen. Denn nicht nur beim Parken, sondern auch beim Aufladen an den öffentlichen Ladestationen wären sie wohl gleichermaßen an ihre Grenzen gestoßen. So brauchte man natürlich auch für die Aktivierung und das Bezahlen des Aufladens an den öffentlichen Stromsäulen für Autos eine passende App mit Verknüpfung zum Bankkonto. Jedoch reichte wie beim Parken für die Vielzahl der verschiedenen Anbieter nicht nur eine App aus. Ich hatte nach einigen Wochen und Fahrten nach Oslo drei Park- und Lade-Apps auf meinem Smartphone mit persönlicher Registrierung installiert. Bei meinen Fahrten in die Innenstädte und nach Oslo ergaben sich durch den Ladezwang (ohne Aufladen rund um Oslo wäre ich nämlich nicht wieder daheim angekommen) Vorteile. Mehrmals nahm ich das städtische Angebot an, keine Parkgebühren zahlen zu müssen, solange man gerade sein Auto an einer Parksäule aktiv auflud. Natürlich war ich so klug und wählte dann nicht die Schnellladestation, die unser Auto nach nicht einmal 20 Minuten nahezu wieder voll aufgeladen hätten, sondern die Ladesäulen, die aufgrund der kleinen Kilowattzahl gleich mehrere Stunden brauchten, um den maximalen Ladestand zu erreichen.

Die Fahrten in die Hauptstadt wurden für uns glatt zu einem Vergnügen: Auf den Autobahnen floss der Verkehr zuverlässig bei konstanter Geschwindigkeit Richtung Osloer Stadtgrenze. Die Osloer Stadtautobahn und das verzweigte Tunnelsystem machten den Verkehr nur zu den höchsten Verkehrszeiten zähfließend. Dann aber konnten wir mit dem Elektroauto überraschend zügig diese Nadelöhre auf den Bus- und Taxispuren meist rechtsseitig überholen. Das Wiedereinfädeln in den gestauten Verkehr gelang danach grundsätzlich problemlos durch die anhaltend wohlwollende Fahrweise der Norweger. Einzig die Taxifahrer fielen mit etwas Ungeduld aus dem Rahmen, obwohl sie ja schon mit ihren Elektroautos auf den Überholspuren unterwegs waren. Darüber hinaus mussten wir keine Straßenmaut auf den Autobahnen und in den Tunneln bezahlen. Anschließend parkten wir kostenlos an den Ladesäulen und freuten uns nach dem Abstöpseln der Ladeanschlüsse über den günstigen Preis des Wiederaufladens im Gegensatz zu den Angeboten der Tankstellen. Und wie alles wurde einem auch dies via Push-Nachricht direkt auf das Telefon mitgeteilt.

Kleine Nuancen bei den Parkregeln

Besucher aus Deutschland: Hier könnt ihr noch etwas lernen – und euch so ganz nebenbei unnötiges Bußgeld sparen!

Nur einmal war unser Ausflug nach Oslo zu einer Sportveranstaltung beim Betrachten des Preis-Leistungs-Verhältnisses nicht ganz so rosig ausgefallen: Nachdem Michael uns am darauffolgenden Wochenende direkt zwischen Innenstadt und Frognerparken vor der großen Eishalle und unserer Sportanlage hatte aussteigen lassen, wollte er das Auto an einer unserer Lieblingsstammplätze zum Aufladen kostengünstig parken. Leider musste er feststellen, dass an diesem herrlichen Samstagvormittag bereits Menschenmengen in den Park und durch die nahe liegende Shoppingmeile strömten. Auch wenn die meisten Osloer ihre Stadt mit der Straßenbahn durchkreuzten, waren alle Ladestationen in der Nähe besetzt. Er musste versuchen, einen Parkplatz in den vielen Parkzonen der angrenzenden Wohngebiete zu finden, die jedoch von eben den zugehörigen Anwohnern, sofern sie denn ein Auto hatten, zugeparkt waren.

Michael suchte nun die Nadel im Heuhaufen und fand erst nach einer halben Stunde eine freie Stelle in einer günstigen Parkzone gegenüber der Sportstätte. Wenig später ging er nochmals zum Auto, um eine Wasserflasche aus dem Kofferraum zu holen. Da sah er sie, die Vertretung der Berufsgruppe, die nach unserem Glauben in Norwegen bereits ausgestorben sein musste: eine Verkehrs- und Parküberwacherin der Stadt Oslo. Unterwegs war sie per pedes. Mit ernstem Blick stand sie in einem schwarzen Anzug hinter unserem Auto und tippte etwas in ihr überdimensionales Smartphone ein. Michael sah sie schon von Weitem. Als er näher gekommen war, sprach er sie in einem freundlichen Ton in perfekten Norwegisch an und versuchte sie, auf das Missverständnis aufmerksam zu machen: »*Hei. Jeg er Michael og denne bilen er min.* Ich habe die Parkapp bereits vor einer halben Stunde aktiviert in dieser Parkzone. Vielleicht liegt ein technischer Fehler vor ...«

Hatte er doch in den vergangenen Jahren gelernt, dass mit freundlichem Tonfall ein Gespräch über konträre Positionen immer im gesitteten und sprachlich eloquenten Stil mit einem Norweger möglich war. Dem war aber an dieser Stelle nicht so. Die städtische Dame unterbrach ihn harsch und erklärte ihm unverrückbar: »Du hast bereits vor einer Minute das Strafmandat über 950 NOK erhalten, da du in gar keiner Parkzone, sondern mitten auf der Kreuzung geparkt hast. Sollte ich im Laufe des Tages nochmals an dieser Stelle vorbeikommen, veranlasse ich das Abschleppen des Wagens und das ist dann nicht mehr so günstig.«

Mit diesen Worten war sie um die Hausecke verschwunden und widmete sich den Autos in der nächsten Straße. Michael schaute ungläubig zwischen ihrem wehenden schwarzen Mantel und den schlackernden ausgestellten Hosenbeinen der mausgrauen Stoffhose und seinem Auto hin und her. Er hatte nicht im Kreuzungsbereich, sondern etwa 6 Meter entfernt von der nächsten Straße an der Bürgersteigkante und mindestens 9 Meter entfernt von der Kreuzungsmitte geparkt. Als er sein Smartphone aus der Tasche zog, um die Foto-App für ein Beweisfoto zu öffnen, blinkte auf dem Sperrbildschirm bereits die Zahlungsaufforderung und das mit knapp 90 Euro doch sehr teure Parkticket der Stadt Oslo auf. Als er den digitalen Bußgeldbescheid anklickte, nahm er wahr, dass die nette Dame von vorhin bereits ein Foto angehängt hatte.

Michael stieg ins Auto und machte sich abermals auf die Suche nach einem Parkplatz, stellte den Gebührenzähler auf Stopp und nahm sich vor, später nochmals in den norwegischen Straßenverkehrsregeln nachzulesen. Gegebenenfalls wollte er Einspruch erheben, ein Beweisfoto hatte er ja und die Parkgebühren waren bereits auch von seinem Konto abgebucht worden. Sie hielten sich allerdings mit wenigen Kronen für die vergangenen 40 Minuten sehr in Grenzen.

Einige Zeit später hatte er nicht nur eine neue reguläre Parkbucht gefunden, sondern auch den passenden Gesetzestext zähneknirschend zur Kenntnis genommen. Wir waren um eine Erkenntnis reicher, nach der laut norwegischer Straßenverkehrsordnung nach § 17, Absatz 1, Buchstabe b ein Auto nicht näher als 5 Meter vor der Kreuzung anhalten, geschweige denn parken darf. Der Abstand wird von dem Punkt gemessen, an dem der erste Bordsteinabschnitt ohne Kreuzungsrundung beginnt. Dieses bedeutete in der Praxis, dass der Abstand vom kreuzungsabgewandten Ende des letzten gerundeten Bordsteines mindestens 5 Meter bis zur äußersten Kante des Autos betragen muss.

Das Missverständnis lag also tatsächlich allein auf Michaels Seite. Doch leider gilt auch in der norwegischen Rechtsprechung: Ignorantia legis non excusat. (Unwissenheit schützt vor Strafe nicht!) Wie gut, dass ich das nicht war ...

Heimische Schnellladestation

Mehrmals hatten uns nun die Nachbarn schon auf unsere schicke Garage angesprochen und wir pflegten einen regen Kontakt, da nun im Herbst ein fleißiges Arbeiten in unserer Nachbarschaft in Gärten und Höfen stattfand, um die Sträucher, Bäume und andere Gewächse für den nahenden Frost zu stutzen und zu schützen. Immer Gegenstand dieser Gespräche war jedoch auch unser neues Elektroauto und die Frage, wie wir dieses denn laden würden.

Ich muss zugeben: Nach mehreren gleich verlaufenden Gesprächen fragten wir uns schon, was für die Norweger denn so interessant an unserem Auto und dem allnächtlichen Ladevorgang in unserer Garage war.

Diese Unsicherheit klärte sich am nächsten sonnigen Sonntagnachmittag Anfang November auf. Während Michael und ich uns gerade nach Preisen und Angeboten zu Schnellladestationen für den privaten Bereich im World Wide Web umsahen, riefen Ronja und Sverre gleichzeitig durchs Haus. Zuerst konnten wir das Stimmengewirr nicht verstehen, doch dann kristallisierten sich zwei deutliche Botschaften aus Garten und oberem Stockwerk heraus:

· Bei den Nachbarn oder am See brannte es. Mehrere Feuerwehr- und Polizeiautos standen direkt am angrenzenden Seeparkplatz, den Sverre samt See von seinem Fenster im ersten Stock zu Teilen überblicken konnte. (Sverre)

· Draußen stank es wie die Sau nach brennendem Gummi oder Metall. Die Kaninchen wurden lieber mit ins Haus gebracht. (Ronja)

Gemäß unserer unterschiedlichen Charaktere stieg in mir ebenfalls Aufregung und ein Fluchtinstinkt auf, sodass ich nach kurzem Einatmen des entsetzlichen Gestankes alle Fenster des Hauses schloss, die Lüftungsanlage ausstellte, die Kaninchen begutachtete und anschließend mit sicherem Abstand und hinter schützenden Glasscheiben stehend die Szenerie am See beobachtete. Ich konnte bis auf leuchtende Blaulichter, die einem anderen Rhythmus als in Deutschland folgten, kaum etwas Neues oder Aufklärendes erkennen. Lediglich einzelne Feuerwehrmänner mit Atemmasken und in voller gelb leuchtender

Feuerschutzkleidung huschten zwischen drei Häuserfronten hin und her.

Ich lauschte: Das Haus schien sehr dicht zu sein, denn kein Mucks drang zu mir herein. Überhaupt war es sehr still. Ich hörte nur das Mümmeln der dauerhungrigen Kaninchen. Ihnen ging es also prächtig. Aber wo waren meine anderen drei Liebsten? Alle anderen hatten anscheinend das Haus verlassen. Ich zog mir gerade Schuhe und Jacke an, um mir auch ein persönliches Bild zu machen, als die Haustür aufging und Sverre und Ronja gefolgt von Michaels interessierten und leuchtenden Augen die Stille mit aufgeregten, gegenseitigen Berichterstattungen durchbrachen. Als hätten sie nicht alle gerade draußen alles live miterlebt, erzählten sie sich gegenseitig und somit auch zufällig mir, was passiert war:

Nachdem das Elektroauto unserer Nachbarn Richtung See direkt neben der Hauswand Feuer gefangen hatte, hatten die schnell eingetroffenen Feuerwehrmänner das Auto noch geistesgegenwärtig auf die freie Fläche des Seeparkplatzes gezogen. Anschließend löschten sie zunächst das Feuer provisorisch. Später, nach Abschluss der Löscharbeiten, tauchten sie das Auto in den wohl mittlerweile standardmäßig bei der norwegischen Feuerwehr vorhandenen und mit Wasser gefüllten Container, um ein Wiederaufflammen des Autos zu vermeiden. Danach wurde die überdimensionale metallene Schachtel geschlossen, auf einen Tieflader gehoben und auf einen Lagerplatz der Feuerwehr für die als Dauerbrenner bekannten E-Autos gebracht. Damit war der brennende Spuk vorbei, und Feuerwehr und Polizei hatten den Ort des Geschehens wieder verlassen. Was blieb, war ein schrecklicher Gestank über mehrere Tage.

Aber auch mit den Nachwehen solcher Ereignisse schien die norwegische Versicherungs- und Reinigungswelt für besondere Fälle bereits Routine erlangt zu haben. So folgte bereits am darauffolgenden Tag die Aufnahme durch einen Sachverständigen.

Lustigerweise sah dieser so gar nicht aus wie ein akkurater in Schlips und Krawatte gekleideter Versicherungsvertreter, sondern wie ein Rocker auf einer Harley Davidson mit Wikingerbart und verspiegelter Sonnenbrille gegen die tief stehende Herbstsonne. Lediglich das Tablet, das er aus seiner Sitztasche seines Motorgefährtes hervorkramte, ähnelte einem in Bild und digitaler Schrift dokumentierendem Sachbearbeiter. Anschließend spritzte eine Säuberungsfirma alle direkt anliegenden Hauswände und gepflasterten Einfahrtsböden ab.

Drei Tage später malerte eine weitere Firma die gesäuberten Hauswände aus braunem Holz. Anscheinend hatten sie keine Mühe, die passende Farbe zu finden. Wir dagegen stellten noch Tage nach dem Brand einen beißenden Gestank rund um die schwarz verbrannte Stelle auf dem Seeparkplatz fest und konnten diesen sogar bis zu unserer Einfahrt riechen, wenn der Wind uns vom See her entgegen blies. In der kurz darauf erschienenen Ausgabe der hiesigen Zeitung erschloss sich laut Stellungnahme der Feuerwehr eine vorläufige Brandursache. Diese wurde vom Sachverständigen der städtischen Berufsfeuerwehr ausführlich erklärt: »Nach unserer Erfahrung liegt der Auslöser vorbehaltlich des späteren Brandgutachtens dieses Falles meist am Anschließen des E-Autos per Kabel an ein haushaltsübliches Netz, das Sicherung und Leitungen bis zu 2,3 kW umfasst. Dabei wird an einer fachspezifischen Ladestation gespart. Das Laden eines Mittelklassewagens benötigt daher deutlich mehr als 12 Stunden, um die 2,3 kW und wird somit meistens auch über Nacht durchgeführt. Zusätzlich zu dieser Maximalauslastung eines Stromnetzes zum Beispiel in einer separaten Garage, in der gleichzeitig ein Auto geladen wird und auch eine nächtliche Außenbeleuchtung und mögliche andere aktive Stromquellen wie ein elektrisches Garagenöffnungssystem angeschlossen sind, finden wir sehr häufig nicht sachgemäß oder in Eigenleistung zusammengeschlossene Stromnetze vor.« Michael schoss beim Lesen des

Artikels wieder die durch und durch in Eigenleistung und eindeutig nicht fachmännisch vom Erstbesitzer erbaute Garage unseres Hauses durch den Kopf. Zu der vorhandenen Elektroinstallation in unserer Garage hatten wir noch nie richtig Vertrauen. Er las weiter: »Neben einer sachgemäßen Stromversorgung empfehlen wir daher dringend Ladestationen, die auf dem Markt sowohl als Schnellladestationen als auch normale Ladestationen für E-Autos erhältlich sind und mit einer Leistung von zum Beispiel 7 bis 8 kW zu einer Sicherheit beim Laden dieser Fahrzeuge beitragen.«

Noch am gleichen Tag trafen wir unseren Nachbarn an der Gartenhecke. »Habt ihr schon eine ordentliche Ladestation für euer E-Auto gekauft?«, fragte dieser diesmal nahezu eindringlich.

Michael war klar, worauf der Nachbar wieder einmal hinauswollte. Auch wenn unsere Garage separat vom Haus stand und somit ein Übergreifen der Flammen auf Haus und Hof eher unwahrscheinlich gewesen wäre, wollte niemand in unmittelbarer Nachbarschaft in absehbarer Zukunft erneut ein brennendes E-Auto erleben. Seit diesem erneuten Gespräch mit den Nachbarn am Rande des Brandes waren wir nun vollends davon überzeugt, eine ordentliche Ladestation zu kaufen und fachmännisch installieren zu lassen.

Kurze Zeit später kam ein angeheuerter Elektriker und nahm sich der Elektrizität in der Garage an. Er bestätigte unsere Befürchtungen: Die Leitungen in der Garage waren Marke Eigenbau und für das zukünftige Laden in der Garage bräuchten wir einen neuen Starkstromanschluss. Schließlich wurde unsere Einfahrt, die glücklicherweise nicht gepflastert, sondern nur mit Splitt ausgelegt war, aufgegraben und aus der Mitte unseres Hauses durch das Gästezimmer und die Außenwand ein Kabel gelegt und somit die Leitungen der Garage neu versorgt.

Zu aller Nachbarn Beruhigung lud nun auch unser Auto nicht mehr die ganze Nacht hindurch, sondern nur noch in ausgewählten Stunden. Selbstverständlich überprüften und bedienten wir den Ladevorgang per App und konnten dank der Preisvorausschau der norwegischen Stromanbieter immer das günstigste Zeitfenster zum Laden wählen. Was dem einen Mann die Carrera-Bahn im Keller war, waren meinem Michael die Apps rund um unser Elektroauto – ganz im Gegensatz zu mir. Ich musste erst in die Welt der digitalen Feinheiten reinwachsen.

Als ich mit meinem Sohn Mitte November allein auf einem Turnier in Oslo unterwegs war, waren die Außentemperaturen um den Gefrierpunkt eine mittelgroße Herausforderung für den Akku meines Autos. Wir kamen, wie auch die letzten Male, noch weniger um das einmalige Aufladen an einer Ladestation herum. Nach einigen Ausflügen in die Hauptstadt hatten wir einen Lieblingsplatz, der sich direkt vor den Toren von Oslo an einer Abfahrt der Stadtautobahn befand. Doch schnell war uns beim Einschalten des Motors in der Kälte klar, dass wir dieses Mal bereits in der Innenstadt zu Beginn unserer Rückfahrt aufladen mussten. Nach Öffnen der Karte in der Lade-App zeigten sich auch sogleich mehrere Ladeplätze. Ohne zu zögern, steuerten wir den nächstliegenden an. Erstaunt nahm ich wahr, dass sich leider an dieser Station keine Schnellladesäulen, sondern nur kleinere Säulen mit einer Leistung von 22 Kilowatt befanden. In diese muss das eigene Adapterkabel eingesteckt werden. Unseres befand sich seit dem Kauf im Kofferraum. Wir beschlossen angesichts der flachen digitalen Tanknadel hier zu laden: Was wir im Akku hatten, das hatten wir. Schließlich konnten wir an unserer Lieblingsstelle weiter aufladen und mussten nicht noch im Großstadtdschungel zwischen Einbahnstraßen, Tunneln und Stadtautobahn unnötige Wege auf der Suche nach einer besseren Ladestation hinter uns bringen.

Als wir aber die Decke zum Ersatzradkasten öffneten, fanden wir darin außer dem einfachen Ladekabel, das Steckdose per gemeinem Netzteil mit dem Auto verbindet, nur gähnende Leere. Mir wurde schlagartig klar, wo das andere Kabel mit den passenden Adaptern geblieben war. Bis zu diesem Moment hatte ich nämlich angenommen, dass der Hersteller unserer neuen Schnellladestation für die Wand eine Station samt Kabel geliefert hatte. Nun aber erkannte ich, dass das Kabel, das ich heute Morgen noch selbst vom Auto abgestöpselt hatte, genau dasselbe und eben nicht nur das gleiche war wie das in unserem Kofferraum. Kurzum: Leider hing das Kabel in diesem Moment an der hinteren Wand der Garage und lag eben nicht im Auto.

Wie auch? Wut stieg in mir auf: Warum in aller Welt hatte Michael uns darüber nicht in Kenntnis gesetzt? Sverre war mit seinen Überlegungen schon einen Schritt weiter und realisierte, dass wir somit nicht mehr nach Hause kommen würden und Michael uns hier in Oslo abholen müsste. Mehr als schlecht gelaunt sprach Sverre mit einem Muffen aus, was ich mir auch gerade ausgerechnet hatte. Erbost und mit harschem Ton griff ich zum Telefon und stellte Michael überfallartig und vorwurfsvoll zur Rede. Seine Antwort fiel dabei aber alles andere als erwartet aus. Mit ruhiger, fast nachsichtiger Stimme erklärte er uns, was wir eigentlich längst wissen müssten: »… und so könntet ihr ja einfach zur nächsten Schnellladestation mit 50 Kilowatt fahren. Sicherlich erinnert ihr euch noch daran, dass die Kabel mit den passenden Adaptern zu unserem Auto dort immer in die Ladestation integriert sind. Einfach bei einer Station mit 50 Kilowatt einstöpseln und die App bedienen …«

Beim Wort App hörte ich dann schon nicht mehr zu. Stattdessen wechselte ich einen unangenehm berührten Blick mit meinem Sohn und gab kleinlaut zurück: »Das ist eine hervorragende Idee.«

Unsere Körperspannung ließ nach. Alle Wut war purer Peinlichkeit gewichen. Wir rutschten beide reflexartig tiefer in unseren Sitz und wären am liebsten im Boden des Fußraumes versunken.

Dann aber löste sich die Spannung vollends und ein herzhaftes Kaputtlachen folgte.

Michael schloss das Gespräch mit den diplomatischen Worten: »Wenn ihr sonst keine weiteren Fragen habt, freue ich mich auf eure baldige Ankunft.«

Wir freuten uns auch und lachten und lachten. Das anschließende Laden funktionierte fast problemlos. So dumm war ich ja auch wieder nicht ... Allerdings blieb eine berechtigte Frage im Raum stehen: Wie würde sich die Akkuleistung erst im strengen Winter bemerkbar machen?

Michael scheute all diese Erfahrungen nicht. Er liebte jede App. Da wunderte mich auch seine nächste Errungenschaft nicht. Im Dezember sollte auch sein bisheriger Diesel-SUV durch einen Elektro-SUV ersetzt werden. Ich fragte mich, wie unsere erste Weihnachtsreise mit dem Auto nach Deutschland wohl aussehen würde. Ich war gespannt.

Erste Ferien – Norwegischer Hüttenurlaub

Zwar waren auch in Norwegen die Herbstferien nur eine Woche lang, aber wenigstens begannen sie früher als in Baden-Württemberg. Ausgehend von der starken Herbstfärbung der Laubbäume machten sie ihrem Namen jetzt Mitte Oktober alle Ehre. Außerdem hatten wir eine Pause vom neuen Alltag bitter nötig. Was nicht heißen soll, dass wir uns nicht alle in unserem nordischen Leben pudelwohl fühlten.

Deshalb beschlossen wir auch, die Ferien wie echte Nordmannen anzugehen. Der gemeine Norweger flog bis zu Pandemiezeiten gerne mehrmals im Jahr zum Sonnetanken und Vitamin-D-Auffüllen an einen Strand, der entweder im Süden Europas oder gleich auf einem der anderen, warmen und hellen Kontinente exklusive der Antarktis lag. Die meisten Kurzurlaube oder Urlaubswochenenden verbrachte er aber im eigenen Land. Gerade mit Kindern und als Familienzeit zog er dabei den Städte- oder Wellnessreisen die Ski-, Rodel- und Langlaufferien an Weihnachten und, eben auch in den goldenen Herbstmonaten, die Familienhütte vor.

Schon bei unseren letzten Reisen nach Norwegen hatten wir nach Wasser, Bäumen und Schafen gerade in den Gegenden im Innenland zwischen Oslo im Osten, Kristiansand im Süden, Lillehammer im Norden und Stavanger im Westen beim Durchqueren der Nationalparks rund um die bekannten Sognefjord und Eidfjord unzählige Hütten entlang der Bergketten und in den Hochebenen gesehen. Vor allem hatte mich damals die Hochebene nordöstlich von Finse beeindruckt. Sie liegt mehr als fünf Stunden von Oslo entfernt und hält eine wundervolle Landschaft oberhalb der Baumgrenze mit schroffen Bergen und imposanten Wasserfällen bereit. Dort kann man stundenlang abseits der Straße entlang der gut beschriebenen und markierten Wege wandern, ohne auch nur eine weitere Menschenseele zu treffen.

Natürlich trifft dies nicht für die Gegenden rund um die bekanntesten Sehenswürdigkeiten zu. Zwar waren auch wir schon mal am Lysefjord mit dem berühmten Preikestolen gewesen. Wir waren vor einigen Jahren neben riesigen Kreuzfahrtschiffen durch den Geirangerfjord gepaddelt, während die Abgase der Massentourismusschiffe die Bergkette umwabert hatten. Nichts, aber auch gar nichts vom ursprünglichen Norwegen und seiner einsamen Natur hatte man uns dort preisgegeben. Nein, diesmal wollten wir in die Einöde, mehrere Tage wandern und auf einer einsamen, gemütlichen, warmen Holzhütte übernachten. Bei allen guten Ideen hatten wir allerdings gleich drei Bedingungen zu beachten:

Michael konnte sich erstens nur 3,5 Tage freinehmen. Unsere erste Familienhüttenzeit war also zeitlich begrenzt. Die Wettervorhersagen kündigten uns zweitens nach wochenlangen Sommer- und Sonnenphasen nun zur Jahreszeit passende Niederschläge an. Dabei war mir der Norweger sehr differenziert und durchaus humorvoll aufgefallen. Lief doch seit einigen Tagen in der Werbung im Radio ein lustiger Akustikspot, der uns auf die nahende Wintersaison und die Winterreifenpflicht in Norwegen vom 1. November bis zum 15. April aufmerksam machte. Was natürlich auch schon ein kleiner Witz an sich war, da der richtige, kernige Norweger ab November bis April mit Spikes fuhr. Zu unserer Erheiterung erkannte somit in Straßennähe jeder bereits beim ersten

Tritt vor die Haustür, welche Jahreszeit herrschte: Im Sommer war es mucksmäuschenstill, im restlichen Jahr ohrenbetäubend laut oder knirschend im Schnee. Der Spot im Radio begann dabei, auf Zeitersparnis und Inhaltskomprimierung bedacht, sehr plötzlich mit eben unterschiedlichen, aber kaum voneinander zu unterscheidenden Reifenabriebgeräuschen bei einem Bremsvorgang im Winter. Eine laute Stimme versetzte jedes den Bruchteil einer Sekunde eingespielte Bodengeräusch anschließend mit ein oder zwei klaren und pointierten Worten:

»(...) is, (...) snø, (...) isregn, (...) is og regn, (...) is og snø, (...) sludd, (kein Ton) med tåke (Nebel) kan vi ikke hjelpe. Til alt annet har vi dekk.« (»Bei Nebel können wir auch nicht helfen, für alles andere haben wir die passenden Reifen.«)

Wir hatten schon mal unsere Winterreifen für die Hüttentour aufgezogen.

Und drittens stand noch Ronjas Geburtstagsgeschenk aus. Sie hatte sich zu ihrem ersten runden Jubeltage Reitstunden gewünscht. Sie war nach der langen Coronapause noch in Deutschland auf einem kleinen Hof in unserer Nähe geritten und hatte eine wöchentliche Reitstunde absolviert. Seit Wochen sehnte sie sich dann im Herbst nach einem neuen tierischen Freund in Form eines Ponys. Nach langem Suchen fanden wir einen großen *rideklubb*, in dem wir für sie ab November ebenfalls wöchentliche Reitstunden buchen konnten. Sie wollte Springen, Traben und Galoppieren verbessern. Seit Wochen hatte sie aber bereits ihre Reitsachen wie Helm, Rückenschutz, Reitjacke, Hose, Stiefel, Socken, und T-Shirt bereitgelegt. Sie hätte so gerne einen Teil ihrer Geldgeschenke schon vor dem Kurs eingelöst. Am meisten war sie nämlich an einem Ausritt durch die wunderschöne Natur interessiert.

Sobald Michael nach nervenaufreibender Suche den drei genannten Wünschen sowie seinem und Sverres zusätzlichem Wunsch nach einwandfreiem WLAN für Arbeit, Spiel und Spaß auf der Hütte gerecht werden konnte, stand kurz vor den Herbstferien fest: Unsere erste Reise sollte auf eine kleine Hütte führen, die nicht an ein eng besiedeltes und massenabfertigendes Hüttendorf angebunden war. Sie befand sich seit Kurzem in 20-minütiger Entfernung zum bekannten und sehr beliebten Skigebiet Geilo und Geilolia, in dem das örtliche *hestesenter* (Pferdezentrum) zweistündige Ausritte an zwei Nachmittagen pro Woche für auch unerfahrene Erwachsene und fortgeschrittene Kinder anbot. Bis jetzt waren immer nur Ronja und ich sowie meine Eltern in ihrer jugendlichen Vergangenheit begeisterte Pferdenarren gewesen und hatten einige Pferdeställe mit Ronja in den letzten Jahren auch im Urlaub betreten. Noch nie war aber Michael wirklich an diesem Thema interessiert gewesen. Um seiner Tochter aber diesen Herzenswunsch zu erfüllen, buchte er zu unserer aller Überraschung gleich nicht nur ein Pony für Ronja, sondern auch noch ein Pferd für sich für den Ausritt und kramte noch vor der Abreise in den Regalen in der Kammer mit den Sportutensilien zum Radfahren.

»Suchst du was Bestimmtes?«, fragte ich und steckte meinen Kopf durch die Tür in den kleinen, schlecht belichteten Raum unter der Dachschräge.

Dumpf klang seine leise und entfernte Stimme: »Ich suche meine Radhandschuhe. Fürs Reiten. Gegen kalte Hände. Hab sie!« Mit gebückter Haltung kam schließlich zuerst Michaels Arm mit dünnen schwarzen Fingerlingen und schließlich ein strahlendes und siegessicheres Gesicht zum Vorschein.

Ich lächelte zurück. »Dann kann ja nichts mehr schiefgehen! Obwohl deine kalten Finger wahrscheinlich nicht die einzige Challenge bei diesem Ausritt sein werden.«

»Ronja und ich machen das schon.« Damit verließ er das Zimmer und packte das Auto weiter ein.

»Ronja schon!«, murmelte ich. Aber natürlich freute ich mich über seine mutige Entscheidung vor allem für Ronja, die ihrem

Papa so gerne mal ihr Hobby live präsentieren wollte. Endlich kam sie ihren Lieblingstieren auch in Norwegen wieder näher.

Schließlich war das Auto zum Start der ersten Ferienwoche mit Sack und Pack geladen. Mir war natürlich klar, dass die Jahreszeit und der Wetterbericht eindeutig mehr Packvolumen beanspruchten als Wandern im trockenen Sommer. Allerdings erinnerte mich das mit Kleidung, Helm, Wanderschuhen, Getränken und Essensvorrat bis in die letzte Ecke des Kofferraums beladene Fahrzeug tatsächlich wieder an die langsam, aber stetig verblassende Erinnerung an unseren Umzug.

Dennoch genossen wir die Reise durch den bunten Herbst. Hatten wir anscheinend genau die richtige Woche erwischt, in der das Blattwerk, komplett in Rot-, Orange- und Gelbtönen schimmernd, uns nur beim kleinsten Sonnenstrahl durch die Augen eine Herzenswärme in die Adern leitete. Die unzähligen Birken als meistverbreitete Laubbaumart ließen ihre Tausenden, leicht hängenden und in einem Goldgelb gefärbten Blätter im Wind tanzen. Wir konnten uns daran nicht sattsehen. Trotz stundenlangem Betrachten wurde Michael und mir nicht langweilig bei diesem Anblick. Auch die Kinder waren in unseren Rücken seit langer Zeit sehr still geworden. Eine wohlige Entspannung legte sich um uns. Als wir uns aber nach einiger Zeit umsahen, mussten wir erkennen, dass beide zwar sehr ruhig, aber in ihre digitale Welt mit Kopfhörern vertieft waren und nur hin und wieder aus dem Fenster schauten. Wir ließen es gut sein. Was wäre auch anderes zu erwarten gewesen?

Die schneeweiße Hütte, die erst in diesem Jahr laut Vermieter fertiggestellt worden war, strahlte und glänzte mit der Landschaft um die Wette. Sie stand etwas abseits eines Bauernhofes in den Bergen und gab den Blick über mehrere Hügelketten frei. In der Entfernung waren die noch grün-braunen Skipisten zu erkennen. Eine junge Norwegerin lugte unter dem Verandavorbau hervor und kam uns schließlich entgegen. Sie trug einen bekleckten Maleroverall und wies auf die Holzverzierungen der Verandabrüstung, die zu fast 90 Prozent frisch gestrichen waren und anscheinend ihren letzten von mehreren weißen und am Ende vollends wasserabweisenden Anstrich bekamen. Sie entschuldigte sich für die Restarbeiten vor dem Haus und erwähnte kurz, dass wir sie zwischen Arbeit und Homeoffice immer per SMS würden erreichen können, wenn etwas fehlen sollte. Sie betonte abschließend die schöne Aussicht und wünschte uns angenehme Hüttenferien. Wir schauten ins Tal oder zumindest in die Richtung. Vor uns baute sich eine gewaltige Wolkenfront auf. Die Sicht war durch dicken Nebel getrübt und an mehreren Stellen waren schon weite Regenschleier, die sich über die Hänge ergossen, zu sehen. Das Wetter kam eindeutig näher. Uns war schleierhaft, wie die Farbe bis zum Einbruch des nahenden Unwetters je noch trocknen und ihren Zweck in der Zukunft erfüllen sollte. Michael fasste unseren Gedanken friedfertig und froh, dass dies diesmal nicht mehr unsere Sorge war, auf dem Weg Richtung Haustür knapp zusammen: »Die Norweger wissen schon, was sie tun – vor allem wenn es um Fassadenfarbe geht!« Wir freuten uns auf den eigentlichen Kern einer Hüttenreise: eine wunderschöne, gemütliche Hütte, die sich vor allem nach Wanderungen bei jeder Witterung durch die unsagbare Natur bezahlbar machte.

Bereits in den letzten Jahren hatten wir uns auf die bekannte amerikanische Internetplattform für Buchung und Vermietung von Unterkünften verlassen. Über 20 Unterkünfte waren uns über diese App für Touristen angeboten und wir waren bei keiner enttäuscht worden.

Nach dem Betreten der neuesten Hütte war unser erster Eindruck wie in der Vergangenheit sehr gut. Zwar war die Hütte sehr klein, doch auch, wie die Fotos im Internet und das Baujahr versprochen hatten, neu eingerichtet. Wir legten unsere Sachen im

Schlafzimmer neben den unbezogenen Betten (dies war durchaus üblich) und die Kinder ihre digitalen Spielgeräte auf dem neuen Schlafsofa im kleinen Wohnzimmer ab. Mittlerweile hatte es draußen angefangen zu regnen. Dichter Sprühregen ergoss sich über die Landschaft jenseits der Panoramafenster, deren Aussicht praktisch der eines Milchglases glich, und hatte den nahenden Nebel abgelöst. Die Hütte war nun vollends von den Regenwolken umwoben.

Allen Gegebenheiten zum Trotz zogen wir uns tapfer passende Wanderkleidung inklusive Regenjacken und -hosen, Handschuhe, Mützen sowie leichten Schals an, stiegen motiviert ins Auto und brachen auf ins Abenteuer. Auch wenn wir insgeheim hofften, dass in der angepeilten Hochebene gerade unser Wanderweg von Nebel und Regen verschont bleiben würde.

Tatsächlich ließen wir das grauenhafte Wetter mithilfe einer Wetter-App mit HD-Radar zunächst hinter uns. Immerhin mehr als eine Stunde voraus sollte sich das Wetter nun nicht mehr ändern, also trocken und ohne Nebel bleiben. Wir verließen nach einer Weile die breiten, asphaltierten Landstraßen und tauchten auf Schotterpisten aus dem Nadelwald und später dem Fjellbirkenwald auf und genossen die Weite des kargen Platåfjell.

Wieder schauten wir selig aus dem Fenster und erblickten die unterschiedlichsten herbstlichen Farbschattierungen. Die flache Vegetation zeichnete sich durch eine Vielfalt an Moosen, Flechten, großflächigen Sauergräsern, Beiwurz-, Glockenblumen-, Nelken-, Heidekraut- und Steinbrechgewächsen aus. Die Natur wirkte wie ein weicher Wolkenteppich. Zweimal passierten wir in diesem Niemandsland kameraüberwachte Schranken, die nach Zahlung mit der Kreditkarte von einem zweistelligen Eurobetrag die Durchfahrt über steinigen Boden und durch einsame Gebiete mit einzelnen Hütten erlaubten. Ich war überrascht, wie teuer eine karge Hüttentour in der Einöde Norwegens in nur drei Tagen werden konnte, mussten wir ja später zum gleichen Preis auch wieder zurück durch diese Straßenlandschaft. Die einzige Option wäre sonst eine Halbtagesreise über die Landstraßen von einem Tal zum anderen gewesen. Michael kommentierte trocken: »Du wolltest doch auch im Niemandsland wandern.«

Das »Niemandsland« war allerdings sprachlich nicht ganz korrekt, schließlich handelte es sich um das Land von Privatpersonen oder privaten Gruppen. Es unterschied sich nur in der Straßenausführung von denen der kostenpflichtigen Straßen und Tunnel von *statens vegvesen* (norwegische Straßenverwaltungsbehörde). Aber es war einsamer und genau das wollten wir ja.

Wir parkten das Auto am Fuße einer aus der flachen Höhenlandschaft aufsteigenden rauen Felsenlandschaft. An mehreren Furchen der Erhöhung schossen mal aufschäumende, mal wie ein breiter Strahl fallende Wasserfälle die Hänge herunter. Die kleine Bergkette gipfelte in einem höheren Berg. Das dunkle Gipfelkreuz, das von leichten Wolkenschwaden umnebelt wurde, war das Ziel unserer laut Beschreibung familienfreundlichen Wanderstrecke. Auf den ersten Blick erstreckte sich der Weg durch die Hügellandschaft über einen der zahlreichen Bäche, in die die Wasserfälle mündeten. Bevor wir den als Ziel gesetzten Berg besteigen konnten, mussten wir den größten Teil des Anstiegs über den ersten Berg steil bergauf über Moos und Stein ersteigen. Dann sollten wir über eine flache Höhenverbindung in den zweiten Berg von hinten einsteigen und im weiteren Verlauf mit einem wunderschönen Ausblick belohnt werden. Wir stapften im sportlichen Wanderschritt durch die teils steinige, teils sumpfig-nasse Landschaft los, die unser Schuhwerk das erste Mal auf die Probe stellte.

Schon oft waren wir in den vergangenen Urlauben bei sommerlichen 20 Grad Celsius mit unseren Treckinghalbschuhen in den nassen Boden eingesunken. Immer hatten wir zunächst einen Wettbewerb daraus gemacht, so lange wie möglich trockenen

Fußes die Wanderung hinter uns zu bringen. Nach einiger Zeit hatten wir aber in abenteuerlicher Freude die familieninternen Wettbewerbsbedingungen geändert, um am Ende die kreativste und dreckigste Matschbesohlung zum Sieger zu küren.

Diesmal schmückten unsere Füße allerdings über die Knöchel reichende Wanderstiefel unterschiedlicher Hersteller. Die Außentemperaturen erreichten auf Parkplatzhöhe laut Anzeige des Autos nicht mehr als 5 Grad Celsius. Unsere Temperaturwahrnehmung war durch den herüberziehenden Nebel und Nieselregen, den auffrischenden Wind und das eiskalte Quellwasser auf den Wegen deutlich noch mehrere Grad nach unten getrübt.

Nach dem Überqueren der Bäche in der Ebene formte sich die eindeutige Erkenntnis, dass auch die besten Wanderschuhe nicht diesem sumpfigen und nassen Untergrund standhielten. Wir alle hatten nasse Socken und diesmal machte es uns allen etwas aus. Natürlich zeigten Michael und ich das nicht sofort. Die knallharte Feststellung der Kinder brachte es aber unverblümt auf den Punkt.

»Diese Schuhe sind der reine Scheiß für Herbstwanderungen in Norwegen«, kommentierte Sverre.

»Und wie«, bekräftigte Ronja. Ausnahmsweise waren sie sich da mal einig, zumal sich der Fakt auch nicht abstreiten ließ.

Auf halber Höhe des Steilhangs hatte ich jedenfalls die Nase voll. Während sich meine Kinder trotz rutschigen und durchfluteten Schuhwerks beim geradezu gämsenartigen und mühelosen Herauflaufen an ihrer sportlichen Betätigung nun wieder köstlich amüsierten, machte Michael wie ein zügiger Skifahrer, der immer nur an der nächsten Biegung auf die lahme Schnecke der Gruppe wartete und, sobald sie da war, wieder weitersauste, Fotos von dem herrlichen Ausblick auf die unendliche Weite der Landschaft talabwärts. In der Regel war ich dieser sportliche, wartende Skifahrer, aber meine Sportlichkeit eben beim Wandern in Höhe, Wind, Nebel und bei Glätte hatte ihre Grenze erreicht. Im

Gegensatz zum Skifahren kämpfte ich mit dem durch die Nässe der herbeieilenden Wolken glitschigen und rutschigen Untergrund des Steilhangs, dessen Steine bei jeder krampfhaften Belastung meines durch etwas Höhenangst geprägten steifen Ganges mehrmals ins Rutschen kamen. Dazu stiegen Wutgedanken in mir auf, die ich sehr laut aussprach: »Was ist an dieser Wanderung bitte familienfreundlich? Gehört so eine Mutter wie ich, großgeworden in einer Flachlandschaft, die lediglich beim sportlichen Skifahren die Berge in ihrer Kindheit und Jugend kennengelernt hat, nicht auch zu einer Familie?«

Unsere Kinder kannten dieses mentale Drama und die aufsteigende Wut leider schon von mir, daher sprachen sie mich wohlwollend und mit motivierenden Worten an. Michael machte weiterhin Fotos und lobte seinen tollen ausgewählten Wanderweg.

Als wir endlich das hoch gelegene Plateau zwischen den beiden Hügeln erreicht hatten, setzte schließlich der strömende Regen ein. Der Gipfel mit dem Kreuz war samt kompletter Bergspitze vom Nebel verschluckt worden. Dann endlich beschlossen wir einstimmig den vorzeitigen Abstieg. Dieser war allerdings schwieriger als der Aufstieg. Der Regen prasselte uns wie eiskalte spitze Nadelköpfe ins Gesicht. Meine Brille verhinderte jegliche Weit- und Klarsicht. Michael und den beiden Kindern erging es nicht besser. Ohne Brille kniffen sie reflexartig die Augen zusammen. Mehrmals rutschten wir auf unserem Weg talabwärts aus. Alle waren froh, als wir den Steilhang hinter uns ließen. Meine Stimmung und die der Kinder stieg mit jedem Meter, den wir dem Auto näher kamen.

Im Wagen drehten wir die wärmende Lüftung und Sitzheizung voll auf und kuschelten uns mit dem nassen Schuhwerk im Kofferraum unter die Wolldecken, die wir gerade wegen möglicher Vorkommnisse dieser Art immer im Kofferraum liegen hatten. Auch machte sich beim Durchfahren der jetzt zunehmend matschigeren Straßen die Wahl des dieselbetriebenen Allradfahrzeugs von Michael bezahlt. Seit nunmehr 300 Kilometern hatte ich kaum öffentliche Ladestation für Elektrofahrzeuge gesehen und übrigens auch kaum noch hoch- oder mittelpreisige E-Autos. Jetzt freuten wir uns alle nur noch auf eine warme Dusche in der kleinen Hütte und einen erholsamen Schlaf, um morgen in eine neue Wanderung und am Nachmittag zum Reiten aufzubrechen.

Erschrocken stellten wir nach unserer Rückkehr zur Hütte fest, dass weder ausreichend Bettbezüge für vier Betten vorhanden waren noch das Ausziehen des neuen Schlafsofas im Wohnzimmer funktionierte. Nach ausgiebigem Tüfteln erkannten Sverre und Michael das Fehlen zweier Schrauben, die das Umwandeln überhaupt erst möglich machen sollten. Derweil war die Wolkendecke aufgebrochen und die letzten Sonnenstrahlen fielen durch die beiden Fenster gen Tal ein. In ihnen tanzten Staubflocken. Die glatten Möbel und der Parkettboden waren ebenfalls mit einer starken Staubschicht überzogen. Aber am allerschlimmsten waren großflächige Flecken auf den Laken und Bettbezügen, die wir jetzt beim Beziehen der Oberbetten und Kopfkissen entdeckten. Ein schlechter Geruch erfüllte zudem das Schlafzimmer. Ronja statuierte: »Da war ein Fuchs im Haus.«

Michael zog die ruhige Variante als Reaktion auf dieses Desaster vor. Er blieb ganz gelassen und textete kurzerhand der Vermieterin. Anschließend sagte er beruhigend: »Laken und Bezüge kann man ja kurzfristig austauschen. Hier habt ihr schon mal frische Luft.« Daraufhin öffnete er eines der Schlafzimmerfenster und setzte sich seiner selbst sicher an den Esstisch im Wohnzimmer.

Doch Stunden vergingen und es kam keine Antwort. Mittlerweile völlig aufgebracht packte ich in Gedanken schon wieder die Sachen ins Auto und wütete pausenlos vor mich hin. Das vermeintliche WLAN hatte auch nicht funktioniert. Allerdings halfen wir uns kurzerhand mit einer Hotspotverbindung zu Sverres Mobiltelefon. Es blieb nur Bleiben oder Abreisen. Wenigstens wollten wir aber den morgigen Reitausflug nicht streichen. Wir holten aus dem Auto unsere eigenen Decken und legten die anderen in eine Kammer. Spät in der Nacht fanden wir unsere unruhigen Schlafpositionen. Michael und Sverre schliefen im Schlafzimmer. Letzterer behauptete: »Uns machten der Geruch und die Flecken fast nichts aus.«

»Wir können ja ein Fenster anlehnen«, widersprach auch Michael nicht der mutigen Klappe unseres Heranwachsenden.

Ich glaubte ihnen kein Wort und übernachtete stattdessen ebenfalls mit unseren eigenen Decken und Ronja im Wohnzimmer auf dem unausgezogenen 3er-Sofa.

Der schlechte Schlaf wurde am nächsten Morgen mit einem wunderschönen klaren Himmel belohnt. Die geplante Wanderung durch einen anderen Teil des *platåfjells* war spätestens vom Gipfel aus gesehen ein Augenschmaus, und das Reiten am Nachmittag gelang besser als erwartet. Michael hatte seinen Fuchs tatsächlich immer wieder in die Reihe der zehn Pferde und bunten Reiter zurückdrängen und mithilfe Ronjas Anweisungen meistens vom Grasen abhalten können.

Währenddessen hatte unsere Vermieterin auf unsere Versuche zur Kontaktaufnahme reagiert und hier und da die Hütte ein wenig nachgebessert. Im Gespräch nach unserer Rückkehr vom Reiten entschuldigte sie sich für die Unannehmlichkeiten und erklärte: »Die kleineren Kinder hatten die neue Hütte beim schlechten Wetter zum Spielen mit unseren Hunden genutzt und versehentlich die Bettwäsche zu Handtüchern umfunktioniert.« Leider haben sie und ihre älteste Tochter sich gegenseitig auf das Austauschen der schmutzigen Bezüge gegen frische verlassen.

In der zweiten Nacht schliefen wir alle deutlich besser. Leider war das Problem mit dem vierten Schlafplatz so schnell nicht aus der Welt zu schaffen. Und so war mir nach einer weiteren Nacht auf diesem zu kurzen Sofaeck nichts lieber als die Rückkehr ins eigene Zuhause. Dort angekommen fühlte ich mich in unseren eigenen vier Wänden in Norwegen pudelwohl und freute mich auf alles, was danach wieder auf uns zukam.

Die Hüttenreise verbuchten wir einstimmig unter der Kategorie: Muss man so definitiv nicht noch mal machen! Alle diese Gedanken und Erfahrungen schwirrten durch unseren Kopf, als wir wieder in die nächsten Schul- und Arbeitswochen starteten. Glücklicherweise mussten wir uns keine Gedanken machen, ob die nächste Coronawelle unsere Familienzusammenführung zwischen Deutschland und Norwegen verschob oder gar wieder wie im letzten Jahr verhinderte. Stattdessen stürzten wir uns in einen turbulenten Alltag ohne Maskenpflicht und Einschränkungen für die Kinder in der Schule.

Der nordische Winter naht

Mittlerweile war es Mitte November und die Außentemperaturen pendelten sich seit mehreren Tagen auf 9 Grad Celsius unter Null ein. Auf dem See wurde die Eisschicht immer dicker. Einige wenige mutige Nordmänner trauten sich seit ein paar Tagen, mit Schlittschuhen oder Wanderstöcken die Eisdecke zu testen. Auch Ronja liebäugelte mit dem Schlittschuhfahren auf unserem Hausgewässer. Doch überredeten wir sie bisher, die kostenlose Eisbahn neben dem Fußballstadion zu nutzen.

Ronja und Sverre genossen nach einem herrlichen Sommer nun den Herbst und den nahenden Winter. Sie hatten sowohl in ihrer Freizeit als auch in ihrer Schulzeit sehr viel Freude. Das war besonders deshalb von Bedeutung, als dass sie noch vor Sonnenaufgang das Haus warm eingepackt mit Handschuhen, Mütze, Schal, Winterjacke, Schneehose und Winterboots verließen und erst kurz vor Sonnenuntergang wieder in Vollmontur nach Hause kamen. Sie verbrachten die meiste Zeit des Tages oder eben die gesamte helle Zeit des Tages mit ihren neuen Freunden in der Schule. Glücklicherweise erledigte nicht nur Sverre, sondern auch Ronja seit geraumer Zeit ihre Hausaufgaben komplett selbstständig und erhielt viel Lob. Obwohl sie noch weit von einem eloquenten und fließenden Englisch entfernt war, hatte sie eine großartige Leistung vollbracht.

Gar nicht so fortschrittlich und motivierend gestaltete sich dagegen die Mensanutzung der Kinder in der Schule. Im Gegensatz zu unseren Erfahrungen an zwei deutschen Gymnasien gab es keine Möglichkeit, sich täglich für oder gegen ein Essen zu entscheiden. Schon zu Beginn glänzten die Norweger an dieser Schule nicht durch kulinarische Vielfalt. Dieser Eindruck bestätigte sich auch in den folgenden Wochen. Darüber hinaus waren wir gewohnt, im Voraus über die wöchentlichen Angebote der Mensa auf der Schulhomepage informiert zu werden. In Norwegen erkannten wir erst nach einiger Zeit, welchen Rhythmus der Koch mit seinem einzigen Tagesmenü anstrebte: In der ersten Woche gab es montags Hähnchen mit Reis und Gemüse, dienstags Fischfrikadellen mit harten Kartoffeln und Gemüse, mittwochs Spaghetti mit Salat, donnerstags die Reste davon und freitags Pizza oder in der anderen Woche Taco-Essen. Vorspeise, Nachspeise oder Schulkiosk waren für die Norweger Fremdwörter. Besonders der Dienstag war sehr hart für meine Kinder. Ich musste ihnen immer eine extra Vesperbox mitgeben, die sie dann in der Mensa aßen, statt das Essen zu nehmen. Es gab keine Getränke außer Wasser. Die Preise waren zudem gesalzen. Zusammenfassend konnten wir im Rückblick sagen, dass das deutsche Schulsystem vielleicht hier und da schon eine Schwierigkeit war, der Einstieg in ein neues Schulsystem auf einer englischsprachigen internationalen Schule ohne jeden Einblick war jedoch eindeutig die größere von beiden.

Die Sicht unserer Kinder auf die Dinge war dagegen eine viel positivere: Sie kamen gut gelaunt nach Hause. Ronja ging die beschriebenen Wissenslücken motiviert und zuversichtlich an. Sie fühlte sich insgesamt gut aufgenommen. Beide fanden das Essen in der Mensa trotzdem lohnenswert, war doch die Zeit mit den neuen Klassenkameraden und vor allem den netten Lehrern und Lehrerinnen, die sich grundsätzlich für lustige Späße und Gespräche mit an den Tisch ihrer Schulkinder setzten, jeden Tag ein Highlight. Sie waren in dieser Schule rundum glücklich – außer vielleicht dienstags.

Auch mein Sohn freute sich über einen nigelnagelneuen Laptop. Er erzählte für sein Alter doch recht ausführlich: »Die Lehrer sind voll jung und dynamisch. Unterricht läuft voll easy – ohne Hefte und Bücher. Wir haben freien Zugang zu allen Internetanbietern und super WLAN. Der Wochenplan ist auch voll clean.«

Ich schaute fragend zwischen Sverre und Ronja hin und her. »Was heißt clean?«

»Alles voll gut organisiert.« Er schien motiviert und die Übersicht zu haben. Außerdem lernte er mit Norwegisch und Spanisch ebenfalls zwei neue Sprachen. Er verstand die englische Sprache aller amerikanischen und englischen Lehrer sehr gut. Zwar war ihm seine Klasse in Spanisch ein Jahr voraus, aber er stellte vieles parallel zu seinen Lateinkenntnissen, die er sehr gut in den letzten Jahren aufgebaut hatte. Hatten wir uns zwar nach seinen bisher lässigen Schuljahren erhofft, dass ihm während seiner Pubertät nun etwas Anspruchsvolles in der neuen Schule durch die neuen Sprachen begegnen würde, stellten wir schnell fest: Er chillte sein Schülerleben. Es ging ihm hervorragend. Er schrieb englische Assessments, erledigte seine wenigen Hausaufgaben bereits während der Schulzeit und telefonierte und spielte stundenlang mit seinen alten Freunden aus Deutschland sowie seinen neuen Freunden aus Norwegen Computerspiele.

Da freute uns Sverres Bewerbung beim diesjährigen Schulmusical Grease der Acht- und Neuntklässler umso mehr. Er erzählte von Auditions in mehreren Runden, bei denen er etwas vorsingen, vortanzen und vorsprechen musste. Dass er gut Texte lernen und sprechen konnte, hatte er in Deutschland bei Weihnachtsvorspielen und einer Schulaufführung in einer Projektwoche seiner Grundschule als Drittklässler bewiesen. Damals war er als Achtjähriger tatsächlich für die sehr expressive Rolle des bösen Drachen Frau Mahlzahn in der bekannten Erzählung von Jim Knopf und Lukas dem Lokomotivführer ausgewählt worden. Total authentisch hatte er mit seinem lauten Stimmorgan den extra aus Köln angereisten Theaterpädagogen vor den anderen großen Viertklässlern über-zeugt, da ihm die Rolle der schreiend das Einmaleins abfragen-den, bösen Drachenfrau wie auf den Leib geschnitten war.

Es war eine grandiose Aufführung auf der Bühne der Dorfturn-halle gewesen, vor allem der nebelumwobene Showdown rund um den als Drachen verkleideten kleinen Jungen mit der lauten, mutigen Stimme. Allerdings sollte in Norwegen ein Musical in dem großen Theatersaal der Stadt mit Liveband in englischer Sprache aufgeführt werden ... Sverre war mehr als motiviert. Nicht zuletzt weil sein neuer junger Klassenlehrer, ein passionierter Ski- und Montainbikefahrer, der in seinem bisherigen Leben in einer ame-rikanischen Serie mit erfolgreichen Hauptdarstellern mitgespielt hatte, ebenfalls bei dem Musical mitwirkte und Sverre bereits an-gesprochen hatte.

Wie das manchmal so läuft zwischen Eltern und jungen Men-schen, erfuhren wir erst von dem Namen des Musicals und von den Runden des Auswahlverfahrens, als unser Sohn eines Nach-mittags wie immer gut gelaunt und beschwingt nach Hause kam und Folgendes verkündete: »Ich habe eine Rolle im Musical. Ich spiele den Danny. Ich hab mir das Stück schon angeschaut und erst zugesagt, nachdem mir zugesichert wurde, dass keine starke, schimpfwortreiche Sprache gesprochen wird. Das Stück wird im Dezember im Theater aufgeführt.«

Wir waren baff. Gemeinsam verbrachten wir den Abend vor dem Fernseher und sahen uns das Musical im Fernsehen und den Hauptdarsteller in seiner Rolle an. Natürlich freuten wir uns sehr, dass unserem Sohn die Rolle zugetraut wurde und er sich auch selbst dazu bereit erklärt hatte. Allerdings stellten wir mehr Gegen-sätze als Gemeinsamkeiten zwischen den Rollenanforderungen und den Talenten unseres Sohnes fest: Sverre ist naturblond und eher muskulös gebaut. John Travolta sah wie ein biegsamer Spargeltarzan mit reichlich Pomade im schwarzen Haar aus. Im Film war der Hauptdarsteller verliebt und besaß einen Führerschein.

Sverre ist gerade 14 Jahre alt geworden und bisher noch nicht aktiv am anderen Geschlecht interessiert gewesen. Das alles konnte er ja vielleicht durch Styling und Bühnenbild noch vorgaukeln. Doch mussten wir darüber hinaus alle herzhaft über die Diskrepanz zwischen Sverre und John Travolta lachen:

John spielte im Stück einen jungen Mann namens Danny, der keine einzige Sportart beherrschte, nur an heißen Autos rumschrauben konnte und vor allem durch sein tänzerisches Können sowie seinen liebestollen Duettgesang auffiel. Sverre dagegen war immer schon sportlich, aber hatte mit Tanzen und Singen bisher so rein gar nichts am Hut gehabt.

Die Proben in den folgenden Wochen machten ihm dennoch Spaß und wir alle freuten uns riesig auf die Aufführung. Nach mehreren Wochen der Übung dachte ich, dass sogar Tanz und Gesang jetzt ganz gut klappen würden (zumindest durch die rosarote Brille einer liebenden Mutter betrachtet).

Michael dachte da anders: »Wenn sie das, was Sverre kann, als Hauptrolle nehmen, will ich nicht in der Haut der zuständigen Regisseure stecken und schon gar nicht wissen, wie sie die anderen Rollen besetzen werden.«

»Sie haben ja noch einige Zeit fürs Proben«, gab ich etwas verunsichert zurück. Da war sie nun, die Herausforderung für unseren Sohn. Wir waren gespannt auf die große Aufführung im großen Theatersaal der Nachbarstadt im nahenden Winter.

Einige besondere Anekdoten entstanden jedoch auch an der neuen Schule: So war der Sportunterricht in einer etwas kleineren Halle mit weniger Geräten als in Deutschland nicht für Mannschaftssport wie Basketball oder Turnen geeignet. Stattdessen gab es zwei Außenplätze für Fußball und Basketball. Im schnee-garantierten Winter sollte es zum Eishockeyspielen auf die Eis-bahn in der Stadt oder auf unseren im Winter zugefrorenen See gehen. Eindeutig strebten die Norweger andere Disziplinen bei den Olympischen Spielen an, als Turnvater Jahn das in der deut-schen Sportgesellschaft etabliert hatte.

Ein besonders lustiges Ereignis passierte Sverre bereits Anfang des Schuljahres. Der vertretende Sportlehrer, der eindeutig we-niger mit Mathe und Sport als mit Englisch und Spanisch zu tun hatte, sollte mit der 8. Klasse den 100-Meter-Lauf üben. Da das Wetter sehr gut war, die Turnhalle aber viel zu kurz, beschloss er, die Sprintübungen auf dem über die gesamte Länge des Schul-hofes liegenden und ebenen Parkplatz stattfinden zu lassen. Die Lehrer und Lehrerinnen parkten ihre Autos stets in Parkbuchten am oberen Ende der bemalten Markierungen, die dem Hauptein-gang am nächsten lagen. Mit Maßband bewaffnet maß der Leh-rer vor der Stunde den Abstand zweier Begrenzungslinien einer Parkbucht in Metern und summierte so viele aneinander, wie für seine Rennübungen erforderlich waren. Schließlich markierte er Start und Ende und platzierte zwei ausgerechnet an jenem Tag kränkelnde Schülerlein von 1,80 Metern Größe im 15. Lebensjahr mit Stoppuhren neben die Ziellinie. Nach Warm-up-Übungen und einigen Probeläufen wurde es schließlich ernst. Aufgereiht startete Sverre in der letzten Zweiergruppe. Als er nach seinem zeitlich grandiosen Lauf wieder beim Lehrer ankam, lobte dieser bereits die hervorragenden Zeiten. Sverre wollte ihm gerade ins Wort fal-len, da riefen seine Zeit messenden Mitschüler von hinten: »Sverre ist der Schnellste, Sverre ist der Schnellste!«

Die Glocke klingelte, der Lehrer wies die Heranwachsenden an, wieder in die Schule zu gehen, und eine müde, unmotivier-te Pubertiertraube begab sich zurück in die Umkleiden. Auf dem Weg nach drinnen ging Sverre neben dem spanischen Lehrer her.

»Weißt du denn, dass ich gerade neuen neuen Weltrekord gelaufen bin?«, sprach Sverre ihn nun an.

Mit unverständigem Blick schaute der Lehrer ihn an. Sverre setzte fort: »Der Weltrekord müsste doch bei 100 Metern um die Neun Komma irgendwas liegen und ich bin vorhin 8,1 gelaufen. Das muss also ein Messfehler sein.«

Der Lehrer grinste zurück. »O ja, der Weltrekord liegt bei 9,58 Sekunden. Das ist mir jetzt schleierhaft: Die Stoppuhren sind alle in Ordnung. Ich habe extra den Parkplatz vermessen. Immer 2,5 Meter breite Parklücken mal zwei gleich 10 Meter, mal zehn gleich 100 Meter, also 20 Parklücken …«

Es dauerte einige Sekunden, dann erschien ein breites Grinsen auf beiden Gesichtern. Sie tauschten einige freundliche Phrasen auf Spanisch aus und einigten sich, nächstes Mal doch den gesamten Parkplatz mit 40 Parklücken zu nutzen.

Am Abend fragten wir Sverre, ob es ihm und den anderen denn nicht unangenehm oder zumindest dem Lehrer peinlich gewesen wäre, so einen Unfug zu veranstalten.

Daraufhin erklärte uns unser Sohn: »Das Wichtigste unter den Norwegern ist die Kommunikation, damit man spätestens nächstes Mal nicht wieder den gleichen Fehler macht.«

Wir bewunderten den Lehrer für seine gelassene Reaktion und dachten insgeheim, wie gut es doch sei, dass unsere Kinder von Haus aus so viel Sport trieben, dass diese kleinen Aussetzer im Sportunterricht das Leben auch nicht unsportlicher machten.

Einige Wochen später kam Sverre voller Freude aus dem Sportunterricht nach Hause. Sie hatten eine Fußballeinheit begonnen. Alle Kinder waren mit Begeisterung dabei. Er erklärte mir: »Fußballspielen in Deutschland im Sportunterricht war fast nie möglich und eher eine Qual für die halbe Klasse. In Norwegen sind alle voll dabei, besonders die Mädchen. Hier in Norwegen spielen die Mädchen fast genauso gut wie die Jungen.«

Schließlich verabredete sich auch Sverre mit neuen Freunden aus seiner Schule, kam manchmal zum Mittagessen mit einem neuen Freund an den schrecklichen Fischböllerdienstagen und war rundum zufrieden mit seiner Welt.

Pädagogische Fragen konnten wir endlich zu viert in vollem Familienkreis bei körperlicher und geistiger Anwesenheit aller Familienmitglieder ausdiskutieren. So war ein großes Diskussionsthema die bargeldlose Bezahlung. Michael und mir war schon nach kurzer Zeit klar, dass Geldscheine und Münzen langsamer und überschaubarer die Hände gewechselt hätten als kontaktloses Bezahlen und Verbuchungen auf digitalen Kontoauszügen.

Dementsprechend hatten wir zunächst beschlossen, Sverre und Ronja weiterhin bares Taschengeld auszuzahlen. Nun beschwerte sich Sverre vehement, dass seine Klassenkameraden alle mit einer eigenen Karte in der Mittagspause bei Spaziergängen in der Stadt bezahlen würden. Er dagegen müsste leider immer vorher planen, wie viel Geld er für seinen Kauf dabeihaben sollte. Sogar wäre er im Laden gezwungen, nochmals nachzurechnen, weil die Preise teilweise unverschämt teurer als in Deutschland wären. Dann würde es sogar Sinn ergeben, Angebote zu nutzen. Und seine Klassenkameraden würden sich gar keinen Kopf über ihre Ausgaben machen.

Schließlich setzten wir uns mit ihm zusammen an einen Tisch, nahmen seine Argumente sehr ernst und hörten uns stumm Sverres sehr deutlich geäußerte Überlegungen an. Nach kurzem Überlegen antworteten wir wie aus einem Munde: »Genau so ist es! Und deshalb bezahlst du weiterhin bar.«

Auch Sverre musste selbst über seine Argumentation grinsen und gab sich vorerst geschlagen. Nach wenigen Wochen hatte neben Ronja, die ebenfalls wie ihr Bruder sehr viel Freude am neuen Bargeldumgang und eigener Geldbörse entwickelte, auch Sverre verstanden, worum es uns ging. Nach einigen Einkaufstouren mit dem Fahrrad am Wochenende und nach zwei Kinobesuchen kannten sie sich nun viel besser mit der neuen Währung aus. Ich bekam Empfehlungen, in welchem Laden und in welcher Woche die in Norwegen sehr teuren Süßigkeiten ausnahmsweise mal im Angebot waren. Zudem erzählte Sverre von sinnlosen Einkäufen mit hohen Beträgen in Einkaufszentren und in Internetspielen einzelner Klassenkameraden.

Ronja dagegen wusste auf die Krone genau, wie viel Geld insgesamt nach Einnahmen aus Geldgeschenken zum Geburtstag und nach überdachten Einkäufen noch in ihrer Spardose und in ihrer Geldbörse schlummerten. Ich war sehr froh, dass unsere Kinder bisher zu so vernünftigen Konsumenten herangewachsen waren, und so sollte es für die Kinder auch erst mal bleiben.

Eines Nachmittags verkündete Sverre sehr fröhlich, dass der Schulleiter heute in ihre Klasse gekommen wäre und Werbung für die Schuljahre nach dem 10. Schuljahr gemacht hätte. Die bisher nicht vorhandene Oberstufe mit den Schuljahren 11 bis 13 solle nächstes Jahr eröffnet werden.

Das ließ uns sehr hellhörig werden. Plötzlich ergaben sich vor unserer Haustür ganz neue Möglichkeiten für Sverre und Ronja, zu einem internationalen Baccalauréat zu kommen, das ihnen den Zugang zu norwegischen und internationalen Universitäten eröffnete. Besonders stolz und auch dankbar waren wir im Hier und Jetzt, dass beide Kinder trotz dieser unfassbar anstrengenden ersten Zeit mit einer gleichbleibenden Motivation und Freude täglich in die Schule gingen.

Skandinavische Zukunft

Über den Herbst pendelte sich mehr und mehr eine sehr willkommene und beruhigende Routine in unserer neuen Alltagswelt in Norwegen ein. Nach unzähligem Austausch mit Ronjas Lehrerin per Mail, der Annahme der Position des Elternvorsitzes in ihrer Klasse und zwei Feiern auf unserem Hof mit Würstchen vom Grill, Muffins und Getränken zum Herbsteinklang erlangten wir mehr und mehr Einblicke in das Schulleben. Ronja hatte sich prima in die Klasse integriert, traf sich hin und wieder mit Freunden am Nachmittag und bewältigte Schulaufgaben immer selbstständiger.

Natürlich stand auch ihre Geburtstagsfeier ins Haus. Diese stellte aber für Michael und mich eine größere Hürde dar, als wir uns bisher ausgemalt hatten. Waren wir vor den Herbstferien noch nicht dazu gekommen, ihren Geburtstag zu feiern, drohte das regnerische und stürmische Wetter, uns einen Strich durch die Rechnung zu machen. In Deutschland hatten wir stets eine Party zu Hause in den eigenen Wänden oder in einem Kletterpark machen können. In Norwegen tickten die Uhren anders. Zwar luden manche Eltern ebenfalls in eine Sprungbude oder Kletterhalle ein, doch gab es in der norwegischen Gesellschaft eine weitverbreitete Regel, die auch in Ronjas Klasse praktiziert wurde: Entweder das Geburtstagskind lud die gesamte Klasse zu einer Geburtstagsfeier ein oder niemanden. In letzterem Fall gab es dann lediglich eine Nachbarschafts- und Familienfeier.

Als Ronja bereits das dritte Mal in diesem Jahr per Mailverteiler der Klassenlehrerin zu einer sonnigen Geburtstagsfeier in einen öffentlichen Park eingeladen wurde, war diese Regel auch bis zu uns durchgedrungen. Sie war fest entschlossen, ebenfalls ihre ganze Klasse einzuladen. Diese beinhaltete allerdings 21 Kinder, die nur mit einem Grundetat von über 440 Euro in eine der umliegenden Indoorspielgelegenheiten für eineinhalb Stunden eingeladen werden konnten. Getränke und Essen wurden dabei noch extra berechnet. Deshalb entschlossen wir uns für eine kurzfristige Einladung aller Kinder ihrer Klasse zu einer Outdoorgeburtstagsfeier mit vorausschauendem Blick auf den Wetterbericht. Im Oktober war es dann so weit. Zwei Drittel der Kinder der Klasse erschienen und freuten sich über eine selbst organisierte *stolpejakt* (eine Art digitale, geografische Jagd nach QR-Codes, die an Holzstäben in Wäldern und Gemeinden sowie auf Karten der zugehörigen App lokalisierbar und abhakbar waren. Sie waren über ganz Norwegen massenhaft verteilt und bisher von der gleichnamigen Organisation eingerichtet und gepflegt worden). Mit der schlauen Hilfe unseres großen Sohnes hatten wir auf dem Schulgelände und dem angrenzenden Wäldchen in unserem Wohngebiet viele konstruierte QR-Codes aufgehängt. Hinter jedem QR-Code verbarg sich ein durchs Einscannen freigegebener Buchstabe. Viele Buchstaben ergaben ein Lösungswort. Den Kindern machte diese Aktion sehr viel Freude. Anschließend spielten wir noch das für norwegische Kinderfeste obligatorische und auf spanische Bräuche zurückgehende Spiel, mit einem Stock und verbundenen Augen auf eine mit Süßigkeiten gefüllte Piñata zu schlagen.

Ich war überrascht, wie gesittet sich die 15 Kinder im Hof aufstellten. Sie kommentierten und bejubelten jeden Schlag, den alle genau beobachteten, und stellten sich schließlich wieder in der Reihe hinten an. Besonders spannend war der Moment, an dem die Figur schließlich runterfiel und durch ein großes Loch alle Süßigkeiten auf den Boden fielen. Alle Kinder stürzten sich sogleich mutig darauf und steckten ohne Streit und Verletzungen so viele Süßigkeiten in ihre Taschen, wie sie bekommen konnten. Das hatte ich so harmonisch noch nie erlebt. Später verließen alle den Geburtstag voller Zufriedenheit und Ronja blieb glücklich zurück.

Michael träumte mittlerweile auch von einer Zukunft zu viert. Er war davon überzeugt, dass seine Tätigkeit auf seiner Baustelle ihn mindestens noch die nächsten sechs Jahre beschäftigen würde. Die Niederlassung für mögliche Nachtragsarbeiten oder Bürotätigkeiten für anschließende Projekte lag in Oslo. Natürlich war in seinem Beruf bisher niemals sicher gewesen, wann und wo die nächste Aufgabe auf einem weiteren Großbauprojekt rief. Tunnel, Brücken und Straßenbau waren in den nächsten Jahren aber auf jeden Fall als Großprojekte eher im Speckgürtel von Oslo und nicht in der Gegend rund um Stuttgart zu erwarten. Jedenfalls nahm hier der gelebte Umweltschutz nicht so bizarre Ausuferungen an wie rund um die Baden-Württembergische Landeshauptstadt – Stichwort: *Stuttgart 21*. Michael hatte nicht vor, Skandinavien im nächsten Jahrzehnt zu verlassen.

Nahezu gleichzeitig zu diesen Überlegungen erhielt ich Post von einem kleinen Übersetzungsbüro aus Oslo, in dem auf Anfrage eine staatlich anerkannte Übersetzerin meine Zeugnisse des ersten und zweiten Staatsexamens ins Norwegische übersetzt und staatlich beglaubigt hatte. Anschließend reichten wir diese beglaubigten Übersetzungen bei *Nokut* (*Norwegian Agency for Quality Assurance in Education*) ein, einem norwegischen staatlichen Organ zur Anerkennung ausländischer Ausbildungen sowie zur Qualitätssicherung von Berufsausbildungen für den norwegischen Arbeitsmarkt. Zu meiner großen Überraschung genehmigten sie meine beiden Staatsexamen. Nicht nur in Deutschland, sondern auch in Norwegen war meine Berufsausbildung nun staatlich anerkannt.

War ich noch in Kristiansand mit meinem damals abgelegten ersten Staatsexamen vor verschlossenen Türen gestanden und hätte mein gesamtes Studium nochmals an der Universität beginnen müssen, so wurde nun meine vollendete Berufsausbildung vom norwegischen Staat anerkannt. Ich konnte auch hier meinem – nun nicht mehr ehemaligen – Traumberuf nachgehen. Das eröffnete mir persönlich neue Welten. Hatte ich in der Vergangenheit stets damit gerechnet, nur in Deutschland und selbst auf dem deutschen Arbeitsmarkt doch eine recht alternativlose Berufsausbildung gewählt zu haben, konnte ich nun in Norwegen nochmals damit beginnen. Ich war kribbelig vor Aufregung und voll motiviert, in ein neues Berufsleben zu starten. Natürlich nur unter der Voraussetzung, meine Sprachkenntnisse mindestens in Englisch, besser noch in Norwegisch zu vertiefen.

Würden wir wirklich alles andere zurücklassen können? Mit jedem weiteren Tag, mit jeder weiteren Woche rückte nun eine Entscheidung näher. Sollte ich zu meinem alten Arbeitgeber, die Kinder an das Gymnasium in Deutschland, wir zu dritt wieder in unser schönes, großes Haus und zum Klavierunterricht und zum Sport, zu unserer restlichen Familie in unser altes Leben zurückkehren? Das hier alles inklusive der Zeit zusammen mit Michael als nette Erfahrungserweiterung verbuchen und zurücklassen?

Waren die Kinder vor allem wegen ihrer Freunde und der Familie zu Anfang noch sehr an Deutschland gebunden, fühlten sie sich hier vollends angekommen. Beide wollten sich nie wieder von ihrem Papa trennen, Sverre fühlte sich pudelwohl und wollte in vier Jahren vielleicht in Amerika studieren oder sonst wo auf der Welt. Ronja liebte ihre neuen Reitstunden, ihren Sport, ihre neuen Freundschaften, die Schule und vor allem unser neues Familienleben.

Als wir am nächsten Morgen die Post aus dem Briefkasten fischten, entdeckten wir einen Brief vom *skateetaten*. Nach dem Öffnen lasen wir die symbolträchtige Bekanntmachung: Bereits heute nach 15 Wochen (und nicht erst nach vorhergesagten 20 Wochen) erhielten wir drei Schreiben in einem dicken Umschlag. Das erste Schreiben enthielt Ronjas neue und Sverre sowie meine wieder ins Leben gerufene, alte *fødselsnummern*. Das zweite Schreiben machte uns mit unserem neuen Hausarzt unweit unseres Wohngebietes bekannt. Seit einem Monat waren wir laut drittem Schreiben tatsächlich auch wieder offiziell bestätigt eine Familie: Michael und ich waren im *folkeregister* als verheiratetes Ehepaar mit den Kindern Sverre und Ronja eingetragen.

Was für ein Aufwand! Aber wir hatten es geschafft. Wir waren wieder eine Familie! Das sollte sich nie wieder ändern. Schließlich setzten wir die Bedingungen für eine gemeinsame Zukunft in Norwegen:

Mehrmals im Jahr wollten wir Zeit mit unseren alten Freunden und unserer Familie in Deutschland verbringen. Die Großeltern sollten mehrmals im Jahr zu uns kommen und mit uns zusätzliche Zeit auch während der Schulzeit verbringen. Unser Haus in Deutschland wollten wir nicht verkaufen und nicht vermieten. Stattdessen sollten die Kinder- und das Schlafzimmer, um in der Ferienzeit oder wann immer es nötig war, in unser Haus zu kommen, für uns bleiben. Bisher hatten meine Eltern täglich ein Auge auf das Haus geworfen, Vorgarten und Garten in Schach gehalten und das Haus so wirken lassen, dass kein Einbrecher auf die Idee kam, in ein unbewohntes Haus einzubrechen. Sie wollten nun die restlichen vier Zimmer, Küche und Bäder bewohnen.

Unverrückbar stand eines für uns fest: Wir werden nicht nur ein Jahr in Norwegen bleiben. Wir werden länger bleiben. Wir werden uns nicht wieder von Michael trennen. Vor allem werden wir dieses neue Leben nie wieder missen. Jetzt konnte ich mich also nachhaltig in mein neues Leben stürzen. Das war ein Leben im Hier und Jetzt und nicht in Warteschleife auf das nächste Wochenende mit der ganzen Familie, ein Leben mit neuen Möglichkeiten, wie der Zeit zum Schreiben oder Arbeiten im alten Beruf mit sprachlichen und spannenden zwischenmenschlichen Herausforderungen, ein Leben mit allen als ganze Familie im gleichen Sportverein und in der gleichen Sportart, ein Leben voller Blau- und Naturtöne zwischen Meer und unendlichen Wäldern, ein Leben voller heller und angenehm warmer Sommerbrisen und voller kerzenscheiner- leuchteter Wintertage mit Schnee und Eis, ein Leben, in dem ich am nördlichen Rand Europas meine innere Mitte gefunden hatte, ein Leben, in dem nur ganz selten unser Mut, aus dem sicheren Alltag ausgebrochen zu sein, mit innerer Wut statt unendlicher Freude auf die Probe gestellt wurde, ein Leben voller Glück, ge- nauso wie ich es immer leben wollte. Wenige Tage später fassten wir uns ein Herz und unterrichteten Schwager, Großeltern und restliche Familie und Freunde über unsere Pläne. »Wir werden euch vermissen und sicher mal besuchen!«, klang es von allen Seiten.

Wir waren erleichtert und voller Vorfreude auf ein Wiedersehen, egal wo, in Süddeutschland oder in unserer neuen Heimat in Nor- wegen.

Epilog

Ich danke meinem Mann, meinem Seelenverwandten und ruhenden Gegenpol, der mir die Möglichkeit zu diesem Buch überhaupt erst eröffnet hat. Ich danke Dir, dass Du mir die Zeit für dieses Buch geschenkt hast, und für Deine praktische Unterstützung bei der Überarbeitung meines Buches.

Alle Namen seiner Handlung sind frei erfunden und diese unterliegt zeitlichen und dramaturgischen Pointierungen. Dennoch bin ich allen Personen aus diesem Buch, die ihr so herrlich erzählenswerte Anekdoten in unser Leben gebracht habt, dankbar.

Danke Lotta, Jarle, Emma und Catalina, dass ihr unseren Entscheidungsweg mitgeht.

Auch danke ich allen Menschen, die uns in Norwegen offen aufgenommen haben, und allen, die uns teilweise sehr schmerzlich in unser neues Leben haben ziehen lassen. Ihr alle habt maßgeblich zum Gelingen des Buches beigetragen.

Schließlich danke ich unseren Eltern, für ihre immerwährende Unterstützung aus der Nähe und der Ferne. Danke, dass ihr uns zu den freiheitsliebenden, kreativen Menschen gemacht habt, die wir sind.